我們不會將國家拱手讓人。

火藥法師

❸ The Autumn Republic

秋色共和

〔上〕

The Powder Mage Trilogy

布萊恩・麥克蘭——著　戚建邦——譯

Brian McClellan

火藥法師

3

秋色共和・上

目次

火藥法師 3 秋色共和・上

目次

給媽——
因為妳將我推往正確的方向，
進而成就這一切。

1

戰地元帥湯瑪士站在艾鐸佩斯特克雷辛大教堂的廢墟裡。

這裡曾是有好幾座金塔巍然矗立四周的雄偉建築，如今淪為斷垣殘壁，只餘一群石匠在其中搜尋堪用的大理石和石灰岩，原先在塔上築巢的鳥兒漫無目的地在上空盤旋。湯瑪士在晨曦微光中凝視著這片廢墟，默默檢視眼前的景象。

教堂毀於榮寵法師的魔法，花崗岩拱心石彷彿被人隨手切割，整片教堂區域都被比任何熔爐溫度還高的火焰燒燬，這幅景象令湯瑪士作嘔。

「遠看更慘。」歐蘭說。他站在湯瑪士身邊，手放在外套下的槍柄上，雙眼掃視街道，留意著布魯丹尼亞巡邏隊的蹤跡。「斥候看見的煙柱肯定出自此地。城內其他部分似乎完好無損。」

湯瑪士臉色一沉。「這座大教堂已有三百年歷史，當初耗費六十年才建成，我絕不相信天殺的布魯丹尼亞只為了摧毀大教堂就入侵艾鐸佩斯特！」

「他們有機會夷平全城，但沒那麼做。我認為這算我們走運，長官。」

歐蘭說得沒錯。為了確定這座城市的命運，他們脫離了第七旅、第九旅以及新戴利芙盟軍，狂奔趕路了整整兩週。湯瑪士在看見艾鐸佩斯特依然屹立不搖時，還曾感到些許寬慰。但如今，在發現城市落入了布魯丹尼亞軍方手中，他則被迫偷偷溜入自己的城市，那種憤怒已經不足以用言語形容。

湯瑪士試著壓下怒氣。他們抵達市郊不過幾小時，剛趁著夜色潛入城內，他必須冷靜下來找出盟友、查探敵情，並弄清楚整座城為什麼會在沒有任何抵抗跡象的情況下落入布魯丹尼亞手中。見鬼了，布魯丹尼亞可是遠在八百哩外！

難道又有議會成員背叛他了嗎？

「長官。」芙蘿拉出聲，把湯瑪士的目光引向南方。她站在一面扶壁的廢墟上眺望艾德河及後方的舊城區，身上的艾卓軍服與湯瑪士和歐蘭一樣用大外套掩住，黑髮塞在三角帽裡。「一支布魯丹尼亞巡邏隊，有榮寵法師隨隊。」

湯瑪士查看廢墟，一邊思索南方的街道地形，腦中浮現伏擊布魯丹尼亞巡邏隊的計畫。他強迫自己停止這種想法。他不能冒險引發公開衝突，目前人手不足，他只帶了芙蘿拉和歐蘭先趕回來。雖然他們或許能解決掉一支布魯丹尼亞巡邏隊，但任何槍戰都會引來更多敵軍。

「我們需要兵力。」湯瑪士說。

歐蘭在大教堂聖壇的廢墟上彈了彈菸灰。「我可以想辦法聯絡上歐里奇中士，他手下有十五名我的來福槍戰隊隊員。」

「那是個開始。」湯瑪士說。

「我認為我們還應該和理卡聯絡，」芙蘿拉說。「先弄清楚城裡出了什麼事。他會有我們能用的人。」

湯瑪士點頭表示認同。「時機合適的時候再說。該死，應該把整個火藥法師團帶上的。我要先弄到更多人手再去找理卡。」我不知道理卡是否背叛了我們。湯瑪士把昏迷不醒的坦尼爾留給理卡照顧，如果有人傷害他兒子，湯瑪士會……

他嚥下一口膽汁，努力控制劇烈的心跳。

「薩邦的新兵如何？」歐蘭問。

薩邦死前受命在城北設立火藥法師學校。之前的報告提到，他已找出超過二十名擁有天賦的男女，開始教他們射擊、戰鬥和控制力量的技巧。

他們只受過幾個月的訓練，但也只能這樣了。

「新兵，」湯瑪士同意道。「至少我們可以帶泰拉薇兒一起去找理卡。」

他們在涼爽的黎明中渡過艾德河，街上的行人開始變多。湯瑪士發現，儘管布魯丹尼亞巡邏隊人數眾多、巡查頻繁，但似乎都不會騷擾民眾。無論是穿過舊城區的西門，還是離城前往北方郊區，都沒人質問過他們。

湯瑪士遠遠看見布魯丹尼亞的船艦停在河岸碼頭，南方海灣外也能瞧見高聳桅杆。他諷刺地想著，理卡工會建造的那條翻山運河肯定成功了，這是唯一能讓那種大小的遠洋船艦抵達艾德海的途徑。

數不清的教堂和修道院慘遭摧毀，幾乎每隔一條街就會看見一座教堂廢墟，不知道那些在教堂工作的祭司和女祭司做了什麼，布魯丹尼亞榮寵法師為什麼會特別針對他們。

他得去問理卡才行。

他們出城往北步行了一小時，抵達艾德河岸的火藥法師學校。那是一座由廢棄舊成衣工廠改造的磚造建築，旁邊有塊空地被改作靶場。離開道路時，芙蘿拉捉住湯瑪士的手臂。他感覺她的碰觸中帶著恐慌。

湯瑪士覺得胸口緊繃。

學校樓上的宿舍窗戶緊閉，大門掛在鉸鍊上搖搖欲墜，門上方一塊刻有火藥法師銀火藥桶徽記的木牌被人砸落，碎了一地。學校和靶場寂靜無聲、雜草叢生，看起來早已荒廢。

「芙蘿拉，」湯瑪士吩咐。「妳從南側河岸接近。歐蘭，繞到北邊。」

兩人應聲後沒再多問，隨即行動。芙蘿拉脫下帽子，沿著長草匍匐前進，歐蘭則繼續閒散地沿著小路走，穿過靶場，從山丘接近學校。

湯瑪士等兩人都就位，才小心翼翼地往學校的方向走去。他開啟第三眼窺視艾爾斯，尋找魔法的跡象，但是學校內部什麼都沒有。如果有人埋伏在裡面，那對方顯然既不是榮寵法師，也不是技能師。

然而，他也沒感應到火藥法師。

學校裡為什麼一個人也沒有？這裡目前應該是由泰拉薇兒負責。她雖然不是魔力強大的火藥法師，但技能出眾，很適合指導新兵。她會不會是在布魯丹尼亞人抵達時將新兵藏起來了？他們遭受攻擊了嗎？

湯瑪士在接近學校時拔出手槍，停下腳步，在舌尖上撒了些黑火藥，立刻進入火藥狀態，視覺、聽覺和嗅覺瞬間敏銳無比，連日奔波的疲憊感也隱沒在這股力量之下。

一陣低沉的聲響傳入耳中，細微得幾乎要淹沒在艾德河的流水聲中。他無法確定聲音的來源，但鼻間卻清楚辨識出那股氣味——鐵鏽與腐敗的氣息，是血的味道。

湯瑪士檢視學校正面窗戶，卻因刺眼的晨光而難以看透窗內景象。在火藥強化的聽覺下，低沉聲響已如轟鳴，死亡的氣息隨著恐懼而來。

他一腳踹開前門，手持雙槍閃身進去，站在門邊等待雙眼適應昏暗光線後，才發現自己其實沒必要這麼謹慎。

門廳空無一人，屋內一片死寂，唯一的聲響來自低沉的嗡嗡聲。此刻他終於看清，那是上千隻蒼蠅發出的嗡嗡聲響。牠們在空中亂竄，在窗戶玻璃前飛舞。

湯瑪士把雙槍插回腰帶，拿手帕綁在口鼻前。雖然有蒼蠅和臭味，入口門廳卻沒有屍體，唯一的暴力跡象就是地板和牆上的大片血跡。有人死在這裡，然後屍體被拖走了。

他持著槍，循血跡離開門廳，深入舊工廠。

工廠車間裡空間非常寬敞，曾經擺放數十張供數百名裁縫工作的長桌，如今卻空無一物，只有一側擺著十幾張書桌。這裡蒼蠅比較少，牠們大多聚集在幾處死過人而留下的污漬和乾涸的血跡上。

這些血跡沿著工廠地板一路蔓延至後方角落的一扇門外。

湯瑪士聽見動靜立刻轉身，舉起手槍，對上從宿舍樓梯走下來的芙蘿拉。他注意到樓梯上也有大量血跡。

「妳發現了什麼？」湯瑪士問，聲音在空曠的空間裡產生詭異的回音。

「蒼蠅。」芙蘿拉啐道。「蒼蠅，還有學校有半面後牆沒了。很多焦痕，有人在那裡引爆了至少兩根火藥筒。」她低聲咒罵，這是她唯一流露出不夠專業的表現。

「這裡出了什麼事？」湯瑪士問。

「我不知道，長官。」

「沒有屍體？」

「一具都沒有。」

湯瑪士沮喪地咬牙。大量的血跡和肉塊引來許多蒼蠅，學校裡死了幾十個人，而且看起來才剛死不久。

「他們把屍體拖到後面。」歐蘭從遠方角落的小門走進來，聲音在房內迴盪。

湯瑪士和芙蘿拉走到他旁邊，歐蘭指向幾道重疊的血跡，這些痕跡一直延伸到後方，最後消失在學校和艾德河間的草堆裡。「不管動手的人是誰，」歐蘭說。「他們都在事後毀屍滅跡，不想要留下屍體講故事。」

「故事很明顯。」湯瑪士冷冷地說道，大步穿過室內回到學校前方，沿途還一邊驅散蒼蠅。「他們從前門攻入。」他指向牆上噴濺的血跡和彈孔。「突襲站崗的衛兵，然後攻下工廠車間。我們的法師死守在樓上，耗盡所有手邊能用的火藥……」

他聽見自己語氣哽咽。這些人都是他的責任，他們是他新徵召的法師，有些是農夫，有兩名麵包師傅，還有一名圖書館員。他們沒有接受過戰鬥訓練，被人像羊一樣屠宰。

他只能祈禱他們拉了幾個敵人當墊背。

「死亡是個血腥畫家，這裡就是他的畫布。」歐蘭低喃。他點了根菸，深吸一口，然後朝牆上吐煙，看著蒼蠅飛散。

「長官，」芙蘿拉越過湯瑪士，從地上撿起一樣東西交給他。那是一塊中間有洞的圓型皮革。「這個看起來原先是掉在門後面的。清理現場的人肯定遺漏了這玩意兒。你知道這是什麼東西嗎？」

湯瑪士吐了口唾沫，擺脫一股突然湧上的苦味。「這是皮墊，配備空氣來福槍就得多帶幾塊備用。這肯定是從某人的槍具袋裡掉出來的。」

空氣來福槍，專門對付火藥法師的武器。凶手有備而來。

湯瑪士丟掉皮墊，把手槍插入腰帶。「歐蘭，有誰知道學校的位置？」

「火藥法師團以外的人？」歐蘭指尖轉動香菸思索著。「這並不是什麼祕密，畢竟他們掛牌招生。」

「哪些人直接知情？」湯瑪士說。

「兩名參謀總部的成員，還有理卡．譚伯勒。」

參謀總部的人都和他共事幾十年了，湯瑪士信任他們，他也必須信任他們。

「我要答案，即使會見血也在所不惜。把理卡．譚伯勒找來。」

2

高貴勞工戰士工會，九國最大的工會組織，總部位於艾鐸佩斯特工廠區內一間舊倉庫裡，距離艾德河的出海口不遠。

湯瑪士看著好幾百人來來去去的倉庫，心下不安。想要在不被發現或認出的情況下偷溜進去找理卡幾乎是不可能的。和理卡交談很可能以暴力收場，而湯瑪士不希望理卡的守衛出現在能夠聽見慘叫聲的範圍內。

要不是心急如焚，湯瑪士肯定會等到天黑後再跟蹤理卡回家。

「長官，我們可以預約。」歐蘭提議，漫不經心地靠著門廊。馬路對面有名工會守衛皺眉打量著他們。歐蘭朝對方揮手，舉起一根香菸。對方揚起一邊眉毛，轉過身去，對他們失去興趣。

「我不要預約。」湯瑪士冷冷表示。「我不要讓他知道我們要來。」

「我想他遲早都會知道的。光是街上他就派了二十幾名守衛。」

「我只看到十八個。」

歐蘭面無表情地看著街上的人潮。「長官，你左邊三十步外的店面二樓窗內有狙擊手。」

「啊。」湯瑪士眼角瞥見他們。「理卡很害怕。之前的總部最多只有四名守衛。」

「他可能是在擔心布魯丹尼亞人？」

「或是擔心我回歸。芙蘿拉來了，我們走。」

他們沿街往一間小麵包店走去，努力不引起守衛的注意，悄悄來到芙蘿拉身旁。湯瑪士看著櫃檯上的麵包，心想不知道米哈理此刻身在何處。他還在南方和部隊主力在一起嗎？當然如此。要不是米哈理在牽制克雷希米爾，此刻艾鐸佩斯特已經被夷為平地了。湯瑪士覺得自己很想來碗主廚的濃湯。

芙蘿拉領著他們穿過麵包店後門，來到一條滿地泥濘和排泄物的窄巷。「往這裡走。」她邊走邊回頭說道。湯瑪士感覺鞋底發出嘎吱聲響，努力無視那股臭味。工廠區是全城最骯髒的區域，而小巷子又是其中最噁心的部分。

他們又走過三條巷子，然後沿鐵梯爬上兩層樓的建築，來到工會總部的後門。

兩名工會守衛在門旁背靠牆壁坐著，帽子遮住腦袋，看起來像在睡覺。湯瑪士看了一眼地上的泥巴，心知對方有做抵抗，但都被芙蘿拉輕易地解決掉了。

「死了嗎？」歐蘭問，把菸彈進泥巴裡，拔出手槍。

「昏過去而已。」

「好。」湯瑪士說。「進去最好不要殺人。我們不能肯定理卡是否背叛我們。」如果真背叛了，我要親手殺了他。湯瑪士伸手碰觸門扉，卻被歐蘭阻止。

「請見諒，長官，由我們先進去。」

「我可以……」

「這是我的工作，長官。你最近都不讓我好好做事。」

湯瑪士強忍住怒火。現在可不是容忍貼身保鏢不聽令的時候，但歐蘭說得有理。「去吧。」

不到三分鐘，歐蘭就回到他面前。「長官，抓到他了。」

他們穿過後走廊和兩間僕役間，從側門溜進理卡的辦公室。理卡坐在書桌後，外套上有污點，鬍鬚雜亂，滿臉怒容地瞇起雙眼。芙蘿拉站在他身後，槍管抵著他後腦。

理卡在看見歐蘭時怒拍桌子。「這是什麼意思？你以為你……」接著，他下巴差點掉下來，作勢要起身，卻被芙蘿拉按回椅子上。「湯瑪士？你還活著？」

「你聽起來並不驚訝。」湯瑪士說。他收起自己的手槍，朝芙蘿拉點頭，要她放開理卡的肩膀。歐蘭走去正門旁守著。

理卡吞了口口水，看向歐蘭和湯瑪士。湯瑪士看不出來那是叛徒緊張的反應，還是因為自己突然出現而感到震撼。「我聽說你還活著，但我的消息來源都不可靠。我——」

「我的火藥法師學校怎麼了？我兒子呢？」

「坦尼爾？」

「我還有別的兒子嗎？」

「你有嗎？」

「沒。」

「我……好吧，我不知道坦尼爾在哪裡。」

「你最好快點解釋。」湯瑪士手指在一把決鬥手槍的象牙槍柄上敲了敲。

「當然、當然！你要來點紅酒嗎？」

湯瑪士微微側頭。理卡似乎沒發現自己腦袋隨時會多一顆子彈。「說。」

「說來話長。」

「長話短說。」

「坦尼爾醒了，在你南下不久就醒了，女野人把他救回來的。他們兩個跑去前線，坦尼爾希望能擋住凱斯軍，但沒多久就被人以不服長官的罪名移送軍法審判。他被逐出軍隊，又被亞頓之翼雇用，但接著出於自衛殺了五名凱特將軍的手下，然後他就失蹤了。」

湯瑪士往後一跌，頭昏眼花。「才三個月就出了這麼多事？」

理卡點頭，回頭看了芙蘿拉一眼。

「你不知道他現在在哪裡？」

「不知道。」

「學校怎麼了？」

理卡皺眉。「我好幾週沒收到他們的消息了。我以為沒什麼事。」

湯瑪士嘗試解讀理卡的表情。這個人之所以能發跡，是因為他的親和力。他擅長調解問題，讓大家共同合作，但他很不會說謊。他此刻看起來不像在說謊，這卻讓湯瑪士更為擔心。

歐蘭的驚叫聲是給湯瑪士唯一的警告。他轉身看見一個女人踢中歐蘭膝側，讓他在咒罵聲中倒地。女人手持鋼錐，以不可思議的速度撲向湯瑪士。湯瑪士抓住她的手腕想把人甩開——至少他嘗試這麼做。她卻突然後退，把鋼錐拋往空中，又用另一隻手接住，猛地刺向湯瑪士喉嚨。

鋼錐只差數吋就見血了，幸好芙蘿拉即時從側面撞開女人。兩人同時撞上理卡的書櫃，衝勢強到將整座書櫃撞倒在她們身上。歐蘭重新爬起來，扯住女人的衣領，胯下卻被狠狠擊中。他痛得彎腰跌坐在牆邊。

湯瑪士走到女人身後，準備開槍制伏她。

「飛兒，住手！」理卡叫道。

女人立刻停止掙扎。

湯瑪士槍口對準女人，先後將芙蘿拉和歐蘭拉起來。女人在倒塌的書櫃裡坐起來，憤怒地看著湯瑪士的手槍。

「可惡，飛兒，」理卡問。「妳這是在幹嘛？」

「你有危險，先生。」飛兒說。

「妳想殺了戰地元帥嗎？」

飛兒臉色微微泛紅。「很抱歉，先生，我從後面認不出他。而且我不是要殺他，只是想讓他們失去行動能力。」

「妳拿鋼錐朝我的臉揮！」湯瑪士說。

「不會傷得太深的，我拿捏得很精準。」

湯瑪士看了看自己的手下，芙蘿拉被書櫃砸得半邊臉瘀青，歐蘭摀著胯下低聲咒罵。這個女人毫不畏懼地面對三名武裝陌生人，而她只打算讓他們失去行動能力？她轉眼就擊倒了歐蘭，甚至差點解決了仍處於火藥狀態下的湯瑪士。

「看來你雇了個高手。」湯瑪士對理卡說。

理卡回到座位上，雙手抱頭。「你知道的，你可以先預約。」

「不，先生，他不能。」飛兒坐在地上說。「他失聯幾個月了，首都落入敵國手中，他不知道該如何看待這一切。」

理卡皺眉盯著她片刻，才漸漸解開眉頭，臉上露出恍然大悟的表情。「喔，你以為是我把首都賣給布魯丹尼亞人的，是不是？」

「據我所知，」湯瑪士說。「外國軍隊控制了我的城市，而我把城門鑰匙留給你、大業主，還有昂卓斯。」

「對方是天殺的克雷蒙提閣下。」

這下輪到湯瑪士皺眉了。「維塔斯的老闆？阿達瑪沒有解決掉那條狗嗎？」

「阿達瑪表現得很好。」理卡說。「維塔斯死了，他的手下或死或逃。我們除掉他，結果就是他的老闆帶著兩個旅的布魯丹尼亞軍隊和半數皇家法師團跑來。」

「首都沒人防禦?」

理卡鼻翼微微張開。「我們試過了,但……克雷蒙提不是來征服艾卓,至少他是這麼說的。他宣稱他的部隊只是來幫助我們對抗凱斯軍,而他本人要競選艾卓第一行政官。」

「才怪。」湯瑪士開始來回踱步。控制艾鐸佩斯特的部隊有太多可疑之處,如果湯瑪士要找出答案,他就要有自己的部隊作為後盾。第七旅、第九旅與戴利芙盟軍還要幾週才能抵達。

「幫我安排和克雷蒙提會面。」湯瑪士說。

「或許這不是個好主意。」

「為什麼?」

「他背後有半個布魯丹尼亞皇家法師團支持!」理卡說。「世界上有任何比九國皇家法師團還討厭你的人嗎?他們會直接殺了你,把你的屍體丟進艾德海。」

湯瑪士繼續踱步。他沒時間搞這個,太多敵人了,太多事要考慮,他急需盟友。「前線有什麼消息?」

「在苦撐,但是……」

「但是什麼?」

「我已經有將近一個月沒有前線的確切消息了。」

「你這麼久沒聽說參謀總部的消息?該死,搞不好凱斯軍明天就會兵臨城下!可惡,我——」

「先生,」飛兒對理卡說。「你告訴他坦尼爾的事了嗎?」

湯瑪士轉身面對理卡，扯住對方外套。「什麼？坦尼爾怎麼了？」

「是有……我是說，我聽過謠言，但——」

「什麼謠言？」

「那未經證實。」

「告訴我。」

理卡低頭看了看自己的雙手，輕聲說道：「坦尼爾被克雷希米爾抓到，吊在凱斯營地裡。不過——」他隨即高聲補充。「那只是謠言。」

湯瑪士聽見自己心跳如雷鳴。凱斯抓走他兒子？他們把他像肉一樣吊起來，當作戰利品？恐懼襲來，怒火緊隨而至。他發現自己衝出理卡的辦公室，推開人潮，進入大廳。

歐蘭和芙蘿拉在街上追上他。

「長官，我們要去哪裡？」芙蘿拉問。

湯瑪士握住槍柄。「我要去找我兒子，如果他死了，我要把克雷希米爾的腸子從他屁股裡扯出來。」

3

阿達瑪正在趕去逮捕一名將軍的途中。

他坐在馬車裡，凝望窗外的南艾卓田野。田裡金黃色的秋麥彎下腰，沉甸甸的麥穗在風中輕晃。這片寧靜風景讓他想起家人——他的妻子和孩子都在家裡，還有個孩子被敵人賣去當奴隸。

這件事可能不會順利。

不，阿達瑪糾正自己。*這件事絕不會順利。*

什麼樣的瘋子會在戰時跑去逮捕將軍？政府陷入混亂，幾乎不復存在，地方法院還能運作就已經是奇蹟了。打從處決曼豪奇以來，所有國家級的案件都停止審理，而他們花費大把心力賄賂和誘騙過渡期議會的資深成員理卡．譚伯勒，才讓他簽下凱特將軍的逮捕令。他們也強迫兩名地方法官簽署同樣的逮捕令。阿達瑪希望這樣就夠了。

車夫簡短下令，馬車突然減速停止，阿達瑪在座位上身體前傾。他往窗外看了一眼，發現麥田和山丘已經變成查勿派爾山脈，山峰遠在天邊，而另一側窗外則是東南方一望無際的艾德海。

「為什麼停車？」

阿達瑪的一位旅伴從睡夢中醒來。妮拉年約十九，擁有赤褐色的鬈髮，以及足以靠魅力混入宮廷的美貌。阿達瑪聽說她是名洗衣工。他還是不太明白她為什麼要跟來，但榮寵法師包貝德堅持要帶上她。

阿達瑪開車門朝車夫喊道。「怎麼回事？」

「中士下令停車。」

他縮回車內。歐里奇為何下令停車？他們還在北方，不可能遇上艾卓部隊。距離前線還有超過一天的路程。

馬車又動了一下，隨即停在路旁，讓後方車輛先通行。一輛騾馬車轟隆轟隆駛過，然後是三輛運送前線補給品的貨車。

「不太對勁。」阿達瑪說。

妮拉揉了揉睡眼惺忪的眼睛。「包。」她說，戳了戳靠在她肩膀上睡覺的男人。榮寵法師包貝德——曼豪奇皇家法師團唯一倖存的成員——突然驚醒了一瞬，又繼續打鼾。

「包！」妮拉拍了拍包的臉。

「我在！」包突然坐直，雙手在身前揮動。他眨了眨眼驅散睡意，慢慢放下手。「該死的，女人，」他說。「如果我戴著手套，你們兩個搞不好已經死了。」

「是呀，你沒戴。」妮拉說。「馬車停了。」

包伸手梳理了一下他的紅髮，拿出一副繡滿古代符文的白手套。「為什麼？」

「還不清楚，」阿達瑪說。「我下去看看。」

他走出馬車，很高興能夠離開和榮寵法師共乘的狹小車廂。包的魔法可以在幾秒內殺死阿達瑪、歐里奇，還有整支艾卓士兵組成的護衛隊。阿達瑪親眼見過包手腕一揮就扭斷了曼豪奇劊子手的脖子。儘管充滿魅力，包依然是個冷血殺手。阿達瑪回頭看了馬車一眼，爬上一道緩坡，來到歐里奇中士及手下在路旁商談的地方。

「調查員，」歐里奇點頭示意。「榮寵法師在哪裡？」

「最好從現在就開始稱他『律師』。」阿達瑪說。

歐里奇哼了一聲。「好吧，那位律師在哪裡？我們碰上意外了。」

「喔？」

「山丘後面有部隊。」歐里奇說。

阿達瑪覺得心臟差點就要從嘴裡跳出來。部隊？凱斯軍終於突破防線了？他們正往艾鐸佩斯特前進嗎？

「是艾卓軍。」歐里奇補充道。

阿達瑪稍微鬆了口氣。「他們在這裡做什麼？」他問。「軍隊應該還在瑟可夫谷才對，他們被趕到這麼遠的地方了嗎？」

「怎麼了？」包走過來，將雙臂往後伸展。阿達瑪再次提醒自己包有多年輕——大概才二十出頭，從外表看來肯定不到三十歲。不過年輕歸年輕，這位榮寵法師眉宇間已經有了憂慮的紋路，還有雙老者的眼睛。

阿達瑪刻意看向包的手套提醒道：「你應該要假扮律師。」

「我不喜歡不戴手套亂走。」包說，捏響指節。「再說了，不會有人發現的，部隊還在一段距離外。」

「情況並非如此。」歐里奇說著，朝向山坡側頭。

妮拉走了過來。

「跟好。」包對她說。他們走上山坡，觀察前方的部隊。

歐里奇看著他們離開，等人走出聽得見的範圍後說：「我不信任他們。」

「非信任不可。」阿達瑪說。

「為什麼？戰地元帥湯瑪士從不依賴榮寵法師。」

「湯瑪士是火藥法師。」阿達瑪說。「你和我都沒有那種優勢。而且包是我們的備案，如果此事不順利，凱特將軍不肯乖乖跟我們回艾鐸佩斯特面對審判，那我們就要靠包帶我們脫離這個爛攤子。」

歐里奇雙手揉了揉太陽穴。「可惡，我不敢相信自己竟然被你說服來蹚這渾水。」

「你要正義，是不是？你想要我們打贏這場仗？」

「對。」

「那我們就得逮捕凱特將軍。」

包和妮拉回來了。妮拉自顧自地皺眉，包似乎若有所思。

「你認為那是怎麼回事？」包問歐里奇。「那個營區應該待在南方幾十哩外。」

「任何情況都有可能。」歐里奇說。「可能是前線的傷兵，可能是援軍，也可能是我們戰敗了，正在撤退。」

包用脫下手套的手搔了搔下巴。「現在是下午，如果我軍戰敗，他們此刻應該在行軍趕往艾鐸佩斯特。我不知道這是怎麼回事，總之很不對勁。那個營區的人數不到六個旅，對援軍來說太多了，對整個部隊而言又太少。」

「我們該查出是怎麼回事。」阿達瑪說。

「怎麼查？」包問。「我們得進入營區才能知道出了什麼事。順道一提，我們必須那麼做。如果要救出坦尼爾——見鬼了，如果他還活著的話——而你要我幫忙救回你兒子，那我們就得過去察看。」

包大步走向馬車。

妮拉留在原地，看著歐里奇和阿達瑪。

「如果情況失控，」歐里奇問妮拉。「他會支援我們嗎？」

妮拉轉頭看包。「我認為會。」

「妳認為？」

妮拉聳肩。「他也可能會燒死幾個連士兵突圍，然後把爛攤子留給我們。」

歐里奇問：「妳說妳是幹什麼的？」

「我是包的——律師的——祕書。」妮拉說。

「那之前呢？」

「洗衣工。」

「啊。」

他們回到馬車，很快又繼續前行，翻過山丘，眼前的景象令阿達瑪屏住呼吸。艾卓營地在平原上延展開來，白色的帳篷如海水般蔓延，似乎在微微移動，彷彿從上而下俯瞰的蟻丘，成千上萬的士兵和隨軍人員忙進忙出。

馬車又行進一哩，在抵達營區衛哨時再度停下。阿達瑪聽見一名守衛向歐里奇打招呼。

「是援軍？」一個女人問。

「嗯，不是，奉臨時議會之命護送一名律師過來。」

「律師？來做什麼？」

「不知道。我的命令是要把律師帶來這裡，和參謀總部開會。」

包的頭貼在車門旁，專心聆聽他們對話。他又戴回榮寵法師手套，不過手放在窗沿下，手指微微抽動。

「好了，」守衛語氣厭倦地表示。「那會比你想像中困難。」

歐里奇咕噥一聲。「又怎麼了？」

「嗯，這個……」守衛清清喉嚨，接下來說的話太小聲，阿達瑪沒聽見，對面的妮拉也是一臉專注。

歐里奇吹聲口哨。「謝謝你的提醒。」片刻過後，馬車繼續前進。阿達瑪低聲咒罵。

「什麼事？」他問包。「你有聽見嗎？」

包沒有回答，反倒是看向妮拉。「妳有用我教妳的方法聽嗎？」

「有。」妮拉說。她雙手放在裙子上，專心凝望窗外。「聽起來，」她對阿達瑪說。「凱特將軍被控叛國。她帶了三個旅脫離主部隊，艾卓軍此刻正處於內戰狀態。」

參謀總部指揮所位於大道旁一哩外的農舍裡。指揮所設立在部隊中央，六個旅的兵力往外擴散，看似很有組織，不過細看略顯鬆散。

阿達瑪和包被留在馬車上等了三小時，然後才有人帶他們進去。他們的守衛明白表示參謀總部的將軍都很忙，只能騰出五分鐘接見他們。

農舍只有一個大房間，石牆環繞，一邊有座火爐，角落有兩張整齊的小床。房間中央的桌子有一根桌腳太短，沒有看到椅子。桌上擺了幾張地圖，邊角用手槍壓住。阿達瑪看了那些地圖一眼，刻入完美的記憶中，打算晚點再叫出來研究。

「阿達瑪調查員。」

阿達瑪認出西蘭斯卡將軍，他曾在皇家畫廊看過對方的畫像。西蘭斯卡個子不高，因為年輕時失去手臂引發的併發症而導致過度肥胖。將軍大約四十歲左右，是個遠近馳名的英雄，在葛拉戰爭中以火砲指揮官的身分打響名號。據說他是湯瑪士最信任的將軍之一。

阿達瑪對將軍點了點頭，上前和他握手。「這位是瑪提亞斯律師。」他向西蘭斯卡介紹包。

「我們從艾鐸佩斯特帶來緊急消息。」

包取下帽子，朝將軍深深一鞠躬，但西蘭斯卡只瞥了他一眼。

「我聽說了。」西蘭斯卡說。「你應該知道，我們還在打仗。我已經遣走數十名艾卓信差，因為我沒時間應付人民的問題。我願意見你，是因為我知道戰地元帥湯瑪士去世前曾交付你特別的任務。我希望你有很重要的事情要告訴我。歐里奇中士恐怕沒有提到細節，如果你可以——」

包立刻上前，打斷西蘭斯卡的話。「當然，將軍。」他一邊說，一邊從掛在肩上的包包中拿出一份文件。他翻了好幾張紙，最後找到理卡．譚伯勒和艾鐸佩斯特法官簽署過的逮捕令。「很抱歉我們不能告訴你的手下更多細節，但此事事關重大。這是一份逮捕凱特將軍和她妹妹朵拉維少校的逮捕令。」

西蘭斯卡接過文件仔細看了好一陣子，之後他交還文件，問道：「艾鐸佩斯特不清楚這裡的情況嗎？」

「什麼情況？」阿達瑪問。

「我過去兩週派了好幾名信差，你們當然已經得知……」

「先生，我們不知道。」阿達瑪說。

「部隊正在內戰，凱特將軍帶了手下三個旅的兵力脫離主力部隊。」

阿達瑪早就從妮拉口中得知此事，但仍裝出一臉震驚。「怎麼會這樣？為什麼？」

「凱特指控我叛國。」西蘭斯卡說。「她說我是叛徒，說我和敵軍結盟，當參謀總部其他人和我站在同一陣線後，她就帶著她的部隊離開。」

包聽完後渾身一僵，雙手抽動伸向他的口袋——顯然是想拿手套。「她的指控毫無根據嗎？沒有任何證據？」

「當然沒有！」西蘭斯卡抓住他的拐杖站起來。「她的指控僅僅出自一個步兵的報告，聲稱看見我和敵軍信差合謀。」

「你有嗎？」包質問。阿達瑪瞪了他一眼，但為時已晚。

西蘭斯卡立刻反駁。「當然沒有。那人只不過是她的挖泥隊員，來自守山人的罪犯，是最低賤的敗類。她竟然寧願相信他也不相信我……」他哀傷地搖了搖頭。「凱特和我認識數十年了，我們從來不是朋友，但肯定不是敵人。我從未想過她會這樣毫無根據地誣告我，除非……」他伸手要過包手上的逮捕令，快速掃過上面的內容。「除非她想要掩飾犯行。」

阿達瑪和包交換了一個眼神。「我們也得出類似的結論，不過那是關於雙槍坦尼爾的軍法審判。坦尼爾寫信給理卡．譚伯勒，請他調查凱特的帳目，我們才開始追查她。」

「湯瑪士的兒子做了這件事？他比凱特想像中聰明兩倍，實在太令人難過了。」

包移動到西蘭斯卡一側，故作漫不經心地一手插入口袋。「這有什麼好難過的？」

「坦尼爾被凱斯軍俘擄了。」西蘭斯卡說。「當作戰利品吊起來展示給全軍看。」

「不會吧。」包艱難地吞了口口水，手從口袋裡抽出時並沒有戴上手套。

「全軍都看見了。據說他單槍匹馬跑去對付克雷希米爾。」西蘭斯卡搖頭。「我看著那個男孩長大，我慶幸湯瑪士沒有活著看見這一幕。」

阿達瑪試圖專注於西蘭斯卡的動作——他的左手不停拉扯空蕩蕩的外套左袖，雙眼在房裡左顧右盼。將軍沒有全盤托出，他說了一些實話，但並非全部。

不幸的是，阿達瑪無從得知西蘭斯卡隱瞞了什麼。

「他死了嗎？」包問。

「凱斯軍在俘擄他之後，很快就把他的屍體放了下來。他只被公開吊在木樁上一天，但肯定已經死了。」

阿達瑪瞥了包一眼。榮寵法師臉色變得慘白。他眨了眨眼，彷彿眼裡進了什麼東西，呼吸變得急促。阿達瑪走向他，伸手想要攙扶他，但包揮手拒絕，突然奪門而出。

西蘭斯卡看著他離去。「奇怪的傢伙。他認識雙槍嗎？」

「據我所知並不認識。」阿達瑪順口回答。「聽說他對死亡的話題特別敏感。」

「原來如此。」西蘭斯卡思索片刻，滄桑的臉上眉頭深鎖。

「將軍，」阿達瑪繼續說下去，不給西蘭斯卡時間思索包的舉動。「你是否有計畫結束這場內戰，並對付凱斯？」如果雙槍真的死了，阿達瑪就得補救當前局面。包還會幫自己營救兒子嗎？還是說他得靠自己了？無論如何，阿達瑪覺得自己得為國效忠，盡可能幫助部隊團結起來。

西蘭斯卡走向桌子，推開旅隊標記，開始笨拙地用單手捲起地圖。「我不認為我該和你討論戰略，調查員。」

「戰略？難道會開打？」艾卓人打艾卓人？凱斯的兵力遠超艾卓軍，內戰肯定會導向全軍覆沒，凱斯沒有乘亂進攻已算是奇蹟。阿達瑪思緒飛速轉動，努力重整他的優先順序。

「當然不會，我們正在竭盡所能和平解決。事實上，有你們提供的新證據，我或許有辦法說服凱特的盟友離開她。如果那個律師能穩定下來，叫他把所有文件都拿來給我，我們可以向軍官證明凱特只是在掩飾她的犯行，至少能讓弟兄相信我們站在正義的一邊。」

「當然，」阿達瑪說。「但凱斯軍——」

「我們能掌握局勢。」西蘭斯卡打斷他。「別擔心。我相信你會返回艾鐸佩斯特，向議會保證我們會解決紛爭，趕走凱斯軍，然後回來對付布魯丹尼亞人。」

這是西蘭斯卡首度提起占領艾鐸佩斯特的外國勢力。阿達瑪開口想問他是什麼意思，但將軍揮了揮手示意會面結束，轉過身去。

阿達瑪出來後發現包坐在農舍外面，背靠石牆，外套下襬沾滿了泥巴。阿達瑪抓住他的手肘。「來吧。」

「別煩我。」

「來吧。」阿達瑪堅持，拉著包起身。他壓低音量，吸引包的注意，帶後者遠離西蘭斯卡的守衛。「我們還有事要做。」

「我不在乎。你聽見他說的了，坦尼爾死了。」包掙脫阿達瑪。

「小聲點！他說不定沒死。」

包一副被人甩了一巴掌的模樣。「什麼意思？」

阿達瑪立刻為給了包無謂的希望而感到罪惡。「好吧，至少在你開始哀悼之前，我們先確認一下西蘭斯卡的說詞是否屬實。坦尼爾或許還是凱斯的俘虜，也可能逃跑了，又或許……」他越說越小聲，包一臉懷疑地看著他。

「為什麼這麼樂觀？」包問。「你不是應該希望坦尼爾死了，然後我們就可以去找你兒子？還是你擔心我會食言？」

阿達瑪確實擔心包會食言。「西蘭斯卡讓我覺得不太對勁。他桌上的地圖——」阿達瑪在腦海中回憶那些地圖，翻來覆去思考了一會兒，然後說。「我只有在學校接觸過戰略規劃，但我敢用我的退休金打賭，西蘭斯卡在計畫和凱斯軍一起夾殺凱特的部隊。」

「從他的角度判斷，這很合理。」包說。

「如果真像他所說的想團結軍力的話，那就不合理。」

包聳了聳肩，面無表情地望向遠方。

「包，」阿達瑪說。「包！」他伸手抓住包的外套前襟，把他拉過來面對自己。包掙脫阿達瑪的手，後退一步。阿達瑪立刻上前甩了他一巴掌。

一股顫慄感竄上阿達瑪的脊椎。他剛剛甩了榮寵法師一巴掌。該死，他幹了什麼？「給我振作點。」他說，努力不讓聲音發抖。

包嘴巴張開，手裡握著一隻手套，隨時準備戴上。「我曾為了更小的事情殺人。」

「真的？」

「好吧……我想過。我敢說別的榮寵法師曾為更小的事殺人。我給你幾秒鐘解釋，為什麼你認為有必要打我。」

「因為我們要肩負使命，這遠比個人重要。事關我們家人、朋友和國家的命運。」

「調查員，你真的不明白我為什麼來這裡，是吧？」包說。「我會在這，是因為雙槍坦尼爾是我唯一的朋友，是我唯一的家人。榮寵法師通常沒奢侈到能擁有朋友或家人，如果你以為這國家對我而言比坦尼爾更具重大意義，那就大錯特錯了。」

阿達瑪深吸一口氣，十分慶幸包沒當場殺了自己。他低聲道：「一旦西蘭斯卡把此事搞砸，我的孩子都會淪為凱斯奴隸。我得確保事情不會發展到那個地步。如果最好的做法是幫助你找回你朋友，那就這樣吧。你得冷靜下來，謹慎地打探坦尼爾的消息，而我要去調查西蘭斯卡。」

包從阿達瑪手中抽回外套，眨了幾下眼睛，呼吸有些不穩，似乎稍微恢復鎮定。「我們忽略了傭兵。」

話題轉移之快，阿達瑪花了一點時間才明白他在說什麼。當然，亞頓之翼，艾卓雇用的傭兵團，他們在前線部署了幾個旅。阿達瑪再度回想西蘭斯卡的地圖，找尋那面旗幟——聖徒光圈配上金色的翅膀。找到了，在角落。「他們在十哩外紮營，或許是想避開艾卓內戰。」

「聰明。」

包動了動下巴，把榮寵法師手套塞回口袋。「去打探消息，調查情報。動作快，不然我就要回指揮所，用我的方法拷問西蘭斯卡。」

「你還好嗎？」

「我的臉還有點痛。」

「我是說坦尼爾的事。」

包一副吞下很酸的東西的模樣。「一時軟弱，僅此而已。我不會有事的。阿達瑪……」

「什麼事？」

「你如果再敢打我，我就把你的內臟都翻出來。」

4

妮拉在馬車裡等包和阿達瑪與西蘭斯卡會面回來。

山坡下有條小溪蜿蜒流過營區，溪岸被數千軍靴踩得泥濘不堪。妮拉看著一名洗衣工打了桶髒水，拖回她的火堆旁，那裡堆著半打軍服。女人把水倒入洗衣鍋，坐下等水燒開，用髒兮兮的手抹了抹額頭。

妮拉曉得，如果幾個月前她做出不同的選擇，那恐怕就是她現在的模樣。她低頭看著自己的手。這雙多年來被洗衣用肥皂水和鹼液弄得乾裂粗糙的手，現在卻十分光滑。按照包告訴她的說法，這雙手將會被用在更有意義的地方。

榮寵法師。

不論是首次體驗火焰從自己指尖迸發出來，或是那之後的所有練習，都讓她感到不可置信。榮寵法師是技巧高超、力量強大的存在，他們控制元素，讓軍隊為之戰慄。一個沒有家庭背景和人脈的洗衣工突然擁有這種力量，感覺很荒謬。

她也忍不住有遭人矇騙的想法。若早知道自己體內蘊含這種力量，她或許就能利用它逃離維塔斯或保護保王分子。妮拉握緊拳頭，感覺手背微微發熱──火，藍白色的火，在指節上翻飛，彷彿壁爐中央的火光。她左顧右盼，確認沒人在看，隨即搖手熄滅火焰，把手藏到背後。

她回想和保王分子待在一起的日子，想起羅莎莉雅，那名為保王分子而戰的榮寵法師。羅莎莉雅那時是否也感應到了妮拉體內的魔法力量，但決定不要透露？還是她是為了其他理由才對自己那麼好？妮拉以後會不會也變成她那樣蒼老、睿智且強大？其他人會像她曾對羅莎莉雅那樣心存敬畏嗎？

「瑞莎拉！」

妮拉如夢初醒，花了幾秒才想起自己正在假扮包的祕書，包則偽裝成一名律師。她轉頭發現他正從營地另一頭快步朝她走來，急匆匆的步伐帶著一種讓她不安的緊迫感。

「找到坦尼爾了嗎？」

「沒有。」包拉著她手臂帶她繞到馬車另一側，比較不會被人偷聽。「西蘭斯卡將軍說坦尼爾死了。」

包冷漠的語氣不禁令她後退一步。從他收留她和雅各開始，就一直執著於坦尼爾的事，說坦尼爾是他唯一的朋友。數月以來，包一心一意只想找到坦尼爾，這種執著曾令妮拉感到欽佩。而現在卻這樣？包有時確實會顯得疏離，甚至冷淡，但這種態度……

「還有呢？」她問。

「我們得確認此事。阿達瑪認為他可能還活著，那只是西蘭斯卡的片面之詞。」

妮拉這才發現他並不是冷漠，他只是還處於震驚之中。

「我們現在該怎麼做？」

「西蘭斯卡叫我們離開，但除非確定坦尼爾真的死亡，不然我是不會走的。我要看到屍體或墳墓，或者比西蘭斯卡的一面之詞更有說服力的證據。必要的話，我要混入凱斯營地。阿達瑪正在和其他士兵確認西蘭斯卡的說法是否可信，我也會那麼做。」他停了一下，上下打量妮拉。「情況有點危險，如果西蘭斯卡發現我的身分，他可能會立刻下令殺了我──還有妳、阿達瑪、歐里奇和他手下。」

「就因為假冒律師？」

包嘴角微微上揚，但很快就抿住了笑意。「我是認真的，西蘭斯卡不喜歡也不信任榮寵法師。他是個有所隱瞞的人，我們在營區調查這件事本身就會引起懷疑。他和湯瑪士很像，會採取最有效的做法，即使那意味著要殺掉很多人。」

「聽起來你會欣賞這種做法。」

「我確實欣賞，但正因如此，我才不能讓他知道我的身分，而妳也是。」他低頭看了看她的手，陷入一陣長長的沉默中。他告訴過她，除了神之外，沒有榮寵法師可以不戴符文手套接觸艾爾斯，不然就會被純粹的魔力由內而外燒死。

顯然她是例外，而她絕對不是神。

她毫不懷疑，只要她提出要求，包就會立刻把她送回艾鐸佩斯特。現在就是她逃跑的機會。

她可以帶走雅各，拿包留給她的錢找地方躲起來。她可以遠離危險。

如果現在離開的話，她永遠不會知道該如何控制她的嶄新力量。她不可能再遇上像包這麼耐心體貼又有人性的榮寵法師，永遠不會有機會報答他對她和雅各的善意。

「我能做什麼？」妮拉問。

妮拉在一間木材和石材搭建的小屋裡等待。據一名士兵所言，這裡之前是馬廄。

這間屋子勉強算有屋頂，門就只是一片牛皮，但看來第十二旅的後勤官還在勉強使用著。地板上鋪滿麥稈，所有可用的空間都堆滿木箱和火藥桶。

包要她四下打聽雙槍坦尼爾的事，不理會她對於他這種指示太過籠統的抗議，就把她獨自留在這裡想辦法。他實在算不上什麼高明的領導人物。

她不知道該怎麼從軍人嘴裡套出他們自己人的死訊，那感覺很蠢，所以她決定利用之前學過的技巧。

淪為維塔斯閣下囚犯的日子十分恐怖，但她還是學到了許多寶貴的知識，其中之一就是完善紀錄的價值，還有該怎麼拿那些紀錄去對付做紀錄的人。

牛皮門簾被人掀開，一個五十歲左右的女人走進屋裡，身穿艾卓藍軍用外套，領子上別有後勤官徽章。她很瘦，大部分體重都集中在臀部，灰髮在腦後盤成髮髻。

「親愛的，有什麼我能為妳效勞的？」她問道，漫不經心地坐在火藥桶上。

「我叫瑞莎拉。」妮拉一邊說，一邊撫平裙子。「我是艾鐸佩斯特瑪提亞斯律師的祕書，我要求查閱貴旅的後勤紀錄。」

「這個嘛，」後勤官哼了一聲。「我得問問西蘭斯卡將軍。」

妮拉拿出夾在手臂下的皮箱，放在大腿上打開，花了很多時間翻閱其中的官方文件，最後她拿出其中一張交給後勤官。「這是讓我可以隨意查看紀錄的搜查令。妳覺得將軍在當前亂局下，會想處理這種事嗎？」

後勤官看了兩次搜查令。妮拉克制住緊張的表情。搜查令絕對有效，但包警告過她軍方不受一般民事法庭管轄，不論是否於法有據。

「好吧。」後勤官把文件還給妮拉。「妳想看什麼？」

妮拉努力不讓這麼容易就能看紀錄的驚訝顯露在臉上，也沒洩露她根本不知道要找什麼的事實。什麼紀錄能幫她找出坦尼爾的下落？在他被通報死亡之前的行蹤是什麼？「給我過去兩個月裡所有補給申請報告的副本。」

「所有報告？」後勤官在火藥桶上往後仰。「那有好幾百頁。」

「那就找個書記進來。我可以等。」

後勤官低聲抱怨，開始整理一個放在角落的木箱。妮拉靜靜等候，裝出很有耐心的模樣。維塔斯閣下曾多次強迫她幫他辦事——並非每件事都合法——她很快就學會，只要表現出一副理應出現在此的模樣，大部分人就會覺得她的出現很合理。

「妳還要其他東西嗎？」後勤官問，手裡捧著好幾綑文件。「我可不想再翻一次。」

「你們有什麼個別軍官的紀錄？」

後勤官拿起一疊陳舊的黃紙文件，厚到和妮拉的手掌差不多寬。「那得找將軍的副官，他才有權限可查閱。」

「當然。」妮拉接過後勤官的紀錄開始翻閱。「妳需要抄寫一份嗎？」

「那些紀錄都是一式三份，所以簽名欄才會是空白的。我等有人有空時再多謄一份就好了。妳在特別找什麼嗎？」

妮拉遲疑了。她真正的目的會令人起疑，但一想到要看這麼多報告就令她望而生畏。「妳知道雙槍坦尼爾上尉是否提過任何補給要求嗎？」

「他有。」後勤官搔了搔頭，彷彿在回想。「我想他申請過十幾次吧。我沒辦法告訴妳確切的日期，但所有火藥法師提出的申請都會在申請欄上註記『pm』(註)字樣。」

「妳真是幫了大忙，謝謝。介意我在這裡看嗎？」

後勤官聳了聳她瘦骨嶙峋的肩膀。「我無所謂，不過請容我失陪一下，我得去上個廁所。」

妮拉獨自留下來閱讀紀錄。她花了幾分鐘才弄清楚文件是怎麼排序的。每份文件上的字都很小，還有好幾個欄位：姓名、日期、申請內容，以及發放時間，起碼有六種不同筆跡的註記。她假設那是不同的後勤官所寫。找到第一個「pm」標記——坦尼爾申請更多火藥，但被拒絕了——接下來要找到其他的就很容易。

她剛找到第五份火藥申請時，聽見身後傳來老後勤官的聲音。

「就在那裡。」女人說。妮拉出於禮貌抬頭，發現自己被兩名身材壯碩的士兵困在小屋裡。對方身穿深藍色滾紅邊的艾卓軍服，頭戴熊皮高帽。他們不是普通士兵，是擲彈兵。

「女士，」其中一人說道。「請妳跟我們來一趟。」

妮拉的心臟差點要跳到喉嚨。「有問題嗎？」

「請跟我們來。」他看向身後，似乎有點緊張。「不要引起騷動，女士。」

妮拉看不出自己有什麼其他選擇。她可以大吼大叫，但是引來包的機會不大。就算包來了又有什麼用？基於任務性質，這裡並非友善的營區。「當然，讓我拿一下我的東西。」妮拉收好申請紀錄，用繩子綁起來塞到她的皮箱裡，跟著男人走出屋子。

「請跟緊我們。」其中一人低聲說道，然後往前走。妮拉注意到另一人走在後方十步外，看起來他們不想被人發現和她走在一起。

註：此處爲火藥法師powder mage的原文縮寫。

她跟著對方路過西蘭斯卡將軍的總部，翻過一座小山丘，來到營地的另一區域。她沿路打量旗幟，試圖回想艾卓軍的旅旗和團旗，但是完全想不起來。如果不是西蘭斯卡將軍，這些人要帶她去見誰？還是說他們要直接把她抓去關？

面前的男人突然在一頂白色帳篷前停步轉身，彷彿他的站崗時間開始了。他指了指帳簾，指示她：「進去。」

另一名士兵消失了。妮拉打量帳篷片刻，既好奇又害怕裡頭會有什麼。她咬緊牙關。她現在是榮寵法師了，得習慣危險——習慣冒險。她矮身入內。

帳篷中央坐著一個男人，正用力地在膝上的筆記本寫些什麼。妮拉進來時他沒有抬頭，只是指了指對面的椅子，然後繼續寫。妮拉謹慎地環顧四周。這裡看起來並不危險，不過在擠滿士兵的營區裡，情況可能隨時改變。她坐到那張椅子上。

從帳篷的大小來看，妮拉猜這人是軍官。他身材高大，站起來肯定超過六呎，肩膀很寬，胳臂很粗。他的臉看來像是被人毆打過無數次，鼻子歪斜，顴骨高聳。他坐的是一張輪椅，殘障人士在用的那種。

她看到角落掛著軍外套，肩章是艾卓山脈，上方有兩隻老鷹盤旋，山形繡章上有四條槓——妮拉認出那代表的是上校。她最近是不是在報上讀過，有名上校在英勇作戰時落得半身不遂？

他終於停筆，坐直身子。「妳就是今天下午和律師一起來的女人？」他問。

「我是瑪提亞斯律師的祕書。」

「妳跟隨那個律師多久了？」上校緊盯著她的臉。

「我不太明白你在問什麼？」

「這是個很直白的問題。」上校問。「妳跟著他多久了？他信任妳嗎？」

妮拉知道自己必須做出決定。她可以選擇全力支持包，在他被曝光和殺死時陪在他身邊，或是假裝自己只是個受雇辦事的祕書。

「我跟他一陣子了，他信任我，先生。」

上校瞇起雙眼。「是嗎？那個榮寵法師想幹什麼？」

妮拉強迫自己不要衝向帳篷門簾。「我不知道你在說——」

「夠了，」男人打斷她。「我認識雙槍坦尼爾的時候，他還只是個小孩，妳以為我會認不出他最好的朋友？」

「我很抱歉，先生。」妮拉說。「我不知道你的名字。」

「伊坦上校。」

「伊坦上校。如果你認為你認識對方，難道不該直接邀請那人到你的帳篷來嗎？」

伊坦隱隱露出笑容。「包貝德是來找坦尼爾的嗎？」

妮拉沒辦法迴避如此直截了當的問題。這個人自稱認識坦尼爾，現在或許就是從他嘴裡套情報的絕佳時機，否則就是陷阱。

「對。」她說。

伊坦輕嘆一聲，閉上雙眼。「感謝亞頓。」

「你說什麼？」

伊坦再度睜眼。「我過去幾週都在想辦法調查坦尼爾的下落。自從他被凱斯軍當成戰利品一樣掛在木樁上，就再也沒人見過他。西蘭斯卡拒絕提出質疑，他甚至沒有要求凱斯軍交還坦尼爾的屍體。」

妮拉喉嚨乾澀。「所以坦尼爾確實死了？」

「我不知道。」伊坦說。「他被吊在木樁上時還活著。大家最後看見他時，他還活著，然後克雷希米爾殺了亞頓，他——」

「等等，什麼？」妮拉忍不住打岔，坐在椅子上的身體向前傾。「克雷希米爾殺了亞頓？你在說什麼？」這傢伙瘋了嗎？

伊坦揮手。「說來話長，看來這個消息還沒傳回艾鐸佩斯特。該死的，西蘭斯卡將消息管得很嚴。關於妳之前的問題，我認為找包貝德過來是不智之舉。我認為監視妳的人會比監視那個所謂的『律師』的人少。」

「你要我帶信給他？」

「對。不要信任西蘭斯卡。」

「我認為包貝德不信任任何人。」

伊坦皺眉看著自己的腿，似乎沒聽見她說什麼。「西蘭斯卡是我的上級，我這樣做是誣衊上級，但他最近的舉動十分古怪。如我所說，他不肯調查坦尼爾的下落，堅決不肯相信湯瑪士可能還活著，甚至不晉升絕大多數效忠湯瑪士的士兵，只晉升跟他最久的部下。然後他莫名其妙在擔心凱斯軍翻越南方山脈的行動。他派了兩個連的兵力進入西南方的山谷，而他們在凱斯當真進攻時發揮不了任何作用。」

妮拉完全不瞭解軍隊內部的權力鬥爭，但她認為那種爭名逐利的情況應該和其他地方無異，甚至是政變前她受雇的貴族宅邸，也隨處可見這樣的競爭。她清楚包對這些軍政權謀毫不在意，但伊坦顯然為此煩心，而她認為吐露事實不會有多少幫助。

「你能幫我們找出坦尼爾嗎？」她輕聲問道。

伊坦看著她手上的公事包。「我查過所有坦尼爾的申請表，親眼看著他填寫其中幾張表格。我不認為那些表格能幫得上忙，但我想多一個人看總不會有錯。我竭盡所能調查他的下落，同時也在留意所有跑來調查的人。要查出情報，包可能得去凱斯營區一趟。」

「那是自殺的行為。」妮拉說。雖然就算是自殺也阻止不了他。

「或許吧。很遺憾我幫不上多少忙，我明天早上就要回艾鐸佩斯特了。如果有什麼我能幫得上忙的地方，找十二旅的擲彈兵和我聯絡。」

「謝謝你。」妮拉說。

她離開上校的帳篷，穿過營區，走向他們的馬車。如今她除了等包回來，把伊坦的話告訴他外，還有什麼能做的？伊坦的建議沒多少幫助，但她希望「他們在營區還有朋友」和「坦尼爾上次被人看到時還活著」這兩個事實，能讓包樂觀一點。

他們的馬車被移到路旁的溪谷裡，馬具都解開了。她坐在車裡閱讀那些報告，一頁一頁慢慢看，仔細研讀每一行，確保沒有錯過任何坦尼爾的申請。她最感興趣的欄位就是後勤官對於申請的備註。在某個時間點前，坦尼爾所有黑火藥的申請都「應參謀總部要求」遭駁回。

直到一個月前他開始收到火藥，而備註欄上寫著：特別許可，西蘭斯卡將軍。

妮拉挑出那張申請單，打算晚點拿給包看。

天色轉暗，妮拉終於放下手上的工作。她覺得有些奇怪，包和阿達瑪為什麼都還沒回來？她甚至沒看到歐里奇中士和他手下。她頭靠車廂內壁，不知道該去找人，還是在車上休息等他們。

妮拉依稀聽見對面車門外傳來喀啦聲。她轉身，車門是關著的。

「哈囉？」她問。

沒人回答，她把手放在門閂上，才驚覺在這個有數萬人的營地裡，她的馬車附近竟然一個人也沒有。

對面的門突然打開了。妮拉看見一個穿著深色外套的蒙面人，還有在月色下反光的刀刃。馬車在對方撲過來時晃動了一下。

妮拉翻向車廂另一側，感覺裙子被匕首劃過。她扭身躲開，聽見有人低聲咒罵，試圖把匕首從布料裡拔出來。她翻身壓住匕首刃面，一腳踢中對方肩膀。

蒙面人悶哼一聲退開，匕首滑落，隨後猛地一撲，整個人壓在她身上。

她頂住那人肩膀下方。他捶打她的手臂，用力往下壓，一手繞過她的脖子。她感覺到對方手指掐住自己喉嚨，想起維塔斯之前這麼幹時噴在她肩膀上的熱氣。

突然，那人嘶吼一聲，從她身上跳開。

他的外套著火了。

妮拉感覺脖子上的壓力消失，看見在自己指尖翻飛的火焰，接著在怒火的驅使下跳到男人身上。他企圖和她扭打，注意力都放在著火的外套上，但妮拉奮力突破他的防禦範圍。

她的手還在冒火，她抓住對方的臉用力推。

皮膚和骨頭似乎都在她的手指下消融。對方的慘叫卡在喉嚨裡，身體停止掙扎。坐墊和男人的外套還在燃燒，她拿裙子拍打火焰，直到拍熄為止。

屍體躺在她腳邊，頭部幾乎化成一灘令人作嘔的黑色黏液，沾黏在馬車座位上。妮拉慢慢後退，頭不小心撞上車頂，於是她矮身，但目光始終無法離開躺在焦黑衣服殘骸裡的屍體。

她低頭看著自己的手，手上沾滿燒焦的肉塊和骨頭。

「妮拉，妳還——」

包拉開她之前靠著休息的車門，低頭看著屍體。他的表情在黑暗中難以辨認。

「過來。」他溫和地說道，握住她的手腕把她拉到馬車外面。

直到被包帶開，她才注意到那股刺鼻的煙味，以及人肉、毛髮、羊毛布料的焦味。他從口袋裡拿出手帕，輕輕擦手，又從水壺倒了點水在手指上。之後他回到馬車裡，拿出她的皮箱。

「我……」她幾乎無法呼吸，心臟劇烈狂跳，雙手顫抖。

她剛剛殺了一個人，燒穿了他的腦袋，用她的手。

「我們得扔下行李。我本該燒掉馬車，但那會太快引來注意。他們已經逮捕歐里奇和他的手下了。我們得去找阿達瑪。」

妮拉看著自己的手，焦肉已經被清掉了，但手上還有之前鮮血黏稠的感覺。她強迫自己抬頭看著包的雙眼。她得堅強。「如果他也被抓了？」

「可能的話就去救他。若沒辦法，他就得靠自己。」

「歐里奇的手下呢？」

包悄悄地左右張望。「就連我也沒辦法在軍營裡救走十五個人，他們得為我們面對行刑隊。現在，我們走。」他拉她的手臂。

「不。」妮拉說。

「妳說不，是什麼意思？」

「你——我們——讓他們陷入這種處境。我們要救他們出來。」

「可惡，妮拉，」包嘶聲道。「這要有人支援，但我們沒有。」

妮拉側過頭。

「我們有。」她說。

5

阿達瑪才花了三個小時詢問調查，憲兵就找上門來了。

他正與一名年輕中士聊著對方在凱特將軍麾下第三旅中的表弟時，手肘突然被人碰了一下。他本以為是包或妮拉有事找他，轉身一看——他不得不抬起頭看——發現是一名憲兵軍官。對方胸口宛如酒桶，一開口聲音異常洪亮。

「阿達瑪調查員？」

「我是。」

「你得跟我走。」

阿達瑪緊握手杖，揚起眉毛。「不好意思，我正在訪談中，你得等等。」他回身繼續要與中士談話，希望憲兵能就此罷休。

「立刻。」對方喝道。

中士湊近阿達瑪說：「調查員，你最好跟他走。」

阿達瑪輕嘆一聲，拿起他的帽子，面對憲兵。「怎麼回事？」

「跟我走。」

「是，我已經知道了。我是艾卓公民，我有權知道憲兵為什麼要把我帶走。」

憲兵歪了歪頭。「這裡屬於軍事管轄範圍，你在艾卓憲兵面前享有的權利在這不適用。現在，你是要自己走，還是要我拖你走？」

不幸的是，這傢伙沒有外表看起來的那麼蠢。阿達瑪堅定地點了點頭。「我跟你走，但我要提出抗議。」

「隨便你愛怎麼抗議。往這裡走。」

阿達瑪刻意在穿過營區時大聲抱怨，一副受到騷擾的模樣，但內心十分緊張。他知道憲兵遲早都會找上門來，畢竟如果西蘭斯卡真有祕密，絕不會希望有人在營區打探消息。阿達瑪沒料到的是，他們這麼快就來了。

西蘭斯卡審問過歐里奇了嗎？還是有士兵認出包？有太多環節可能出錯，根本防不勝防。或許是那女孩臨陣畏縮，跑去找西蘭斯卡告密了。

阿達瑪否定了最後那個想法。那個洗衣工，不管她是誰，絕不膽小怕事。

營區的監獄不過就是三輛囚車，就在騎兵夜裡拴馬處附近。阿達瑪被人帶到最近的囚車前，一名守衛打開車門。

高大憲兵抓起阿達瑪的肩膀，把他推向囚車。阿達瑪咬緊牙關，很想訓斥對方，但心知此刻絕非樹立敵人的時候。三輛囚車都已經滿了，裡面是歐里奇和他的手下。

阿達瑪被推入車內，手杖被人拿走。

歐里奇不悅地看著他，等守衛離開去巡邏後才說：「看來榮寵法師的計畫出師不利。」

「他們什麼時候去抓你們的？」阿達瑪問。

「不到半小時前。」

「有說原因嗎？」

歐里奇搖頭。「他們趁我們分開時來抓人。有些弟兄在餐廳，兩個在廁所。他們偷偷動手，而且人數至少比我們多出三倍。」他湊到囚車的欄杆前吐了口口水。「憲兵很喜歡公開展示權力，他們這樣偷偷摸摸可不是好事。」

「他們表現得好像我們是國家公敵。」一名士兵說。

其他人紛紛點頭。

他又補充道：「戰地元帥絕不會這樣對待我們。」

歐里奇回頭看。「戰地元帥不在這。」他說。「你們這些傢伙記住了，你們只是奉命行事，如果有人要揹黑鍋，我來就好。」他打量著阿達瑪，彷彿在想為了他被軍法審判或面對更可怕的命運值不值得。

從所有人陰沉的表情來看，阿達瑪猜他們已經討論過這個問題了。

「他們什麼時候會審問我們？」阿達瑪問。他沒和憲兵打過交道，但可以想像最糟的情況——西蘭斯卡想要隱瞞什麼。他會刑求所有人，查出他們知道多少事，然後私下處決。

「要看他們有多著急，還有你捅的馬蜂窩有多大。也可能只囚禁幾天就放我們走。」聽起來歐里奇對結果並不抱太大希望。

黑夜一分一秒過去，阿達瑪瞪著營帳，等待西蘭斯卡的憲兵來帶他們去審問。數小時過去，他越想越覺得歐里奇說的或許是對的——西蘭斯卡只是不想讓情況變複雜，他不要他們惹事生非。他們處境依舊艱難，但這個想法讓阿達瑪放鬆了一些。

他開始打盹，肩膀靠在冰冷的囚車鐵壁上時，耳邊突然傳來一陣嘶嘶聲。他轉過頭，發現包就在他身後。「你被關在這裡多久了？」包透過欄杆問。

阿達瑪甩開睡意。「有幾個小時了吧。」

「哨兵都昏迷了，我們只有幾分鐘時間，守衛要開始巡邏了。我們得走了，馬上走。」

阿達瑪猶豫了。如果西蘭斯卡只是想暫時囚禁他們，逃跑就會讓情況惡化。包繞到囚車前，舔了舔他的手套指尖。他輕輕彈了兩下手指，然後貼上鋼鎖。

「你確定這是好主意嗎？」阿達瑪問。

「他們派人去殺妮拉。」包說。「他們不是要我們保持安靜，而是要我們的命。妮拉！去開下一輛囚車。」

阿達瑪轉身看見妮拉奔向另一輛囚車。她左顧右盼，似乎不太自在，然後伸出一隻手，掌心朝上，彷彿捧著什麼東西。阿達瑪皺眉看著她的動作。她在幹嘛？

她的掌心冒出一團冰藍色的火焰。她伸手抓住鎖，鋼鐵在她掌心融化，滴落地面滋滋作響。

其中一名士兵低聲咒罵。

這女孩是榮寵法師？難怪包堅持要帶她來！但她的手套在哪？阿達瑪沒時間多想，被交頭接耳的士兵推向囚車前。

「我們要怎麼逃出營區？」阿達瑪低聲詢問包。

「有幫手。」包說。他輕吹口哨，漆黑的哨所旁走出兩個男人。他們身高都超過六呎，手裡拿著一疊藍紅色制服。「歐里奇，」包說。「叫你手下換裝，他們現在是剛剛加入第十二旅的擲彈兵。你也一樣，阿達瑪。原來的衣服不要脫，各位，不能留下任何我們逃跑的證據。」

阿達瑪拿起一套制服穿在身上，很不合身，尺寸太大。他又穿上外套，然後戴上熊皮帽。妮拉走過來幫他們一一整理，讓制服看起更合適。她來到阿達瑪和包身邊，指了指兩名擲彈兵。「你們現在是伊坦上校的榮譽護衛隊，」她對阿達瑪說。「護送他北上艾鐸佩斯特。他本來明天一早離開，因為家人生病了，所以今晚就走。」

「我們可以信任這個伊坦上校嗎？」

包遲疑片刻，然後點頭。「他是坦尼爾的朋友。」

阿達瑪看著包和妮拉，他們兩個都沒穿制服。「你們呢？」

「我們自己有辦法出去。」包說，但沒有進一步說明。

「內戰怎麼辦？」阿達瑪問。

「那不是我的問題。」

妮拉一臉歉意地看著阿達瑪。

「開始行動。」包吩咐。「守衛一小時內會換班。我們在這裡等，確保上校帶你們離開前沒人注意到你們失蹤，然後我會製造假足跡，讓人誤以為你們逃往艾德海的方向。他們會推測你們坐船逃走。」

阿達瑪嚥下差點脫口而出的感謝。畢竟，要不是包的強烈要求，他也不會出現在這裡。「我兒子呢？」他得救回他兒子，包是唯一能幫他的人。

「我先去找坦尼爾，然後再回艾鐸佩斯特找你。我保證。」

阿達瑪對榮寵法師輕輕點頭，便和歐里奇小隊跟著兩名擲彈兵離開。他們快步穿過營區，阿達瑪跟得很吃力。歐里奇的手下都是艾卓士兵，或許沒有擲彈兵那麼健壯，但假扮他們並不難。阿達瑪年紀比這些人都大上十幾歲，體力在歲月和家庭生活的影響下變得大不如前。他習慣坐馬車，不習慣行軍。

還記得在學校時，那時湯瑪士還只是個上校，剛剛開始為平民在軍中晉升鋪路，阿達瑪曾一度考慮成為職業軍人。

才行軍三分鐘，阿達瑪就暗自慶幸自己當年沒那麼做。

他們很快就抵達第十二旅擲彈兵的營區。阿達瑪認得他們的軍旗，兩隻鷹在艾卓山脈上盤旋，他試著回想關於伊坦上校的事。

伊坦是職業軍人，剛過三十歲，在葛拉戰爭結束後的一場小規模戰役中表現傑出，因此嶄露頭角。他或許看來晉升神速，不過考慮到擲彈兵的平均軍旅生涯有多短，就沒那麼奇怪了。突擊隊通常都活不久，更何況這類大塊頭很少聰明到哪裡去。

阿達瑪也記得，在兩週前的報紙上看到伊坦在戰場上受傷，報導還說他癱瘓了。

他的呼吸在耳邊聽起來十分粗重，他看見一輛馬車在營區外圍，周圍圍繞了五十名擲彈兵組成的榮譽護衛。幾名擲彈兵拿著來福槍和工具袋在一旁等著。阿達瑪、歐里奇和其他人被匆忙穿戴上裝備。

「入列！」一名上尉喊道。「可惡的狗東西，這麼晚才來！你們連揹上校都不配！幫上校洗腳都不配！等你們回來就全都給我去挖茅坑！」他在隊伍旁來回走動，拿馬鞭抽打他們膝蓋。阿達瑪感到小腿一陣刺痛，忍著不咒罵出聲。他在扮演一個角色，不能露出馬腳。

「是，長官！」他和其他人一起說。

上尉停在他身邊，俯身對他低聲說話。「如果你給我的上校惹麻煩，我會親手殺了你。」說完，不等阿達瑪回應就轉身離去。

車內伸出一隻手拍了拍車身。阿達瑪還沒喘過氣來就又開始隨隊急行。

馬車離開營區的硬質泥土來到通往艾鐸佩斯特的石板大道上時，他已經走得滿頭大汗。他們在營區最北的檢查哨停車，兩名哨兵走向馬車。

阿達瑪距離太遠，聽不見他們交談的內容。他扛槍立正，背包貼在脊椎上，希望哨兵不會注意到他的身高就一名擲彈兵而言太過矮小，或是還沒正式開始行軍他的制服就已經濕透。

一名哨兵聳了聳肩，兩人一起退後一步，揮手讓伊坦的馬車通過。阿達瑪經過時，他們看都沒看他一眼。

他們繼續連夜行軍，走到他雙腳灼痛，肺部猶如火燒。過去六個月裡的所有傷口似乎都綻開了。他鼻子痛，肚子和肩膀上的傷也在痛，連之前沒發現的瘀青都隱隱作痛。他覺得自己開始脫隊，離歐里奇的手下和伊坦的真擲彈兵越來越遠，只得努力加快腳步跟上。

真可悲，誰沒事會想讓自己的身體遭受這等虐待？阿達瑪用自尊心強迫自己前進。這趟旅程根本是白費力氣，坦尼爾很可能死了，包或許要過幾週或幾個月才能回來幫自己找喬瑟——如果包真的會回來。他當初為什麼要同意此事？

還有西蘭斯卡和凱特之間的事。他毫不懷疑內戰會摧毀艾卓。他越是去細想在西蘭斯卡指揮所看到的地圖，就越覺得將軍不是在準備應付戰鬥——他想挑起戰鬥。

凱特真的是為了掩飾自己的罪行才指控西蘭斯卡是叛徒嗎？或許她以為有更多參謀總部的將軍會站在她那邊？又或許她打算說服亞頓之翼。無論如何，她會慘遭西蘭斯卡和凱斯軍夾殺。

她知道會有三個旅的艾卓步兵因她而死嗎？她真的自私到那種地步？

阿達瑪直到發現馬車和護衛隊已經在他前方四十步遠時，才意識到自己停下了腳步。他跑步跟上，強迫自己不理會膝蓋的傷，剛好在上尉下令停止前進時抵達部隊後衛。

阿達瑪擠開士兵，走向伊坦的馬車，卻遭人阻擋。

「我沒說散開。」上尉對他說。「在我揍你之前給我入列。」

「我得和上校談談。」阿達瑪說。

「不准。入列！」

阿達瑪沒時間來這套。他突然心跳加速，不是因為行軍的關係。「我不是你他媽的手下，你很清楚這一點。」阿達瑪說。「我感謝你的協助，但給我讓開。我在執行戰地元帥湯瑪士交付的任務。」

「戰地元帥湯瑪士已經——」上尉說著，挺直了身子。

「上尉，」馬車裡傳來聲音。「冷靜點，讓調查員上車。」

阿達瑪忍住勝利的笑容，沒必要進一步激怒對方。他推開上尉，打開馬車門上了車。黑暗中看不清楚伊坦的五官。阿達瑪很肯定對方身材高大。他坐在座位上——有鑑於他的身體狀況，可能用皮帶綑綁固定——手中拄著一根拐杖。

「你可以脫掉軍服了。」伊坦說。「如果現在有人找上門，這偽裝也無濟於事。」

阿達瑪鬆了口氣，脫掉熊皮帽和紅外套。但他立刻後悔這麼做了，因為夜風吹拂他汗濕的上衣，讓他感到徹骨寒意。「謝謝你的幫忙，上校。」阿達瑪說。

「我也只能做到這樣了。」伊坦拍了拍車壁，他們又開始前進。「坦尼爾救過我，他是個好朋友。我知道你們是想幫他，我只希望我們能做得更多。」

阿達瑪說：「我們或許還能做些什麼，」隨即又補充。「我是指為了部隊。」

伊坦含糊地應了一聲。

「凱特和西蘭斯卡的衝突可能會摧毀艾卓。」阿達瑪說。

「我不打算管這件事了。我要回北方，安靜退休。不管我們打贏還是打輸，一個殘廢的擲彈兵對誰都沒有用處。」

「但是……」

「沒有『但是』了，調查員。我很樂意幫助你們逃出西蘭斯卡的魔爪，但對我來說就到此為止了。」

「我理解。」阿達瑪沮喪地用拳頭擊打自己掌心。

伊坦接下來的話帶了點遲疑。「如果我能做什麼幫你們加快行程，我會做的。」

「有。」阿達瑪說，心中重燃希望。「我需要一封介紹信。」

「給誰？」

「亞頓之翼的阿布拉克斯旅長。我想我知道該怎麼解救凱特的部隊了。」

6

坦尼爾注視著在底下峽谷進行搜索的一隊艾卓士兵。

自從他們兩天前離開維瑞帝谷，和主連隊分道揚鑣後，他就一直跟蹤他們。對方一共有十二人，身穿艾卓藍制服，揹著全套裝備，手臂夾著來福槍。他們小心翼翼地沿著山谷前進，一天推進不到一哩，沿途搜查每條小徑和壁縫。

以這種速度，他們還要兩天才會找到卡波的藏身處。

坦尼爾努力忍著站起來大喊大叫的衝動。他很想衝下山坡，滑過碎石堆，揮舞雙臂引人發現。他好幾週沒飽餐一頓了，也沒舒舒服服睡上一覺。他皮膚乾裂骯髒，身體仍因之前被克雷希米爾的士兵毆打而渾身痠痛。

他早已不再注意自己身上的氣味，這無疑是他對這種惡臭過於習慣的證明。

他之所以能不出聲，完全是因為心中揮之不去的疑慮。這些人非常可能是來尋找他的，艾卓西南方的高山幾乎難以通行，複雜的河谷系統也沒有通往任何重要地點，艾卓軍還有什麼理由跑來？真正的問題在於，他們為什麼要找他？

指揮部沒理由派兩個連的兵力來找他，西蘭斯卡將軍背叛了他，背叛了湯瑪士，還背叛了艾卓，這些也許是他精挑細選的手下。又或者是湯瑪士回來了，而這些人是友軍。

但如果他們是友軍，肯定會大聲呼喊他的名字。他難以抉擇該怎麼做。士兵與他相距超過一哩遠，他完全認不出任何人的長相。坦尼爾低聲咒罵。如果還有黑火藥，即使距離五哩他也能把他們看得一清二楚。

他花了好幾個小時蹣手蹣腳下山，鞋子裡滿是砂礫，小腿因下坡而灼痛，直到天快黑了，才終於躲到距離部隊一百五十步外的岩石陰影下，完全隱藏身影。他汗流浹背，又咒罵了一聲。

每個士兵都攜帶上了刺刀的步槍。從遠處看，那些來福槍可能會被誤認為是普通的燧發槍，但坦尼爾從這裡能清楚認出那流線型的槍管和圓潤槍托。那些不是燧發槍，而是空氣來福槍——子彈不是透過黑火藥燃燒擊發，而是利用壓縮空氣。

空氣來福槍是精密但不可靠的武器，士兵只有在要殺火藥法師時才會攜帶空氣來福槍。

坦尼爾在藏身處等到天黑，看著士兵紮營，然後順著陡峭的山壁爬回去。

他走山羊小徑翻越山脊，往東走了將近一哩，回到兩塊巨大平坦岩石中間的窄縫中。卡波盤腿背靠岩壁坐著，她的深色雀斑都被泥巴遮住，黑大衣破爛不堪，雙眼下方有很深的黑眼圈。她抬頭看坦尼爾，腦袋因為疲憊而輕輕搖晃。

「一隊艾卓士兵。」坦尼爾說。「全副武裝，攜帶空氣來福槍。」他在她身邊坐下，不願意去看躺在她前方的蠟刻娃娃。「肯定是西蘭斯卡的人。」他感到疲憊入骨，每條肌肉都在疼痛，雙手因缺乏火藥而發抖。這是一個進步，幾天前戒斷症狀幾乎令他站不起來。「他們在谷裡搜索，很快就會抵達彎道，然後往這個方向來。最多兩天。我在他們身上感應不到任何一點火藥。」

他勉強擠出笑容。卡波的頭靠上他肩膀，坦尼爾試著坐直一點。他不能流露疲態，那對她不公平。

她救了他，以魔力提供他力量。

她還僅憑意志力困住了一個神。

坦尼爾終於低頭去看地上的蠟刻娃娃。他認得那張臉，細緻的下巴、金髮、曾是一隻眼睛所在的醜陋黑洞。一塊和坦尼爾拳頭大小相當的石頭壓住娃娃胸口，一根長針插在它頭上。

坦尼爾輕輕推開卡波的頭。「時候到了。」他說。

她抬頭看他，眼中帶有疑問。他在想，如果卡波能說話，會是什麼樣的聲音。他親吻她額頭，站了起來。

「我得去殺我的同胞了。」

坦尼爾在午夜過後悄悄地沿著山坡下行。夜色濃重，薄薄的雲層遮擋住四分之一的明月。他渾身顫抖，輕手輕腳地使勁爬坡，避免擾動碎石或驚嚇到躲起來的小動物，眼睛也因為用力凝視黑暗而痠疼。

他唯一的武器就是逃出凱斯營區時搶來的火槍。火槍上了刺刀，但沒有火藥和子彈，所以只能當矛來使。他把外套留在卡波身邊，因為銀鈕釦可能會反射月光，洩露他的行蹤——他用皮革包覆腰帶釦環，將之完全遮擋。

他深刻地感受到缺乏火藥的困擾。哪怕只有一點點黑火藥也能強化他的感官，讓他在黑暗中清楚視物。火藥能壓制筋骨痠痛，還能提供力量和速度，讓他可以輕易應付十幾個人……

好吧，肯定不能輕易應付，但也不是不可能的事。

他低伏在山坡下，盯著獵物。

艾卓士兵背對岩壁凹陷處，在一道十呎高的瀑布陰影下紮營。其中有個人站在瀑布上方站哨。仔細觀察幾分鐘後，坦尼爾在營地下方約莫三十步外的河谷中找到第二名哨兵。那裡十分適合防禦，不可能遭受敵軍夾攻。

但坦尼爾也不可能夾攻任何人，他一個人可辦不到。唯一能替他掩飾行蹤的就是那道瀑布。在黑暗中無法清楚視物很不方便，但他已經策劃這次伏擊超過一週了。他很清楚這附近的地形。這裡是河谷中幾個適合斥候紮營的地點之一，而他連對方放哨的位置都猜對了。

他們的艾卓藍制服在黑暗中不易看見，但銀鈕釦洩露了行蹤。坦尼爾突然心生疑慮。他從小就是在這些男人和女人之中長大的——或許不是正在獵殺他的這些人，但肯定是他們的同志。這些人是他的兄弟姊妹。

那他們又為什麼要拿空氣來福槍獵殺他？只有西蘭斯卡有辦法在艾卓境內弄到這麼多空氣來福槍，只有他能找到這麼多對他效忠到願意追殺火藥法師的艾卓士兵。我殺過艾卓士兵，他提醒自己。凱特的邪惡士兵，跑來對付他和卡波。我可以再殺一次。

他在前往瀑布頂端途中不小心踩滑腳下碎石。哨兵微微轉頭，舉起她的空氣來福槍。坦尼爾停步，放慢呼吸。一段近乎永恆的時間過後，她終於壓低來福槍，轉向東邊，低頭看向谷地。

坦尼爾步入溪流，感覺到冰水透過鞋上的洞滲進去。他放輕腳步，慢慢接近哨兵，一手摸到火槍口，解開刺刀。

冷汗沿著後頸流下。刺刀紋絲不動。他更用力扭轉，但依然沒有成功。

他壓下越來越強烈的恐慌。他可以徒手解決對方，但是缺乏武器會降低勝算，也更容易被辨識出是特定人幹的。

他小心地把火槍擺在溪岸邊，上前三個跨步，一隻手臂繞過哨兵喉嚨，另一隻手抵住她的尾椎，隨即收緊手臂，截斷對方通往腦部的空氣和血流。

她發出輕微的窒息聲，來福槍嘩啦一聲掉入溪裡。坦尼爾聽到聲響心跳加速，越過她的肩膀觀察下方營地是否有察覺到上方動靜，同時在心中暗自讀秒。

弄暈目標要二十秒，確保致死要四分鐘。

她才奮力掙扎了八秒，雙手就癱軟下來。坦尼爾繼續讀秒，在確定底下沒人發現後，他閉上雙眼。

他為什麼要饒過這些獵殺他的人？只要有一個人活過今晚，他們就會警告谷地下游的連隊，然後會有兩百多人跑來追殺他，來追殺卡波。

對方在十八秒時完全停止掙扎。坦尼爾繼續使勁，把人拉近自己。殺手的擁抱，湯瑪士曾如此稱呼這個動作。

他感覺臉部潮濕。

他想起不久前，在東方遙遠的高山上，透過來福槍管瞄準他最好的朋友，只因為對方是榮寵法師便成為死亡目標。

坦尼爾在數到三十秒時放開那個女人。他的憤怒並不足以支撐他的力量。他將癱在懷裡的人輕放到溪岸上，手探到她唇上，感受到微弱的呼吸。坦尼爾暗罵自己軟弱，接著迅速下山，繞過營地。他在一名睡夢中的士兵移動時停下腳步，但對方只喃喃說了幾句聽不懂的話，然後翻身繼續睡。

坦尼爾聽見自己的心跳聲。他原本那勉強算得上計畫的方案，全靠先解決哨兵，然後殺死睡夢中的所有人。殘忍但有效。

現在他該怎麼辦？他們一早醒來就會發現遭受攻擊。他們會知道目標就在附近，那這次攻擊又能達到什麼目的？什麼都沒有。

從後方逼近第二名哨兵時，他因步伐加快而不夠謹慎。一塊石頭翻動，碎石位移，坦尼爾咒罵出聲。

對方轉身面對他，張口欲言。

坦尼爾衝向前，一拳擊中哨兵下巴，扯住對方制服前襟，一把抓住掉落的來福槍。哨兵癱倒在地。

月光從雲層後短暫露面時，坦尼爾檢視腳邊的男人。長相稚氣，沒有遭受戰爭摧殘。他看起來大概只有十八歲。是個新兵？

他拿起士兵的空氣來福槍，沿著槍身撫摸。槍管長且光滑，和火槍很像，燧發裝置該在的地方有個擊發裝置，槍柄該在的位置則是圓形的氣罐。對火藥法師而言，這是很可怕的武器，但由於造價昂貴又不可靠，這種槍在凱斯軍隊中並不普遍。湯瑪士在艾卓境內完全禁用這種槍。

破壞槍上的擊發裝置不難，但坦尼爾得傳達一個信息。

他抬手對著夜空，透過指縫凝望月光。他想起殺死那些艾卓士兵——挖泥隊的景象，想起把手插入說要強暴卡波之人的嘴裡，手指纏繞住他的牙齒，抓住並拉扯。他記得扯下對方頷骨時肌腱斷裂的手感。

當時他做這些並沒有靠火藥幫助，只有他的怒火和卡波的奇特魔法驅動。

坦尼爾雙手握住空氣來福槍的槍管，用力凹折。慢慢地，槍管開始在他手裡屈服變形。他把槍管折成直角，肌肉在施力時大聲抗議。

接著他又回到營地，找了個粗麻袋，收走所有氣罐，拿走士兵的糧食和裝備——一把匕首、一把劍，還有足夠他和卡波吃上一個月的糧食。

他讓他們全躺在鋪蓋裡沉睡。他們會在天亮或哨兵恢復意識時醒來，發現有人洗劫了營地。

而在營地中央的火堆旁，十一把空氣來福槍整齊排開，每把槍都被凹成了L型。

7

妮拉在艾卓營區的西北方等候，裙襬已被身下的草沾濕，頭上星辰隱沒在雲霧之後。儘管東南方營區有數千簣火映照，身旁還有包那溫暖的身軀，她依然覺得自己在這片荒野中孑然一身。

如果是白天，她知道她可以看見艾鐸佩斯特南方平原一路延伸到西邊查勿派爾山脈外圍的黑焦油森林。東方是艾德海，南方則是艾卓和凱斯邊界的艾卓山脈。

她聽說，艾卓人才會稱那裡為艾卓山脈，凱斯人則稱之為克雷辛山脈。她搓了搓手取暖，想著其他地區的地圖上不知道會怎麼標記這座山。她感受到微涼的秋意，要不了多久，樹葉就會開始凋零。她的衣服全都放在馬車頂的行李箱裡，馬車留在艾卓營區。

行李箱裡還有一具面目全非的殺手屍體。

「你還是要幫阿達瑪找他兒子嗎？」話一出口她就想到，如果包要欺騙阿達瑪，肯定也不會對她全盤吐實。

身旁的包動了動。他們仰仗包的魔法輕易溜出營區，彷彿隱形般經過士兵和衛哨。從那之後，他就沒怎麼說話。

「我信守承諾。」包說。他微微遲疑，語氣帶有遺憾。

看來他並不想信守這個承諾。

「你在想，當初根本不該帶阿達瑪和歐里奇來。」妮拉輕聲道。

包哼了一聲，沒有回答。

「是吧？」

「我當然會這麼想，他們只會讓情況更加複雜。沒錯，帶他們來讓我們有機會和西蘭斯卡面談，但我讓他們身處險境，也增加了我們任務的困難度。如果我自己來，就可以潛入營地，刑求幾個關鍵人物逼出情報，然後全身而退。」

包一口氣表達了讓那兩人身處險境的懊悔，又說要刑求無辜的士兵，讓她覺得這種說法很奇怪。在妮拉看來，這兩種行為是互相矛盾的，但她還是認為包是好人。是她弄錯了，還是事實比想像中複雜？

包揮了揮手，彷彿在回答她沒問出口的問題。「他已經脫離險境了。」

「你確定？」

「囚犯失蹤的事肯定已經曝光。」包說。「如果西蘭斯卡想要張揚，早就派搜索隊掃蕩這片田野，或許還會派騎兵去追伊坦上校。不，西蘭斯卡會壓下這件事，也許他沒時間或人力組織搜索隊。」包的頭側向妮拉，她依稀看見他面露微笑。「或是腦袋融化的殺手讓他們不太敢追。」

妮拉清了清喉嚨。她不想討論那個。見鬼了，她根本不想回想那件事。男人頭顱在她燃燒的手掌下消融，會讓她作好幾個月的噩夢。她顫抖了一下。「我們要在這裡留意什麼？」

「間諜。」他說。

她忍不住語帶諷刺。「間諜？這裡？這麼黑？」

「不要盯著營火看。就算距離這麼遠還是會影響妳的夜視能力。」

她剛剛就在盯著營火看，希望今晚能有溫暖的地方睡覺。她的牙齒開始打顫，於是她悄悄往包靠過去一點。「這裡這麼偏僻，間諜有什麼理由路過？」

「為了繞過哨兵。」包說。她在他伸手指向一方時看見他手臂的陰影。「西蘭斯卡的營地在那裡。而那裡——」他又指向南方。「約七哩外，是凱特的營地，再過去就是凱斯軍。在那上面——」他指向西北。「是亞頓之翼，艾卓雇用的傭兵團。」

「他們在雇主內戰時隔岸觀火？」

「一點也沒錯。」包說，聽起來很開心。「現在，由於部隊內部分裂，西蘭斯卡很可能不信任自己的手下，所以他的間諜不會經過南邊的警戒哨，反而會往北走，假裝是前往艾鐸佩斯特的信差。這名信差會在北上數哩後離開，改道此處，而這裡可以前往凱斯、艾卓或傭兵營地去見他的聯絡人。」

「你怎麼可能知道這些？」

包輕笑。「我在街頭長大的，又住過戰地元帥湯瑪士家。我受過戰術推演的訓練，也有大部分榮寵法師缺乏的推理能力。現在，別再問問題，開啟第三眼。」

幾乎所有具有魔法能力的人都能開啟第三眼，注視艾爾斯，這樣做可以讓他們看見魔法在世界上留下的痕跡，也能看見其他擁有魔法能力的人。包教她的第一課就是開啟第三眼，看穿真實存在的東西，注視隱藏其下的魔法。

她輕輕吸了幾口氣，雙眼半開半合，專注在眼球四周的肌肉上。整個過程和鬥雞眼差不多，她感到一陣暈眩，差點彎下腰去，但她強迫自己撐住，把眼睛整個撐開，看進艾爾斯裡。視線模糊不清，彷彿透過很厚的簾幕視物。即使在黑暗中，她還是看得出地表的輪廓，但像是用粉蠟筆隨手勾勒而出，宛如畫家的草稿。

她轉向艾卓營區，一時間感覺營火的數量彷彿變成了兩倍。技能師在艾爾斯中發光，整個營區都亮糊成一片。

「我要吐了。」她說。

包在她耳邊低語，嚇了她一跳。「不要放棄，噁心感可以透過練習減弱。」

「我們就靠這樣在黑暗中找出間諜？」

「對。」

「你認為間諜會是榮寵法師還是技能師？」

「不是榮寵法師。」包說。「很可能是技能師，很多間諜都是，技能可以提供優勢。但即使不是技能師也無所謂。」

「為什麼？」

「火藥法師沒辦法在艾爾斯裡看見普通人，技能師也不能。」

「但榮寵法師能？」

「對，色彩很淡。如果榮寵法師是營火，技能師是油燈，普通人就是螢火蟲。他們在艾爾斯裡的魔光弱到妳會以為是自己幻想出來的。」

妮拉盯艾爾斯盯到眼睛不適。她雙眼乾澀，太陽穴隱隱作痛。「那怎麼派得上用場？」

「銳利的目光，」包說。「加上練習。」

「如果這就是練習，那我不想繼續練了。」

「我向來討厭練習。」包的語氣在她耳中帶有一股暖意。「但練習才會進步。練習才會讓妳變得比想傷害妳的人更聰明、更強大。而當妳是榮寵法師時……所有人都想傷害妳。」

妮拉覺得自己內臟在不安地絞動著。怎麼會有人能維持這種狀態這麼久？光想就讓她作嘔。

「記得妳有多討厭維塔斯嗎？」

妮拉差點脫離艾爾斯。她怕自己回答這個問題會失控。

「妳記得他讓妳覺得有多無助嗎？」包低聲問。「把那些恨意和怒氣通通聚集起來，然後拋開，不要放在心裡，那只會讓妳苦悶。拋到一旁，提醒自己為什麼不想再度陷入絕望無助中，把妳的弱點轉化為力量。妳會成為力量強大的榮寵法師，妮拉，比我認識的法師更加強大，比我強大。但妳得下苦功。」

妮拉為了忍住不笑差點再度失控。強大？比包強大？聽起來很荒謬。「你有多強大？」

「還不賴。我有弱點，但我用機智彌補。」

「聽起來不太正派。」

「性命交關時，撒謊和欺瞞都是小事。而在皇家法師團裡，隨時都在面臨性命交關的處境。我本來有機會成為首席法師，特別是在我得知某些……祕密之後。」

「什麼祕密？」

「遠古魔法，像是摺疊艾爾斯，不讓其他榮寵法師或技能師發現。」

「誰教你的？」

他的語氣意味深長。「一個很老的女人，她教了我很多可能不該教我的東西，最後那些知識回頭反咬她一口。」包停頓。「身為榮寵法師，還有件事妳該知道。」

「只有一件？」

「比較……私人的事。」

妮拉心跳漏跳了一拍。她一直在想他什麼時候會提起這件事。「喔？」她將第三眼轉向艾卓營地北方的黑暗區域，留意任何動靜，暗自慶幸包看不見她臉紅。

「妳會產生慾望。」

「什麼樣的慾望？」這是個蠢問題，她知道他在說什麼。

包以討論正事的語氣繼續說：「妳會想帶所有人上床。持續接觸艾爾斯會讓榮寵法師變成發情的雄鹿，不論男女都會遭受影響，不過女人的自制 力比較強。」

「如果我沒那種慾望呢？」

「妳會有的。」

「你有水嗎？」

「有。」包把水壺放到她手裡。「關閉第三眼，妳不會想昏過去的。」

妮拉這才意識到，身體因為持續窺探艾爾斯而顫抖不已。她關閉第三眼，一臉感激地看著水壺。喝完水後，她轉向包。「你有過很多女人嗎？」

「有幾個。」

「我聽說過榮寵法師的傳言……」

「大部分可能都是真的。」他頓了頓。她感覺到他在看她。「妮拉，如果我今晚或明晚抓到間諜，我就得刑求他。」

轉移話題讓她鬆了口氣，但只輕鬆片刻。「非刑求不可嗎？」

「我要得到情報。」

「你不能用魔法讓他說實話嗎？」

「我希望可以。」

「沒別的選擇了？」

「我不是好人。榮寵法師都不是。」

妮拉不喜歡這種說法。「理論上我將會成為榮寵法師。」

「妳就是一名榮寵法師，即使妳才開始受訓也一樣。」

「而我得做很可怕的事才能在世界上生存？」

「妳已經做過了，妳還會再做。」

她立刻想起指尖染血的那種黏膩感，還有之前殺手頭顱彷彿溫熱的蠟般在她手中融化。「這是短短幾分鐘內，你第二次告訴我我會怎麼做了。你真的這麼瞭解我嗎，榮寵法師包貝德？」

她感覺包的手套輕輕掃過她的臉頰，很快又縮回。

他們一聲不吭地坐了一會兒，聽著風聲吹過遼闊的田野。附近有隻貓頭鷹在黑暗中鳴叫。包突然站起來，脫掉外套披在妮拉肩膀上。

「我不冷。」她說。

「我都聽見妳的牙齒打顫了。」

他走下山坡，白色的榮寵法師手套在黑夜中看來十分顯眼。她強忍噁心開啟第三眼。他是在接觸艾爾斯嗎？

他在艾爾斯中的魔光亮到她幾乎難以直視。他張開雙臂，她以為會看到他施法，但他只是站在原地，感受風吹過臉龐。

「包！」她低聲呼喚。

他走回山丘。「嗯？」

「我看見了！有動靜。」

「哪裡?」

「東南方,沿著山丘之間前進。至少,我覺得我看見了。或許——」

「不。」包語氣嚴肅,她聽見他壓響指節的聲音。「我也看到了。妳待在這裡。」

他朝她在艾爾斯中看見的黯淡光芒位置前進,步伐自信,彷彿此刻是大白天而非深夜。她緊張兮兮地吸了幾口氣,在黑暗的風中感覺更加孤獨。她看向遠方艾卓營區的營火餘燼,再度希望自己待在安全溫暖的被窩中。

包會說,對榮寵法師而言,沒有安全的地方。

他要她留下來,是不想讓她看他折磨那個可憐人嗎?還是因為認定她很軟弱?

或許兩者皆是。

他告訴她,她是一名榮寵法師,要在世界上生存,她就不能軟弱。隨著魔法力量的增強,他人的期望也將隨之而來。人們會期待她使用這份力量——無論是為了國王、國家,還是財富。她的能力會遭人覬覦。她不禁思索,這股力量會不會帶來某種慾望?不僅僅是包提到的性慾,還有對財富、僕役、權力的渴望。

這種恐懼在她心底揮之不去。她能做什麼?逃到遠方,希望永遠沒人注意到她?還是學會控制魔法,擁抱它所帶來的力量?她不想當邪惡之人,但包說得好像榮寵法師別無選擇。她覺得自己彷彿在體內引爆了一場戰爭,而這場戰爭將決定她會成為什麼樣的人。

她發現包也在打同一場仗。

妮拉站起身，看到包已經翻過下一座小丘，逐漸遠去。她開啟第三眼，但看不見之前在艾爾斯中注意到的微光。包也隱藏起來了，施展他剛剛提到的隱身技巧。

她關閉第三眼，在黑暗中找路，跌跌撞撞地跟上去。

她在跟了四分之一哩後扭傷腳踝，只能一瘸一拐地來到蹲伏在長草中的包身邊。她能感受到他凝視著黑暗的那股緊張氣息，彷彿一頭洞穴獅正悄悄盯住獵物。他沒有轉頭，只是低聲問道：「怎麼了？」

「我該和你在一起。」

包遲疑。「妳確定？」

「確定。」

「很好。不管對方是誰，他正筆直朝我們走來。不要接觸艾爾斯，我要用大地絆倒他，用空氣束縛他，但技能師看不見我施展的魔法。妳還沒學過這些，所以要待在這裡，等我抓住他。」

妮拉蹲在包身邊，膝蓋都被草弄濕了。從包面對的方向推斷，間諜是從兩座山丘之間的谷地而來。不過她什麼都看不見，只能等包動手。

她沒等太久。他突然揚起雙臂，夜色中猶如兩道陰影，她隱約看到他手指舞動時閃爍著火花。下方谷地傳來一聲慘叫，隨即戛然而止。包猛地跳起來。「來！」他們衝下山丘，包朝前撲去。「別動，可惡!你哪兒都去不了。」對方悶哼了幾聲，接著，附近出現一道類似牛眼提燈的黯淡光線。光源來自包的肩膀，映出包和一道瘦小身影扭打在一起。

「是個男孩！」妮拉忍不住叫道。他們抓錯人了嗎？是某個無辜的信差，或甚至只是個打算逃跑的打鼓小兵？

包瞪了她一眼，把男孩翻倒在地。對方的手腳都被隱形魔力固定，宛如離水的魚般在地上掙扎。他絕不超過十二歲，鼻子很窄，長長的棕髮綁在後腦，身穿黑制服、黑及膝襪、黑靴，以及黑外套。

包站起身來，一根手指指著男孩，彷彿把一隻蝴蝶按在地上。他似乎打算讓男孩自己掙扎到體力耗盡。

妮拉走到包身邊，在他耳邊低語：「他只是個孩子。」

「我知道。」

「你要刑求他？」

「如果有必要的話。」

「你以前也是小男孩。」

「而我學會如何長大。」

他冷酷的語氣令她震驚。「先讓我試試。」

他眨了眨眼，很有禮貌地朝男孩比了個手勢。「請便。」

「給我一副手套。」

她戴上手套，跪在男孩身邊，把他扶到包的光線下。「你知道這是什麼嗎？」

男孩一臉驚恐地點頭。

「你運氣不好，落入兩個榮寵法師手裡。老實回答問題，我們就放你走。敢欺騙我們，我們會輪流把你身上的肉一點一點燒光，等到天亮，你只會剩下一具焦黑的軀殼。我可以保證沒人會聽見你的叫聲。」她湊到他面前。「也不會有人幫你，聽懂了嗎？」

男孩嘴巴在動，但沒有發出聲音。

妮拉回頭看包。

「抱歉。」包說，手指扭動。

「再來一次，」妮拉說。「你聽懂了嗎？」

「懂！」男孩喘道。「我懂！」

「很好。你叫什麼名字？」

「弗克拉。」

「很不幸的名字。」包的聲音很輕，剛好能讓妮拉聽見。

她嘴巴抿成一條線，忍著不笑。「你在這裡做什麼？」

「我從部隊逃出來了。」話音剛落，包立刻扭動手指，弗克拉隨即尖叫。「對不起！我是說，我是去送信的。」

妮拉努力克制自己。包真的能感應到他是否在說謊嗎？還是他只是在測試這個男孩？「幫誰送信？」她問。

「西蘭斯卡將軍。」

「送去哪裡？」

「凱斯陣營。我預計天亮時抵達。」

「信裡是什麼內容？」

「我不知道！那是彌封的信件，我不能打開。」又是一聲尖叫，弗克拉在看不見的魔力影響下身體扭曲。

妮拉拍了拍包的腳，男孩立刻停止扭動。「我發誓，是真的！」「信在哪裡？」

「我衣服裡。」

妮拉彎下腰，解開男孩的外套，然後撩起上衣。肋骨下方的蒼白肚皮上綁了一個皮袋。她解下袋子交給包。

包稍稍退開才拆開信封。他讀了一會兒，示意妮拉過來。

「有暗碼。」包說。「可惡，派不上用場。」他繞圈走了一會兒，然後停下腳步。「亞頓之翼雇用了幾名解碼員，他們在世界各地都打過仗。他們的營地不遠，如果徹夜趕路，我們中午前可以抵達。」

妮拉一點也不喜歡這個想法。她渾身濕透，又累又髒，還扭傷了腳踝。在黑暗中步行七哩聽起來很可怕。

「那這孩子呢？」

「我得殺了他。」包說。

「不行！」

「我們別無選擇。不能放他走，否則他會跑回去找西蘭斯卡，告訴他信被劫走了。我下手會乾淨俐落。」

「你這個天殺的禽獸！我不准你這麼做。」

「妳打算怎麼阻止我？」包語帶挑釁地問。

妮拉雙手僵住，想到曾在手指上翻飛的藍色火焰。她在騙誰？她沒辦法和包在魔法上一較高下，他能把她當成個垃圾扔掉。「他是無辜的，要殺他就先殺我。」

包沉著臉，目光在她和男孩之間游移，彷彿在考慮該怎麼趕走她。

「我們可以帶他一起前往亞頓之翼營區，交給他們處置。」妮拉說。「我們不用殺他，他也不會去向任何人回報。」

「我不喜歡帶拖油瓶。」

「你讓我帶上雅各了。」

「我沒讓妳帶來這裡，我們把他留在阿達瑪家，以免他變成負擔。」

「我們只要把這個男孩帶去亞頓之翼營地就好。你雙手還想染更多血嗎？」

包看著手套片刻，最後輕輕點頭。「帶他走，但最多留他到亞頓之翼營區。」

8

早上七點左右，草上還沾著露珠，阿達瑪、歐里奇及十五名士兵抵達亞頓之翼傭兵營區。傭兵駐紮在名叫比利夏爾的小鎮附近，離黑焦油森林邊界不到三十哩。他們的聖徒光環金翼紅軍旗在鎮上唯一的教堂尖頂飄揚，營區四周環繞一圈匆促搭建的柵欄和六呎深的壕溝。

隨著黑夜過去，阿達瑪感到筋疲力竭，強迫自己一步一步前進。他徑直走向第一名遇上的哨兵，在距離對方幾步前停下腳步，任由那人警惕地打量自己好一段時間，才開口說道。

「阿達瑪調查員，求見阿布拉克斯旅長。」他說。

哨兵是名中年男子，槍上配有刺刀，穿著一身熨燙整齊的紅白軍服，金色飾邊在晨光下閃閃發亮。

「我沒有收到關於你的指示。」哨兵表示。他看向這一小隊士兵，還有草地上延伸到遙遠處的足跡，似乎不太確定該如何應付。

「我代表戰地元帥湯瑪士而來。」

哨兵更懷疑了。「戰地元帥死了。」

「是嗎？」阿達瑪說，不耐煩地板著臉，但覺得這表情看起來更像是疲憊地瞇眼瞪人。「我們趕了一夜的路，要通知旅長緊急軍情。我有艾卓軍第十二擲彈旅伊坦上校寫的介紹信。」

哨兵又看了阿達瑪一眼，然後轉向歐里奇和他的手下。士兵已經卸下擲彈兵的偽裝，只留下來福槍，儘管二十四小時未合眼，依然目光銳利。

「那我最好親自送你們進去。」哨兵說。

這是阿達瑪兩天內第二次被人領進軍營中心。他們被交接給另一名哨兵，然後是少校的副官——笑容親切的金髮年輕女子——她帶他們前往阿達瑪之前看到的那座教堂。

營區剛剛開始甦醒，鍋子架到火堆上，洗衣工剛洗完昨晚的衣服。安靜的營區隨著士兵起床而慢慢嘈雜起來。

阿達瑪在他們抵達教堂時拉住副官的衣袖。「只有我要見旅長。」他說。「可以請妳招待一下我的護衛隊嗎？」

副官立刻點頭，向歐里奇招手。「帶你的人去柳樹旅店，就在那些房子後面。那裡晚上是軍官餐廳，但他們會很樂意提供早餐。告訴他們記在阿布拉克斯旅長的帳上。」

「謝謝妳。」阿達瑪在士兵去找旅店後道謝。

「應該的。」副官說。「友軍怎麼對我們，我們就怎麼對待友軍。戰地元帥湯瑪士向來對我們很友好。」

阿達瑪懷疑湯瑪士要怎麼支付給亞頓之翼的報酬。幾個月以來，首都報紙就一直在暗示破產的消息。

進了教堂，阿達瑪被安排到其中一張長椅上，然後副官就消失了。他靜靜地坐著，雙手放在腿上，觀察布道壇後方的彩繪玻璃。最大的一扇窗上描繪著克雷希米爾高高飄在南矛山上，雙臂張開覆蓋九國全境之景。他的弟弟妹妹聚集在他腳下，幫他建立九國。阿達瑪心想，不知道和克雷希米爾本人開戰會如何影響艾卓境內的克雷辛信仰。

「調查員？」

一道聲音驚醒了阿達瑪，他才意識到自己靠在前排長椅睡著了。他用力搓揉額頭，想去除長椅壓出來的紅印，然後站了起來。「我是。」

「旅長正準備吃早餐，她邀請你一起用餐。」

一聽到早餐，阿達瑪就差點要昏倒。疼痛加上徹夜未眠導致他根本沒去想食物的事，但一提到食物，就讓他的肚子像洞穴獅一樣大聲咆哮。

他被帶到對街一棟兩層樓的小屋，磚牆上還搭配著綠色百葉窗，看起來像是牧師的住所。來人引導他前往餐廳。

阿達瑪驚訝地看向坐在餐桌主位上的熟面孔——溫史雷夫女士，亞頓之翼傭兵團老闆。她身穿白制服和金飾帶，亞頓之翼旅長的正裝。不過阿達瑪猜那只是形式上的服裝，她並沒有指揮部隊的經驗。

阿布拉克斯旅長坐在桌尾，一樣一身白金制服。她在阿達瑪進來時起身。「調查員。」她語氣平淡，嚴肅的表情看不出情緒。

「旅長。」阿達瑪和她握手。「還有女士，我不知道妳也在這裡。」這可能會讓事情更加複雜。阿布拉克斯以處世嚴謹著稱，但阿達瑪還是期望能說服她幫忙。而溫史雷夫女士就沒那麼好說話了。

「調查員，我聽說你有湯瑪士的消息。」溫史雷夫把茶杯送到唇邊。

阿達瑪吞了口口水，注意到對方沒有請他入座。「很抱歉，女士，我沒有。」

溫史雷夫女士臉色一沉。「副官說你是這樣告訴她的。」

「我並非刻意誤導，」阿達瑪說。「我只是說我代表戰地元帥湯瑪士而來。」

「我懂了。」她又喝了一口茶，依然沒鬆口讓他坐下。「那已故的戰地元帥有什麼指示，讓你至今依然認為有必要執行？」

阿達瑪在記憶中搜索湯瑪士消失於凱斯境內前下達的命令，不管是口頭還是書面命令。「沒有，女士。」

溫史雷夫女士輕輕嘆了口氣，阿布拉克斯瞇起眼睛看他，兩人都沉默不語。

「女士，我……」

「我們上次見面時，」女士說。「你以叛國罪調查我。我明白你是奉命行事，但那對我們的關係毫無助益。我希望你這次來有什麼好消息。」

阿達瑪不管編什麼故事都騙不了溫史雷夫女士，而他多半也不能激起她的愛國心——她已經在竭盡所能守護國家。他還能怎麼做？

阿達瑪決定從現實面下手。「我昨天早上與榮寵法師包貝德和湯瑪士的一班來福槍戰隊一同抵達艾卓營地，打算以戰爭圖利罪名逮捕凱特將軍，釋放雙槍坦尼爾。」

「雙槍兩週前失蹤了。」阿布拉克斯說。「你們肯定有收到消息。」她沒有提關於凱特的指控，眉毛甚至連動都沒動一下。

「我們知道他被指控防衛過當，殺死了凱特幾名手下，之後就沒消息了。當然，這是直到昨天為止。西蘭斯卡將軍告訴我們部隊內亂的情況，還有坦尼爾遭凱斯俘擄並殺害的事。」阿達瑪再次感到不安，意識到首都沒有收到前線消息並非偶然，這是他之後得多加思考的問題。

溫史雷夫女士的茶杯輕叩杯盤。「你說榮寵法師包貝德？」

「是的，女士。」

「他現在人在哪裡？」

「我們離開艾卓營區時分開了。」沒必要詳加描述細節，那只會讓情況更加複雜。

「雙槍沒死。」阿布拉克斯說。

「喔？」

「至少，沒人找到屍體。」阿布拉克斯繼續說。「在克雷希米爾和米哈理……發生那件事情前，有人瞧見坦尼爾和他的女野人一起在凱斯營區殺出一條血路。我的榮寵法師告訴我，當時在那裡看見了一些非常有趣的魔法。」

包聽到這個消息肯定會很高興，但要如何把消息告訴他？榮寵法師此刻應該已經潛入凱斯營地——或被西蘭斯卡抓到處決了。阿達瑪努力拉回思緒，現在不是討論雙槍的時候。

「這些事都很有意思。」溫史雷夫女士說道。她咬了一口餅乾，咀嚼後吞下才繼續說。「但和你來的目的無關。」

阿達瑪看得嚥了嚥口水。「女士，我和西蘭斯卡會面時看過他的作戰計畫，我有理由相信他會在兩天內攻擊凱特，而我不認為他打算以外交手段解決衝突。如果雙方開打，凱斯只要袖手旁觀等他們兩敗俱傷，這場戰爭就結束了。」

「你有解決方案？」阿布拉克斯問。

「有。」

「說說看？」

「我要妳把凱特的三旅兵力全納入亞頓之翼傭兵團。」

阿布拉克斯大笑。「荒謬。」

阿達瑪雙手撐在桌上。「這樣做可以結束分裂，拯救數萬人的性命。」

「太荒謬了，我們後勤補給不可能辦到。」阿布拉克斯說。

「不會辦不到，只是很困難。」

「而且，」阿布拉克斯補充。「還得要凱特同意。」

「她會同意的，我知道她想要什麼。」

阿布拉克斯張口欲言，但溫史雷夫女士揚手打斷她。

「調查員。」溫史雷夫女士說，語氣帶著一絲興味。「請坐下來和我們共進早餐，我想多了解些。」

9

坦尼爾爬上山坡，找了個離營地數百呎高的地方坐下，準備一直守到天亮，監視那些睡夢中的士兵。

天還沒亮，坦尼爾剛離開營地沒多久，一名士兵就爬出鋪蓋，搖搖晃晃走入樹叢。一分鐘後他回來了，驚慌的喊叫聲告訴坦尼爾，自己拿小隊空氣來福槍完成的作品被發現了。其他步兵也都紛紛清醒過來。

他們陷入恐慌。隔得這麼遠也能聽見嘶啞的爭論和咒罵聲。隨後一聲驚呼，他們找到了第一名昏迷不醒的哨兵。

又過了混亂的十五分鐘後，一道人影——大概是他們的中士——爬到瀑布頂端找到第二名哨兵。他們把她抬下來，然後集合開會，所有人空著手、背靠岩壁形成防禦陣。

東方天際剛泛起微光，他們便匆匆拔營出發。士兵們疲憊不堪，肢體語言透露出恐懼，所有人小心翼翼地沿著河谷往回走。坦尼爾一直等到可以繼續隱蔽地攀爬而不會被發現時，才長途跋涉回去找卡波。

兩小時後，他矮身進入洞穴。他的雙腳因攀爬而疼痛，身體也痠疼不已，途中還摔倒了三次，差點墜落山谷。他的手指在流血，衣服褲子都破爛骯髒到彷彿乞丐。

看見卡波時，他心臟差點跳到喉嚨。她縮在山洞角落，披著他的外套，雙手當作枕頭。坦尼爾繞過克雷希米爾娃娃，跪在她身邊。

「波。」他輕輕碰了碰她的肩膀喚道。

「是我，波。」

有東西抵在他的喉嚨上。他深吸一口氣，低頭看到卡波手裡的長針。

一隻綠眼注視他片刻，然後長針縮了回去。她坐起身，甩開睡意。

「克雷希米爾——」坦尼爾急切地詢問。「克雷希米爾怎麼了？」

她對他揚起一邊眉毛，然後綻放笑容，手指向綁在山洞中央的娃娃，在空中做出行走的手勢，然後用另一隻手狠狠砍下。

坦尼爾哼了一聲。「他哪都去不了？」

卡波點頭，露出一抹勝利的微笑。

「怎麼做到的？」

她點了點自己的太陽穴，再指向娃娃。

坦尼爾這才第一次注意到娃娃旁邊地上繪製的符號。那是許多模糊的線條，朝克雷希米爾反方向延伸。他看不出所以然。「那些是什麼意思？」

她捏緊拳頭，然後一指。

「我不——」他住口皺眉，接著他明白了，那些不是符號，是手指。克雷希米爾躺在一隻手掌心裡。如果坦尼爾沒弄錯的話，那是她的手掌。「他在妳掌心裡，妳不必醒著也能制住他？」

她點頭。

「妳是怎麼想出來的？」

卡波翻了個白眼，彷彿在看山洞某個角落，然後比出意義不明的手勢。

「什麼意思？」

她面無表情地挑高眉毛，像往常一樣裝作不理解他的話。「波，那到底是什麼意思？」他難以掩飾迫切的語氣。她怎麼能確定克雷希米爾依然處於她的掌握中？她怎麼知道那些線條有效？

她聳了聳肩，用一根手指在地上畫畫，另一隻手朝克雷希米爾的娃娃攤開。

「妳在實驗？」

她點頭。

「拿神來實驗？」

卡波露出羞怯的笑容。她趁他不在時補的那一覺讓她氣色好多了。她的眼袋變小，精神似乎恢復不少。她已經一週沒笑過了。

坦尼爾放開她的手臂，伸手梳理骯髒打結的頭髮。他抓下幾根松針，丟到山洞角落。

「妳怎麼可能知道怎樣做有效，怎樣做無效？該死，真希望我能稍微懂一點妳的魔法——一點點都好。」

她指著自己。*我也是。*

「妳對妳的魔法一無所知？」

她微微聳了聳肩，豎起五根手指。她又在地上畫了一會兒，然後用手指劃過喉嚨。

「波，我完全看不懂這是什麼意思。」

她有點惱怒地哼了一聲。

「實驗魔法要小心點，波。」坦尼爾提醒她。「我聽說有些榮寵法師和火藥法師自學入門基礎，但是沒受過訓練的法師如果想要更進一步只會害死自己。他們會被艾爾斯燒死或炸死自己，或有火藥癮，或……可惡，我不知道妳的魔法會如何反噬，但肯定會發生的。」他揉了揉眼睛。「妳竟然在控制一個神，我不明白妳怎麼還沒被自己的力量害死。」

她比了個手勢，露出安撫人的笑容。*我也不知道。*

真是太棒了呢。

坦尼爾拿出從艾卓士兵那裡偷來的乾糧，和卡波狼吞虎嚥地吃了起來。餅乾又硬又鹹，牛肉乾的筋多到和羊腸線差不多，但他彷彿從未嚐過如此美味的食物。他足足吃了兩份口糧才強迫自己停下來。他晚點會肚子痛，而且……

硬乳酪的味道喚起一段他希望遺忘的回憶：克雷希米爾不可一世地站在亞頓——米哈理——原先站立的地方。這些士兵之所以只吃行軍口糧，是因為米哈理死了。坦尼爾把口糧袋踢到一邊，突然覺得很不舒服。他驚訝地發現，有一滴淚珠順著臉頰滑落。

他快速擦去淚水。

卡波勾起他的手，強迫他躺在冰冷的地上，頭枕在她的大腿上，一邊輕輕按揉他的太陽穴。他伸展四肢，小心不碰到克雷希米爾娃娃，感覺痛楚開始離開他的手腳，思緒也逐漸模糊……

坦尼爾突然驚醒，睜開雙眼，發現自己還躺在卡波腿上，她柔軟的手掌貼著自己的臉頰。山洞裡還有陽光，表示現在剛過正午。

他忍住呵欠，逼自己起床。他得回到外面去監視艾卓部隊，但卡波好溫暖，雖然洞穴地面冰冷，他還是覺得自己像是在溫泉裡泡了好幾個小時。

「我得……波，妳手指上那是血嗎？」

波的指尖上沾著紅色血跡。她手指按在嘴唇上，低頭看了他片刻，思緒像是仍飄在遠方。接著，她用那隻手指按到他右臉上。他伸手想阻止她，但她的另一隻手以出乎他意料的力氣抓住他，先塗抹他的一邊臉頰，然後是另一邊。他感覺到血液在臉上乾涸。

她舔掉手指上的血，但指尖又有更多血水滲出來。那是她的血。

她在做什麼？這是魔法嗎？某種野蠻儀式？

他推開卡波站起來，那種感覺很詭異。「波，妳在做什麼？」他用衣袖擦了擦臉，然後查看袖子，什麼都沒有，非常奇怪。

卡波用呵欠回應他更多的問題。

坦尼爾把卡波留在洞裡盯著克雷希米爾娃娃，自己走出洞外，爬到山頂，沿著山脊前進。他右邊的河谷就是先前伏擊艾卓步兵的地方。他們要花上半天時間才能回到連隊營地。如果對方加速行軍，現在應該才剛剛抵達。

坦尼爾沒必要太接近。

他沿著山脊繼續走，保持在山脊東側，那裡最不可能被目光銳利的斥候發現。山脊越來越狹窄險峻，可供藏身的地方越來越少，但他沒有停下腳步，直到眼前出現一大塊平坦岩石，天空在岩石後延伸開來，宛如高山的寧靜湖面。他手腳並用爬到那塊岩石邊緣，窺視下方的景象。

維瑞帝谷是兩座灰頂高山之間的崎嶇裂谷，他離谷底起碼有上千呎遠。一條不到二十呎寬的河流沿谷底中央蜿蜒而下，頑強的高山灌木叢沿著谷底叢生。坦尼爾伏擊艾卓士兵的河谷就在他西側流向維瑞帝谷，而維瑞帝谷又連接了另一座山谷，然後延伸二十幾哩進入艾卓平原。

谷底有至少一百頂營帳，一個連的艾卓士兵。如今坦尼爾毫不懷疑他們是西蘭斯卡派來的，他猜這些人全都有空氣來福槍。他們從哪弄來這麼多空氣來福槍？凱斯嗎？

這些人知道他們在背叛自己的國家嗎？

一陣動靜引起坦尼爾的注意。一小隊人馬從山谷出來往艾卓營地前進。坦尼爾換了個舒服的姿勢，同時暗罵自己糟糕的視力。如果處於火藥狀態下，他甚至可以看清他們臉上的表情，然而透過正常視力，他幾乎連人數都數不清。

揭曉真相的時候到了。他的仁慈表現能說服他們折返嗎？他們會瞭解他們是遭受長官欺瞞而去獵殺一位盟友嗎？他們會被坦尼爾展示的力量嚇到嗎？

他等了數小時，努力瞇起眼睛觀察營地裡的動靜，完全無法推測出他們的計畫。那班士兵肯定會回報狀況，軍官就會開會討論，連隊少校會聽從上尉的建議做出決定。

一些士兵開始離開營地。坦尼爾追蹤他們的動向，看著他們走向谷底眾多峭壁和河谷。

他們在召回其他搜索隊。

營地裡，士兵整齊列隊。坦尼爾看著他們，心裡一沉。數十人整裝列隊，腰間掛著裝備，肩上扛著空氣來福槍，刺刀在陽光下閃爍。

他們並沒有拔營撤退。

一支可能介於八十到一百人之間的隊伍，踏著緩慢的步伐離開營地。他們堅定地走向坦尼爾身處的河谷。

看來他們的意圖十分明確。

坦尼爾打從第一眼見艾卓連隊進入維瑞帝谷時，就開始準備這場無可避免的衝突。

大部隊行進的速度無疑較為緩慢，但人數優勢會給他們信心，讓他們的移動速度比之前的搜索隊更快。按照常規的行軍速度，隨時派遣斥候和哨兵，這群人最多只要三、四十個小時就能抵達峽谷頂端。從那裡，他們能在幾個小時內找出卡波的山洞。

坦尼爾思考著峽谷的地形，在心中描繪。共有三個箝制點，能讓他獨自擋下整支部隊。另外有五處足夠陡峭且堆滿碎石，可以製造山崩，還有超過十多個絕佳的狙擊點。

但他們會在箝制點開槍射殺他，山崩會暴露他的位置，而他沒有來福槍。

「卡波，」他回到山洞中，對卡波說道。「我們得走了。」

她蹲在克雷希米爾娃娃前，目光宛如貓眼般深邃，眉頭深鎖。她輕輕搖了搖頭。

「他們要找上門來了。」他說。「大概有八十名步兵，全都有空氣來福槍。如果我們夠幸運的話，他們還要兩天才會找到這裡。我不可能應付那麼多人。」

卡波再度堅決地搖頭。

「妳說『不』是什麼意思？」

她指著娃娃，用兩指在空中走路。他不能移動。

「我們得移動他。如果待在這，我們就死定了。」

卡波盯著娃娃沉默了許久，最後蹲坐下來，眉頭緊鎖。她用一根長針的尖端在地上畫畫，之後一手掌心朝上，似乎是指懷錶。接著用另一手的手指敲了敲掌心。

我需要時間。

「好吧，波。」坦尼爾說。「但如果他們靠得太近，近到要展開一場真正的追逐戰，我們倆就死定了。」

10

傭兵營區映入眼簾時，妮拉推測應該是十點左右。他們的俘虜弗克拉走在前面，看起來疲憊又沮喪。

他趁夜企圖逃跑三次，往南方跑，每次都被妮拉追上撲倒在地。第三次時，他被包的魔法擊倒，終於鬥志全消。

妮拉腳很痛，衣服骯髒，只想躺到溫暖的床上。包除了臉頰上因為沒刮鬍子而有點深色鬍碴之外，似乎完全沒受到睡眠不足影響。

哨兵是名穿紅白制服的亞頓之翼年輕女兵，肩上扛著來福槍，站在路中央，雖然路上根本沒人。她看起來相當無聊，眼睜睜看著他們幾人通過，連問都不問。

「她不該盤問我們嗎？」妮拉問。

「她在那裡是為了監視敵軍。」包說。「步兵、騎兵之類的。下一個哨兵才會問我們來意。」

「喔。」

「妳想知道為什麼嗎？」

「我應該要知道嗎？」

「要常問為什麼。光知道事情的表面是不夠的，榮寵法師總是須要知道原因，那對妳學習事物運作的原理很有幫助，有助於妳操控艾爾斯。」

「好吧，」妮拉問。「為什麼？」

「因為下一個哨兵是榮寵法師。」

四名傭兵站在路邊，其中三人在妮拉和包走近時壓低了來福槍，刺刀閃閃發亮。

「到此為止。」第四個人說。那是一名年長女性，她站在其他人旁邊，雙掌舉在身前，讓他們清楚看見她手上的手套。「我知道你是什麼人，孩子。立刻解釋你來此的目的。」

包湊到妮拉身旁小聲嘀咕：「亞頓之翼雇了數十個力量不強的榮寵法師，他們很適合唬人，其中幾個技巧不錯，但很少能和皇家法師團的法師媲美。如果有時間，我可能會擺架子嘲弄她，但現在……」他舉起雙手，沒戴手套。「我是來找阿布拉克斯旅長的。」他對那女人說。

一看見榮寵法師，弗克拉立刻後退，直到撞上妮拉。他神色驚恐地轉身，要不是被妮拉抓住領口，他早就拔腿逃跑。

「有什麼事？」

「我自己的事。」包說。

四名哨兵低聲商議。

「別開第三眼。」包悄聲提醒。「她能感應出來。」

「她在艾爾斯裡看不見我嗎？」

「不，妳和艾爾斯的互動還沒多到能產生靈氣。再過幾個月，最多一年，妳就會有了。」

妮拉本來正要開第三眼，她想瞧瞧除了包以外的其他榮寵法師看起來會是什麼樣子。即使沒開第三眼，她還是隱約能感受到……這女人不太一樣。或許這只是出於她的想像。

「交出你的手套。」亞頓之翼的榮寵法師終於說。「讓我們搜身，然後我們會帶你們進入營區。阿布拉克斯旅長不在，但你們可以求見溫史雷夫女士。」

包立刻眼睛一亮。「那位女士在這裡？太好了。」

妮拉以為他會抗議，但他任由對方搜身，甚至毫無異議地交出三副手套。

一名哨兵轉向妮拉。

「我沒武器。」妮拉在他舉手時說。

「我還是要搜身，女士。」

妮拉強忍著不悅讓對方沿著她身側和背部下方摸索，但當他搜到她兩腿之間時，她想也不想就動手了，狠狠甩了他一巴掌。

士兵踉蹌後退。「該死！」

包目露凶光，妮拉發現他渾身緊繃。

傭兵榮寵法師哈哈大笑。「喔，真精彩。夠了，她沒武器。帶他們進去吧。」

兩名手持來福槍的士兵帶他們到小鎮中央的教堂，教堂外有名祕書招呼他們。

「溫史雷夫女士在哪裡？」包問。

祕書瞥向巷子裡的一棟屋子。「女士現在不方便見客，我可以詢問她是否有預約……」

包推開祕書。「沒必要！」他二話不說就往那條巷子裡走去。

「嘿！」其中一名護送他們的士兵奔向包。妮伸腳勾住他的靴子，讓對方摔進泥巴裡，接著俐落地扶住他的手臂。

「很抱歉！我太笨手笨腳了。」

另一名護衛兵低聲咒罵，匆忙跟上，但包已經閃進祕書目光指向的那棟屋裡。妮拉把第一名士兵留在泥巴裡，拖著弗克拉隨包進屋。

妮拉抵達時，包正從餐廳出來，對上怒氣沖沖舉著來福槍亂揮的護衛兵。

「把槍收起來。」包語帶不悅，推開面前的來福槍。「女士！女士！」

士兵用槍柄抵著包的胸口。「出去！立刻！別讓我——」

「讓你怎麼樣？」包翻開外套袖口，雙手順勢滑入藏在那裡的手套。他手指輕觸士兵的喉嚨，對方嚇得面無血色。

「外面在吵什麼？」一名身穿白軍服金飾帶的老婦人從客廳走出來，一看到眼前的景象立刻停下腳步。「榮寵法師包貝德？」

包轉身背對士兵，將手套塞入口袋。「女士！」

「包！」

妮拉目瞪口呆，看著這兩人像老朋友一樣擁抱，親吻對方臉頰。

那位老婦人往後退了一步，上下打量包，妮拉猜她就是溫史雷夫女士。「榮寵法師包貝德，你真是長大啦。」

「妳比以前更美麗了。」包對溫史雷夫女士露出孩童般的笑容。

溫史雷夫女士命護衛兵和緊張兮兮的祕書退下。「過來和我坐坐！我去弄點茶。很高興看到你還活著。湯瑪士向我保證他剷除法師團時不碰你，但我還是很擔心。」

「我差點就沒命了，」包說。「但我挺過來了。女士，這位是我新收的徒弟，妮拉。妮拉，這位是溫史雷夫女士，亞頓之翼傭兵團的老闆，妳這輩子會遇上最好的好人之一。」

女士朝妮拉伸出手，妮拉親吻她手背。「我的榮幸。」她說。

「喔，她可真漂亮。」溫史雷夫女士說。妮拉發誓她有看見老婦人對包眨了眨眼。她覺得自己臉頰發熱。「那孩子又是誰？」溫史雷夫女士問。

「無名小卒。」包說。他在祕書正要離開時拉住她的衣袖。「把這孩子關到你們牢裡兩天，然後放他走。好好讓他吃飽，離開時給他五克倫納。」

祕書一臉困惑地領著弗克拉離開。

「很抱歉我沒時間客套。」他在眾人於客廳就坐時表示。「但妳該立刻找個解碼員進來。」

他拿出從弗克拉身上搜來的信，丟在桌上。

「那是什麼？」

「一封信，」包說。「西蘭斯卡將軍送給凱斯軍戰地元帥的。」

女士派人去找解碼員，然後回到座位上。「你怎麼得到這封信的？你當然不該干涉西蘭斯卡和凱斯的交流，他們可能在討論和平協議。」

妮拉開口說道：「我們今天凌晨兩點從那男孩身上拿來的。女士，我很懷疑在那種時間他會是在討論和平協議。」

「真的嗎？」溫史雷夫女士詢問包。

「真的。」

女士搖了搖頭，往椅背上一靠，突然顯得蒼老無比。「湯瑪士失蹤後，情況就很不對勁。他是維繫整個形勢的關鍵，但……」

「我不認為湯瑪士死了，」包說。「如果這能讓妳好過點。」

「這說法太樂觀了。他只帶兩個旅的兵力受困敵後，身處敵境。我不是戰略家，但他能回來的機率微乎其微。」

包的眉毛淘氣地跳動了一下，但沒多說什麼，只是詢問溫史雷夫女士的健康和她的孩子。他們像老朋友般聊天，妮拉覺得自己完全搭不上話。

包怎麼認識這個女人？肯定是透過湯瑪士。但他們表現得不像只是認識而已。包顯然毫無保留地信任她。這個榮寵法師絕不輕信於人。妮拉知道包會和所有人調情，所以他的微笑和恭維不令人意外，但溫史雷夫女士在他身邊表現得簡直像個小女孩。難道他……不會跟她睡過吧？

「有什麼問題嗎？」

妮拉過了一會兒才發現包在對她說話。「嗯？」

「妳臉紅了。」

她伸手搧了搧風。「只是在想最近那些刺激的事。」

包輕笑一聲，露出心照不宣的笑容。可惡！他好像完全清楚她在想什麼似的。

解碼員很快就到了，手臂下夾著一個文件袋。包指示他解讀那封信，然後繼續和溫史雷夫女士聊天。妮拉專心看著那名解碼員，一邊心不在焉地聽著兩人的對話。

解碼員攤開信紙，在桌上壓平，然後轉向他的文件袋，翻閱數十張紙，不時停下來把一張紙放在密碼信旁，但沒過多久又塞回去。最後他似乎終於對其中一張感到滿意，把那張紙留在信件旁，另外拿出一張白紙用手掌壓平。「找到解碼表了，女士。」他打斷了正在說話的包。「是一種很少用的密碼，但我們的紀錄裡有。」

「開始解碼。」溫史雷夫女士說。「包，繼續說。」

「我剛才說到那是戰爭的詛咒，是不是？幾週甚至幾個月漫長等待某件事——任何事——發生，幾乎讓人想要哀求開戰。」

「真的非常無聊。」溫史雷夫女士同意。「但我不會哀求開戰。我一聽說部隊分裂就立刻趕來，今天早上才聽說艾鐸佩斯特竟然沒人知道這裡的情況！」她搖頭。「我簡直不敢相信。」

「是真的。」包說。「我可以請問是誰告訴妳的嗎？」

「一個名叫阿達瑪的調查員。」

妮拉轉過身來，目光從解碼員身上移開。「阿達瑪在這裡？」

「本來在。他提了一些關於你的事，包，但我還是很驚訝能在這裡見到你。」

「我們……」妮拉開口。

「女士！」解碼員猛地站起身來，拿著解碼信副本的手顫抖著。「解碼完畢，女士。此事刻不容緩。」

「好，快說！」

解碼員舔了舔嘴唇。「西蘭斯卡正和凱斯軍合謀，女士。他打算摧毀凱特的部隊，然後背叛我們和敵人聯手。」

「給我看。」包從解碼員手中搶走譯好的密碼信仔細閱讀，看完後，他沉著臉將信交給溫史雷夫女士。

女士已經起身。「我剛才派阿布拉克斯和兩個連隊去找凱特將軍談判。我這是讓他們去送死啊。」她臉色發白，然後站直，抬頭挺胸。「召集所有上校，集結部隊。我們一小時內出發！」

解碼員驚慌失措。「女士，要哪些部隊出發？」

溫史雷夫女士雙手握拳，咬牙切齒。「所有人。」

妮拉把手放在溫史雷夫女士的馬車側壁，以防在他們與兩萬多名亞頓之翼士兵一同狂奔時頭撞到車壁。

女士神情專注地看著窗外，包則在她下令集結部隊後就變得沉默寡言。車廂內已整整兩小時沒人說話，妮拉好奇他們還要多久才會抵達凱特的營區。

「我們會開戰嗎？」妮拉問，只是為了打破沉默。

包瞥了妮拉一眼，沒說話。溫史雷夫女士對她露出一抹居高臨下的笑容。「看來肯定會。」她說。

「妳的部隊集結得很快。」妮拉說。「我沒有太多和部隊打交道的經驗，但我以為要更久才會開始行軍。」他們的速度確實令人讚歎，溫史雷夫女士一聲令下，第一批連隊不到十五分鐘就出發了。

「我們部隊在葛拉待了很久。」溫史雷夫女士解釋。「葛拉遊牧民族有一種習慣，很喜歡從沙漠中跑出來突襲軍營，弟兄們得學會迅速應對，不然鞋都沒穿好就會被殺。」她不再說話，繼續看向窗外。

「包，」妮拉喚道，希望分散一些等待抵達目的地的注意力。「你什麼時候要開始教我元素魔法？」

「等妳準備好。」包說。「妳有在練習觀察艾爾斯嗎？」

「有。」

「很好。」

「你不能先教我基礎課程嗎？」

包轉向她，嘴裡嘟囔著什麼，然後把手平放在膝上說：「注意看，榮寵法師可以操弄艾爾斯中五種不同的元素：空氣、水、火、土和以太。妳的主手——」他扭動著手指。「用來從艾爾斯召喚這些元素到我們的世界，妳的副手則用來引導它們。」

「如果少一隻手，」妮拉問。「我就沒辦法接觸魔法了嗎？」

「艾爾斯可以完全單靠一隻手或妳的副手操縱，只是會困難很多。妳的每根手指都對應一種元素，並且這決定妳在每種元素運用上的強弱。從食指開始最強，到拇指最弱。明白嗎？」

妮拉點了點頭，目前為止都很簡單。「我怎麼知道我運用哪種元素最強？」

「靠試錯。這沒有明確的測驗方式，只能靠妳整天搓揉手指，把手指向各個地方。就我在妳身上感應到的力量來看，在人多的地方這麼做，肯定不是個好主意。我們得慢慢弄清楚。」

「喔。」妮拉覺得有點失望，她現在就想知道自己能做到什麼。

「不過我可以告訴妳，」包繼續說。「妳的火元素最強，最弱的是以太。」

「你怎麼知道？」

「當妳握拳時，火焰沿著妳的手臂蔓延，那是因為妳接觸了艾爾斯，並把拇指和食指碰在一起摩擦。妳沒有利用空氣引導火焰，也沒有用水讓火像液體般流動，或是用副手引導元素，讓它宛如受驚的小貓般依附在身上。」他因為自己的比喻而露出微笑。

火，她最強的是火。這個想法讓她感到一股興奮沿著脊椎上竄。「火我可以理解，但是以太呢？你怎麼知道那是我最弱的元素？」

「幾乎所有人在以太方面都最弱，也就是拇指。以太的用途在於創造和摧毀物件與元素間的羈絆，可以把它想成是一個點火源，是點燃妳魔力的火星。拇指碰到食指點燃火苗，然後順著光譜而下。」

妮拉試探性地移動手指，確保手指不會相碰。她端詳自己的中指，好奇這根手指蘊含著什麼樣的魔力。「你說幾乎所有人最弱的都是以太？」

「對，只有少數例外。以太較強的法師通常會成為治療師，因為他們能夠編織血肉和骨骼，甚至是血管和腦漿之間的聯繫。」

「我永遠不能成為治療師嗎？」妮拉本來期待自己能成為治療師，儘管知道治療師有多麼罕見。成為治療師，她就可以幫助人，而不是殺人。

包聳了聳肩。「妳可以學會基本的醫療技巧，但要花上數十年研究和練習。我會在遇到緊急狀況時嘗試醫療魔法。我擅長燒黏傷口止血，也能在不傷及組織的情況下移除子彈，那是很簡單的技巧。但若要處理更複雜的傷勢，我可能會弄巧成拙。」

「你最強的元素是什麼？」

包輕笑一聲。「這不能隨便問，有人會視為嚴重的羞辱。」

「什麼？我只是……喔，我不知道。」那怎麼會是羞辱？只是個問題罷了。

「妳不可能知道。」包說。「榮寵法師喜歡祕密。我們就和松鼠囤積堅果一樣囤積祕密，很少分享祕密。我們的強項和弱點就是祕密之一。當然，隨著時間推移，一個治療師會闖出名號，火系榮寵法師會以擅長操縱火焰聞名。但在初期力量還不穩定的時候，妳不會想讓那些祕密被人知道。這在和其他榮寵法師決鬥時可能會救妳一命。」

「我懂了。」妮拉嘴上這麼說，但其實並不是真的懂。所有榮寵法師都這麼不信任別人嗎？

包伸出食指。「我最強的是空氣，然後是水、火、土、以太。」

「等等，」妮拉有點不高興。「你剛剛那樣說，為什麼又告訴我——」

「因為我信任妳。」包打斷她。「也因為我有自信，而且名聲響亮。大部分榮寵法師都已經知道我的強項和弱項。等別人聽過妳的名號，有機會四下打聽後，就很難保守這種祕密。」

「那直接問人為什麼會沒禮貌？」妮拉問。

「因為，」溫史雷夫女士突然插話。「那就表示妳認為對方蠢到會把自己的弱點告訴妳。試著用妳那顆漂亮的腦袋思考，女孩。」溫史雷夫女士蹺起腳，再度轉頭看向窗外。

妮拉對她吐舌頭。當她回頭看包時，他已經坐回車廂角落，思緒飄向遠方。

妮拉考慮換個話題繼續聊，但她的旅伴似乎都沒心情交談。窗外已經行經四分之一哩的山丘景色，於是她把注意力轉向手裡的文件箱。

她已經看過絕大多數坦尼爾被凱斯俘擄前的申請單。既然只剩下幾頁了，她就慢慢地翻閱，一行一行仔細閱讀。

她向來認為，在部隊中後勤官的工作是最無聊的，但那些字裡行間的數字存在著一股魅力。她想像如果經驗豐富，就可以透過那些數字得知部隊裡有多少士兵或騎兵，或是某位將軍的戰略偏好。

文件中有行字吸引了她的目光。她又看了一次，然後再看一次，確認日期。

「包……」她說。

「嗯？」

「有人提過坦尼爾被掛在凱斯營地的前一天做了什麼事嗎？」

包搔了搔他的鬍子。「我和營地裡的廚師聊過，就是米哈理之前的助理。坦尼爾那天下午和米哈理碰過面。」

「有說原因嗎？」

「沒有，但我可以猜測。他天殺的蠢到要自己去暗殺克雷希米爾。畢竟，只有這個可能會讓他被人抓起來。他八成是去諮詢米哈理的建議。」

「然後他就立刻跑去凱斯營地？」

「我不知道。」包聳了聳肩。「為什麼這麼問？」

「應該沒什麼。」妮拉翻過那張紙，閱讀申請內容和日期，那之後就沒有坦尼爾的申請了。但接著，她突然覺得呼吸加速。「包……」

「什麼事？」他神情不悅地搖頭，彷彿不滿思緒遭人打斷。

「你記得我對你說過伊坦上校說的話嗎？西蘭斯卡派兩個連入山的事？」

「記得、記得，說重點。」

她把報告遞給包。「看看坦尼爾提出的申請，文件中間。」

「我看到了。」他又看了幾次，然後說。「完全沒道理。坦尼爾有什麼理由申請三百把空氣來福槍？」

妮拉湊上前去。「我在當湯瑪士的洗衣工時，曾偷聽到湯瑪士說過，艾卓所有空氣來福槍都被鎖在艾鐸佩斯特一處軍火庫裡，明令規定只有火藥法師可以提領出來。看看時間！」她指著申請單。「凌晨四點，是坦尼爾被俘擄之後。申請單是冒用了他的名字。」

「喔，見鬼了。」包一邊說，一邊拍打車頂。「停車！立刻停車！」

「你要幹什麼？」溫史雷夫女士在馬車停下來時問。

「我需要兩匹馬。」包說。

「沒問題。什麼事？」

包跳出馬車。「叛徒知道坦尼爾被俘擄，於是冒名申請空氣來福槍。」

「為什麼？」

「或許他以為湯瑪士會回來……不管怎麼樣，西蘭斯卡已經派他的手下帶空氣來福槍去獵殺坦尼爾了。」

「你怎麼知道？」妮拉問。

「三百把空氣來福槍，足夠提供兩個連的兵力裝備，而西蘭斯卡派了兩個連入山。如果這是巧合，我就把帽子吃了。我得走了。」

「我跟你去。」妮拉說。

「不，妳待在女士身邊。我不要被人拖慢速度。我要天降火雨燒了那兩個連，附近的人都會粉身碎骨。」

「那為什麼要兩匹馬？」

包用力拉了拉他的榮寵法師手套。「跑死一匹換一匹。」

11

阿達瑪和阿布拉克斯旅長一起等著凱特將軍看完他帶來的文件。

他們在凱特的私人營帳裡，帳外的守衛都被支開。凱特慢慢翻閱文件，先看理卡·譚伯勒和兩名艾鐸佩斯特法官簽署的逮捕令，再來是針對她和她妹妹的指控清單及呈堂證供。

大約過了三十分鐘，她才把文件整齊疊好，放在面前的桌上，往椅背一靠，目光從阿達瑪看向阿布拉克斯，然後又看回來。

「妳否認這些指控嗎？」阿達瑪問，很高興能打破沉默。

「不否認。」

這倒是出乎意料。「我是被派來逮捕妳的。」阿達瑪說。

「你們瞭解當前形勢嗎？」凱特問。

阿布拉克斯在阿達瑪身邊點頭。「是的。」

「你們以為我會為了自保，」凱特說。「把我的部隊交給西蘭斯卡，然後和你回去艾鐸佩斯特？」阿達瑪還沒回應，她已經繼續說下去。「我不幹。西蘭斯卡是叛徒，他打算把我們通通賣給凱斯。不管我犯了什麼罪，我都不是叛徒。」

他們一抵達，凱特就把西蘭斯卡的事告訴他們，但提不出任何證據。她宣稱她的證人被西蘭斯卡的人毒死了。

「事實上，」阿達瑪說。「我們沒打算那麼做。」

凱特揚起一邊眉毛，這是他們抵達後她首度改變表情。「喔？」

「我幫妳和溫史雷夫女士談過，」阿達瑪說。「她同意妳和妳妹妹不管犯了什麼罪，都比不上艾卓的安全重要。身為湯瑪士議會的成員之一，她授權我給妳一條出路。」

「什麼出路？」

「妳和妳妹妹要立刻交出指揮權。我們會派兵護送妳們前往北艾卓的家，給一週的時間處理私事，然後妳們家族將被流放。妳將獲准一次提領一百萬克倫納的機會，其他財產則會充公。」

凱特鼻孔微微翕動。「那不是出路，是判刑。」

「一百萬是一大筆錢。」阿布拉克斯語氣嚴肅。「妳以為湯瑪士回來後會對妳這麼好嗎？」

「湯瑪士死了。」

「他沒死。」阿布拉克斯從口袋裡拿出一封信遞給凱特。「我們今天早上接到消息，湯瑪士已帶領第七旅、第九旅，以及六萬戴利芙步兵翻越了查勿派爾。他兩週後就會抵達。」

阿達瑪下巴都要掉下來了。湯瑪士還活著？消息屬實嗎？溫史雷夫女士為什麼沒提到這個？這個事實改變了一切！

凱特臉色瞬間慘白。她再度拿起逮捕令，手指發抖，仔細閱讀。

「我建議，妳最好在他抵達前離開艾卓。」阿達瑪說。

「我的部隊呢？誰接手指揮？」

「我。」阿布拉克斯說。

「那不合法！」

「妳現在還擔心合不合法的問題？」阿達瑪輕聲問道。

凱特轉向阿達瑪。「沒錯，我掩飾了我妹妹的罪行，但我依然是艾卓的將軍，也是愛國者。要我接受這個善意——」她彷彿吐出毒液般吐出這個詞。「就得確保我的手下安全。」

「妳的部隊將由亞頓之翼傭兵團代為指揮。」阿布拉克斯說。「我們會立刻派人送信給西蘭斯卡，告知妳已經交出指揮權，妳三個旅的兵力都受雇於亞頓之翼，並接受我們的保護，直到戰地元帥湯瑪士返回戰場。」

凱特用手指敲擊桌面，冷冷地盯著阿達瑪頭頂上方。

「將軍，」阿達瑪說。「想要他們活命就只有這個辦法。妳的斥候肯定告訴過妳，凱斯軍已經準備好明天早上出擊，西蘭斯卡將軍則配合他們側翼進攻。」

「這更能證明他和凱斯勾結。」凱特說。

阿達瑪和阿布拉克斯交換了一個緊張的眼神。「就算是真的，等亞頓之翼收編妳的部隊後，他也不敢貿然進攻。」

凱特突然跳起來。「好！我同意，我交出指揮權。我會帶我妹妹離開，但讓我最後一次向部隊講話。」她語氣之中帶了一絲求懇，阿達瑪看得出來她是真心的。

阿布拉克斯堅定地看著她。「妳不可能彌補妳的聲望了，凱特，妳的手下會知道妳是個賊，是騙子。」

凱特臉上浮現憤怒和悲哀的表情。阿達瑪沒想到她會有這麼強烈的情緒。

阿布拉克斯慢慢起身，嘆了口氣，補充道：「我會確保他們知道，妳是為了他們好才交出指揮權的。」

凱特唯一的回應是一個挫敗的點頭。

阿布拉克斯雙手背在身後，抬頭挺胸。「凱特將軍，」她說。「我解除妳的指揮權。」

天亮了，亞頓之翼營區籠罩在一片令人不快的寒意中。

阿達瑪睡眼惺忪地看著凱斯步兵在南方兩哩外集結。褐綠色的制服讓他們看起來像是一望無際待收割的小麥田。凱斯究竟還剩下多少步兵？二十萬？三十萬？阿布拉克斯的斥候宣稱他們連夜從巴德威爾徵調新兵過來。

突如其來的火砲聲嚇了阿達瑪一跳，接著又是好幾聲砲響。他知道自己應該要習慣這種巨響了。眼前的情況只是阿布拉克斯在警告凱斯軍保持距離。隨著時間推移，砲擊會越演越烈，雙方數百門砲會展開攻擊。

阿布拉克斯站在他身邊，從原本凱特指揮帳所在的山丘上眺望戰局。她沒有特別關注凱斯軍的動向，而是望向東北方。

「有消息嗎？」阿達瑪問。

西蘭斯卡指揮的艾卓軍主力部隊隱蔽在山丘後面。

「我們昨晚派出超過三十名信差，」阿布拉克斯說，語氣很嚴肅。「其中至少有十個被人當場格殺。我不知道西蘭斯卡怎麼煽動部隊的，但他讓他們完全視我們為敵。要不是我竭力反對，溫史雷夫女士本來要親自出馬的。」

「女士現在人在哪裡？」阿達瑪問。女士，加上兩萬六千名亞頓之翼步兵，昨天傍晚加入他們。他們帶來了攔截密碼信的消息——西蘭斯卡的叛變。阿達瑪本來期待至少包會和他們在一起，但只有妮拉跟來。一個剛開始受訓的榮寵法師能發揮多少作用？

「我派一百名精銳騎兵護送她回艾鐸佩斯特了。」阿布拉克斯說。「我絕不會讓她死在戰場上。」她繼續盯著戰場，陷入了長久的沉默，然後才說。「阿達瑪，你害死我們所有人了。」她的語氣中沒有指控或憤怒，只是單純在陳述事實。

阿達瑪意識到他們全部都會在夜晚降臨前慘遭屠殺，這項事實沉重地壓在他的肩上。他感到胸口發緊，強迫自己緩緩深呼吸。西蘭斯卡是叛徒，他會攻擊亞頓之翼，消滅傭兵和他們收編的三個艾卓步兵旅，然後……會發生什麼事？他會命令他的士兵向凱斯軍投降嗎？士兵會聽從這樣的命令嗎？還是凱斯軍會直接衝過來，把他們統統殺光？

一旦艾卓軍開始自相殘殺，凱斯軍就能好整以暇地對付戰地元帥湯瑪士和戴利芙軍。

此戰毫無勝算。他們被完全包圍，沒有逃跑的可能。阿布拉克斯下令挖掘壕溝，加強防禦工事。她打定主意要死守到底，但阿達瑪看到了她臉上的壓力紋和一夜沒睡的黑眼圈。

阿布拉克斯突然轉頭，阿達瑪順著她的目光看過去。東北方一定距離外的山丘上出現了一名騎兵，對方停下來注視著他們，然後阿達瑪看見山丘上出現刺刀反射陽光的光芒。

「他們來了。」阿布拉克斯說。

12

「人都到哪去了？」湯瑪士問。

站在他面前的下士手拿著湯匙，目瞪口呆地看著湯瑪士。

艾卓營地幾乎空無一人，只有少數守衛和數千名隨軍人員留守，帳篷海間沒見到幾名士兵。那只有一個可能——今天要開戰。

湯瑪士可以在風中嗅到戰爭的氣味，儘管筋疲力竭、肢體疼痛，他還是感到興奮無比。

歐蘭拉動韁繩，讓坐騎靠近下士。「你聽見戰地元帥的問題了，士兵。回答！」他們的馬連夜長途奔馳，身上都在冒著蒸氣。

「我，我……」下士結結巴巴地說。「我很抱歉，長官。他們……」他舉起一隻手指向西南方。「他們去打仗了。」

「該死的。」湯瑪士咒罵出聲。西蘭斯卡為什麼選在這種時候開戰？凱斯軍的人數依然遠超艾卓軍，在這種開闊平原上，敵軍可以ㄒ發揮人數優勢，讓他們受到毀滅性的打擊。「歐蘭，你聽見了嗎？砲聲。」

「我聽見了，長官。」

「長官！」先去找參謀總部將軍的芙蘿拉穿過營區朝他們衝過來。她跑得氣喘吁吁，從歐蘭手中接過她的韁繩，翻身上馬。「長官，他們不是在攻擊凱斯！」

「那他們在攻擊誰？」湯瑪士問。

「攻擊我們自己的部隊。凱特將軍帶領部隊出走，西蘭斯卡正在攻擊她！」

「走！」湯瑪士大吼，腳跟夾緊，感覺他的戰馬向前躍進。

三人衝過艾卓營區，向西南方跟隨部隊的足跡而去。寒風撲面，但湯瑪士臉上汗如雨下。出了什麼事？怎麼會發生這麼嚴重的災難？他要找到凱特，用鞋帶把她吊起來。

他們沿著大路騎了好幾哩，每騎過一座丘頂，湯瑪士都能更清楚地觀察到南方的部隊。他的心臟在胸口狂跳，緊抱著馬頸，加速前進。

他們趕到艾卓軍後翼，士兵在他們路過時匆忙讓道。湯瑪士瞥見位於小丘上的指揮帳，那裡可以俯瞰砲兵陣地，於是轉向奔馳過去。士兵開始好奇地注視著他前去的方向，但他忽視那些，繼續前進。

他跳下馬背，把韁繩丟給一個驚訝的步兵，走向指揮帳，推開帳簾。「該死的，西蘭斯卡，到底出了什麼事？」

數十雙眼睛困惑地望向他。

「說啊。」湯瑪士問。

眾軍官陷入一片混亂。有人大叫，有人驚呼，有許多人對他伸出手。不止一個軍官在起身時撞倒了椅子，一片鬧哄哄，所有人都同時開口對他說話。

「安靜！」歐蘭吼道。

「謝謝你，歐蘭。現在，告訴我，到底是怎麼回事？」湯瑪士在人群中搜尋熟悉的面孔，很難過沒看到多少個。在他離開後折損了這麼多人嗎？

「我們準備和叛徒凱特開戰。」後頭一個上校說。

「開戰個屁。」湯瑪士說。「歐蘭……不，芙蘿拉，帶白旗穿過河谷，我要凱特一小時內親自過來向我解釋。」

「她不會來的。」那名上校說。「她拒絕接見我們的信差。」

「她會見我。凱特的營地掛著亞頓之翼的軍旗？」

一個女將軍不安地點頭，湯瑪士隱約對她有印象。

「那就把阿布拉克斯旅長一起帶來，或是負責指揮的人。上尉，解散。」

芙蘿拉行了個軍禮，跑步離開。

「火砲轉向南方。」湯瑪士下令。「所有騎兵到東線備戰。是的，所有騎兵。把他們分成三組，等候我的命令。凱斯軍準備進攻，他們會在十點左右動手，否則我就是馬屁股。部隊繼續面對凱特的部隊，但要清楚下令，不得和艾卓同胞交戰。如果凱斯軍以為我們要自相殘殺，他們就會大吃一驚。立刻行動！」

指揮帳裡所有人都開始動作。

「西蘭斯卡將軍，」湯瑪士說。「你在做什麼？從後面溜走？給我過來。」

西蘭斯卡沿著帳緣走來，戒備地瞪著湯瑪士。「長官？」他輕聲問道。

「跟我來。」湯瑪士推開帳簾。「把指揮帳上移四十步。」他對外面的守衛說。「我要看見河谷裡的一切動靜。」他往山丘上走，來到他指示的地點，要西蘭斯卡跟上。他騎馬騎到渾身痠痛，肌肉疲憊不堪，但戰鬥的刺激感令他手指扭動。

抵達丘頂時，他轉向西蘭斯卡，卻突然說不出話來。「你還好嗎？」他問。

西蘭斯卡滿頭大汗，領子都濕了，正緊張兮兮地摳著他的外套鈕釦。四名憲兵跟著他們走上山丘，站在一定距離之外。

「沒事，長官。」西蘭斯卡擦了擦臉頰上的汗水說道。「有什麼事嗎？」

湯瑪士轉向凱斯部隊。外面起碼有二十六萬名步兵，加上兩萬騎兵，真是一場壯麗奇觀，但他不能讚歎對方的人數，還有工作要做。

「西蘭斯卡，我要你在那裡和那裡安排你最優秀的砲兵班。」他邊說邊指揮。「我要他們全力射擊……西蘭斯卡，你有在聽嗎？我……」湯瑪士突然感到身側一陣刺痛，皺眉摀住疼痛處。

「照我說的，我要他們……」

湯瑪士感覺自己被人推開，接著聽見大叫聲。他轉過身，準備開罵。

在吼叫的人是歐蘭。他剛拔出劍，就遭到跟著他們上來的四名憲兵突襲。西蘭斯卡躲在憲兵後面，手裡拿著匕首。

「這他媽的是怎麼回事？」湯瑪士問。他本能地伸手掏槍，但手指在槍柄上滑開了。他舉起手，眨了眨眼驅退暈眩感。

他的指尖一片血色。

他被人捅了一刀。

天殺的西蘭斯卡捅了他一刀。

獨臂將軍轉身拔腿就跑。

湯瑪士坐在草地上，外套被脫掉，上衣染血，正試圖弄清楚究竟出了什麼事。

一名軍醫坐在他身邊，雙手撐著湯瑪士的腋下，讓另一名軍醫剪開他的上衣，開始檢查他肋骨間的刀傷。不到十步遠外，兩名憲兵的屍體被用推車運走，第三名軍醫在處理歐蘭頭上的傷。

西蘭斯卡背叛了他，這點非常明顯，但背叛到什麼程度？他們計畫多久了？西蘭斯卡是不是早在幾個月前就任由巴德威爾失守，把湯瑪士困在敵後？這場與凱特將軍的分裂，背後肯定是西蘭斯卡幹的，目的是要摧毀整個艾卓軍。

「歐蘭！」湯瑪士急需知道更多細節。最重要的問題在於，西蘭斯卡有沒有同夥？

不久後，歐蘭出現了，一手壓著額頭上的新繃帶。「長官？」

「你的劍法不錯。」湯瑪士讚許道。歐蘭一人擋住了四名憲兵，苦撐至援兵趕到。「他們有人活下來嗎？」

「謝謝你，長官，有兩個活著，其中一個天亮就會死。弟兄們看到你受傷時出手很重。」

「說出手重還太含蓄了。」湯瑪士說。「去審問他們。」

「長官，我不該去抓西蘭斯卡嗎？」

湯瑪士遲疑了一下。「我不知道能信任誰。」他低聲說。「派兩個班，看看能不能找到你的來福槍戰隊，派他們去追西蘭斯卡。我要你留在我身邊。」

「是，長官。」

湯瑪士在醫官用手指戳他傷口時低聲咒罵。「包紮一下，給我弄點黑火藥。沒有刺中肺部，我能活下來。」他伸手推開軍醫，搖搖晃晃站了起來。身側的傷口變得銳痛，讓他想起二十年前在葛拉受過類似的傷。他當時臥床數週，差點死於傷口感染。

但他現在沒時間來那套了。

他看見亞頓之翼在下方的谷地圍著凱特營區展開陣形，並挖掘出類似於湯瑪士對付畢昂·傑·伊派爾時挖的壕溝——儘管沒那麼深。他看見芙蘿拉騎著馬狂奔，白旗隨風飄揚。她抵達亞頓之翼陣線，在片刻的緊張交涉後，對方放她通行。

凱斯軍繼續備戰，他們的部隊看起來人數眾多，事實上也是如此，不過這導致他們機動性不足。湯瑪士修正了最初的判斷，凱斯不會在十點進攻，看來他們至少要到中午才會準備好，或許要到下午一點。他們會直接進攻，利用人數優勢包圍並擊潰凱特將軍的營地。

湯瑪士捏碎火藥條，撒在舌頭上。撐過火藥狀態前期的暈眩感後，他覺得自己年輕且強壯，刀傷的痛楚也只剩下腦海裡的一絲癢意。

湯瑪士從眼角餘光瞥見歐蘭走來。

「問出來了嗎？」湯瑪士問。

「沒有，長官。兩個憲兵都宣稱西蘭斯卡警告他們你或許會回來，但那會是凱斯軍的詭計——是榮寵法師假扮的。他們也說，他以為假扮你的人要幾週後才會出現。」

湯瑪士嗤之以鼻。「所以他在我提早出現時才會慌了手腳？幸好他沒有準備好要對付我們。見鬼了，他還散布了什麼謠言？」

「我可以試著問出來，長官。」

「去吧。」

「我能請求搜他營房嗎？」

「准。」

歐蘭再度離開。湯瑪士環顧四周，尋找可以信任的人。大多數將軍都和他們的部隊在一起，看起來有一部分支持西蘭斯卡的人和他一起跑了。

「你！」湯瑪士喊道。「上校，過來。」那個年輕人從側面看有點眼熟，對方轉身後湯瑪士立刻就認出來了。「薩巴斯坦尼安上校，很高興你還活著。」

這位前亞頓之翼旅長是個二十來歲的矮子，落腮鬍裡已參雜過早出現的灰白，看起來十分嚴肅。湯瑪士記得上次見面時，他還沒有這些灰白色鬍子，不曉得是不是他染的。他向湯瑪士點頭致意。「我也是，長官。我不叫薩巴斯坦尼安了，現在改叫弗羅倫，那是我母親家族的姓氏。我不想讓之前的同僚一眼認出來。」

湯瑪士可以理解。薩巴斯坦尼安為了保護湯瑪士殺死一名叛徒，儘管這麼做並沒有錯，他還是被逐出了亞頓之翼傭兵團，因為那名叛徒是同軍的旅長——也是溫史雷夫女士的情人。

「好吧，薩巴……弗羅倫，我要擬定作戰計畫。你被分配到哪裡？」

「二十一砲兵旅。」

「你有砲兵經驗？」

「在亞頓之翼當過七年砲兵。」

「很好。恭喜你，弗羅倫，你現在是將軍了。」

上校驚訝地眨了眨眼。「長官？」

「你去指揮第二旅，把火砲調往南邊。叫砲兵班準備，讓步兵加強東西兩側的防禦工事。」

「是，長官。謝謝你，長官。」

「先別謝我。我不知道西蘭斯卡的部隊有哪些人可信，搞不好今天還沒結束，你就被人從背後捅一刀。如果你有信任的參謀，一起帶去。」

「是，長官。」

「還有，將軍，能派人叫米哈理過來嗎？」

弗羅倫愣了一下。「沒人告訴你嗎？」

「告訴我什麼？」

「米哈理死了，兩週前死在克雷希米爾手上。」

湯瑪士轉身看向凱斯陣線，渾身冷汗直流，一股詭異的震撼與哀傷湧上心頭。火藥狀態帶來的寧靜蕩然無存。如果米哈理死了，艾卓為什麼還沒全面淪陷？沒有米哈理壓制他哥哥的力量，艾鐸佩斯特和艾卓軍都該化為灰燼才對，但艾卓本身和首都依然安在。

是什麼力量在阻止克雷希米爾？

亞頓之翼營地裡的動靜吸引了他的注意力，芙蘿拉騎馬奔上山丘，衝過艾卓哨兵，毫不停歇地來到湯瑪士面前，跳下馬背，把韁繩丟給一名震驚的信差。

「凱特呢？」湯瑪士問。

「跑了。」芙蘿拉喘著氣說。「她昨天被阿布拉克斯和阿達瑪以戰爭獲利罪名放逐了。阿布拉克斯認為那樣做可以修復分裂局勢，但……長官，你受傷了嗎？」

「那樣做並沒有修復分裂局勢。」湯瑪士說。「因為西蘭斯卡一直在策劃叛變。阿達瑪又在這裡做什麼?該死的，現在是我最需要凱特的時候，她是這裡除了西蘭斯卡之外能力最強的指揮官。阿布拉克斯在哪?」

「正在趕來途中。」

「我們只有不到兩小時的時間，凱斯軍就要進攻了。召集參謀總部，我要你在二十分鐘內盡可能召集到所有資深軍官，剩下的派信差聯絡。歐蘭，有何發現?」

歐蘭跑過來，喘了口氣後回覆：「他什麼都沒帶走。西蘭斯卡從一開始就和凱斯軍勾結了。我找到幾十封信。」

「知道他有哪些同夥嗎?」

「我還沒時間細看所有信件。」

「時間!該死的，我們現在最需要的就是時間。我沒辦法在這麼短的時間內擬定防禦計畫，對方人數太多了。」

「歐蘭，」芙蘿拉問。「你有找到西蘭斯卡的私人封蠟章嗎?」

「和其他東西放在一起。」

「給我找匹休息充足的馬。」芙蘿拉喊道。

湯瑪士問：「妳要去哪裡?」

「我要找亞頓之翼的解碼員，」芙蘿拉說。「能夠破解西蘭斯卡密碼的人。如果動作夠快，我想我能爭取到一天的時間。」

湯瑪士根據西蘭斯卡在信件和字條中的用字遣詞，口述了一封給凱斯指揮官的信，交給亞頓之翼的解碼員譯成密碼。信上要凱斯軍佯裝撤退，準備隔天再進攻。一旦阿布拉克斯放鬆警惕，西蘭斯卡便能讓人接近並暗殺她。

捏造這封信花了將近兩小時，在湯瑪士看來就是個急就章的成品。除非奇蹟出現，不然凱斯絕對不會相信。

但如果凱斯信了，就能爭取到寶貴的二十四小時備戰時間。他們必須抓住這個機會，否則這場仗毫無勝算。

湯瑪士抬頭看向等在指揮帳門口的歐蘭，手隨意地放在槍上，等著亞頓之翼解碼員在熱蠟上蓋上西蘭斯卡的封蠟章。湯瑪士接過那封偽造信，吹涼封蠟後交給歐蘭。

歐蘭敬了個禮。「我找了幾個最忠誠的來福槍戰隊士兵，長官。我會派其中一人把信送去給凱斯。」

「他們知道這是個風險很高的任務嗎？如果凱斯察覺到異狀，他們就會被殺，或面臨更淒慘的結局。」

「已經挑好人選了，他知道風險。」

「很好，這是我唯一想傳達給凱斯的信息。告訴哨兵，任何人想要前往凱斯戰線一律格殺勿論。不能讓他們知道我回來了。」

湯瑪士點頭示意解散。歐蘭離開後，他不太自在地轉向解碼員，感覺西蘭斯卡捅的刀傷隨著動作裂開，腹部傳來一陣刺痛。湯瑪士緩慢地打開火藥條，撒了點黑火藥在舌頭上，希望解碼員沒發現他的手指在抖。火藥狀態湧現，痛楚被壓下來。

「做得好，士兵。」湯瑪士說。

「謝謝你，長官。」解碼員說。「如果你不介意我這麼說，我很高興你回來了，長官。我知道阿布拉克斯旅長鬆了一大口氣。」

湯瑪士擠出笑容。「很高興聽你這麼說，回來的感覺很好。你知道的，葛拉戰爭時，我軍沒有專業的解碼員，我得讓最聰明的手下去出特殊任務。在溫史雷夫閣下出現前，沒人想過要在部隊裡安排解碼員這個職務。過去十五年我一直告訴自己，要在艾卓軍裡培養自己的解碼員，但我們一直都有其他事要忙。」

「我很榮幸與溫史雷夫閣下共事。」解碼員說。「他非常聰明。」

「我同意。很遺憾他走了，但你們的女士遠比她丈夫聰明。我一直懷疑解碼員的主意是她想到的，只是她讓亡夫居功。」

解碼員一言不發，低頭看著腳尖。

「很抱歉我口無遮攔。你不必回應。」

「謝謝，長官。」

歐蘭回來了。他向湯瑪士點了點頭，表示已經派出信差。「士兵，」湯瑪士對解碼員說。「你可以去餐廳吃點早餐，或午餐，我連現在究竟幾點都搞不清楚了。」

「長官，我能請求返回亞頓之翼嗎？」

湯瑪士看向歐蘭，歐蘭走到解碼員旁邊。「抱歉，士兵，你得在這裡多待一會兒。我們不希望戰地元帥湯瑪士回歸的消息走漏出去，這麼做比較容易讓凱斯上勾。」

「我不會告訴任何人的，我發誓。」

「我們不能冒險。」歐蘭說。

解碼員看著湯瑪士和歐蘭。「長官？」

「我很抱歉。」湯瑪士說。「我們得盡可能保守祕密，就連對自己部隊也一樣。我們得在提升士氣和保持祕密之間抉擇。」

解碼員皺眉，然後深吸一口氣，抬頭挺胸行了個軍禮。「我明白，長官。」

「很好。我會讓阿布拉克斯知道你今天表現得有多好。」

歐蘭帶他出去，然後和芙蘿拉一起回來。她風塵僕僕，神色疲憊，但步伐輕快。他從她身上的味道聞得出來，她一整個早上都處於火藥狀態。

「亞頓之翼的情況如何?」湯瑪士問。

芙蘿拉敬禮,然後坐在湯瑪士對面。「如果凱斯軍還是要今天進攻,情況就會很艱難。亞頓之翼有三個旅對準了我們,阿布拉克斯說如果欺敵奏效,她就有時間調轉部隊,明天早上就能全力對付凱斯。」

「那我們就等吧。」湯瑪士說。

芙蘿拉點了點頭。「我們等。」她和歐蘭交換了一個難以解讀的眼神。從戴利芙邊境返回艾鐸佩斯特的路途,湯瑪士一直把心思放在瘋狂趕路上,在用火藥狀態壓制痛楚和陷入火藥癮的風險間取得平衡。但不管這兩個人之前有什麼,似乎都已經冷卻了。「亞頓之翼的步兵知道我回來了嗎?」

「阿布拉克斯只讓兩名手下知道,她同意我們應該盡可能保守祕密。或許有兩名軍官認出我了,但她要求他們不得聲張。」

「很好。」

「消息在這裡已經傳開了。」歐蘭說。

「那沒辦法,他們看見我們騎馬進來。」

「我封鎖了營地。」歐蘭補充。「明天早上前,任何人無令不得進出。」

「幹得好。」

湯瑪士發現歐蘭在把玩自己在阿維玄城外給他的上校肩章。他又要重提那個話題了。

「長官。」歐蘭說。

湯瑪士哼了一聲。「我不會降你的職，歐蘭。」

「我更希望你那麼做，長官。」

「我又沒要你指揮部隊——至少，除了來福槍戰隊以外。你是肩負特殊任務的上校，這並非沒有先例。」

「但還是……」

湯瑪士抬起手，希望藉此結束這場爭論，雖然他知道不太可能。歐蘭確信自己不是當上校的料。「我要你擁有足以下達命令的軍階。」湯瑪士說。「別太在意，我不會在你準備好之前給你指揮太多兵馬。我告訴你，你會成為將軍，一名合格的將軍，在十年之內。」

歐蘭一副打算大聲嘲笑湯瑪士的模樣，但壓下了那股衝動。「我不會刮鬍子，長官，即使當了將軍也不刮。」

「我喜歡你的鬍子。」芙蘿拉說。「應該有更多士兵留那種鬍子。」

「好了，妳別來添亂。」湯瑪士指著她。「我忍受他的胡言亂語，是因為他是我面對殺手的最後防線。我可不能容忍妳的鬼話。」

「他在西蘭斯卡事件中是幹得不錯。」

歐蘭聽到這話瞬間繃緊了背，臉色僵硬。湯瑪士瞪了芙蘿拉一眼。這話說得太冷酷了，她明知道歐蘭在執行命令，不在湯瑪士身側，而且歐蘭非常嚴肅地看待自身職責。湯瑪士開口想訓斥她，但看見芙蘿拉的表情後又閉上嘴。她臉色蒼白，目光低垂。她已經後悔說了那番話。

「長官，還有什麼要我去做的嗎？」歐蘭木然道。

「待在附近。」湯瑪士說。「不過，說起西蘭斯卡……」

「我派一整連兵力去搜捕他了。他們會抓住他和他的同夥，銬上鎖鏈拉回來。」

「你做得很好，歐蘭。這點小傷——」他指了指藏在外套下的刀傷。「會慢慢復元的。」儘管身處火藥狀態，他移動時依然感到陣陣刺痛。

「是，長官。」他語氣依舊生硬。

湯瑪士揉了揉眼睛。他通常會利用開戰前的時間和軍官開會，制定備案策略，但他已經下達所有必要的命令，一切都押在凱斯軍對他那封偽造信的反應上。如果成功，他們就多一天可以制定計畫，如果失敗，一小時內就會開戰。

他知道自己該做點什麼，但就是缺乏一股幹勁。他試圖告訴自己是因為奔波疲憊的緣故。只要安靜片刻，他就能再度上路。但他不僅僅是累，還骨骼痠痛，每一處新舊傷痕都在灼燒，內心極度渴望睡眠。在過去幾個月裡，歲月終於追上他了。

無法專注於眼前問題的事實，意味著他忽略了什麼更重要的事。

「長官，」芙蘿拉輕聲道。「坦尼爾怎麼辦？我們知道西蘭斯卡派人去了哪裡，或許……」她越說越小聲。

坦尼爾絕不會比眼前的問題重要。坦尼爾是他兒子，但也只是一個人。今天將會決定整個國家的命運。「我很清楚我的職責，上尉。」湯瑪士說。

芙蘿拉看起來還想說些什麼，但沒有開口，而是走到站在門口的歐蘭面前，伸手去他外套裡拿菸草和捲紙。歐蘭看著她，並沒有阻止。她慢慢捲了一根菸，目光始終停留在歐蘭臉上，然後用火柴點燃，深深吸了一口。煙霧從她鼻孔緩緩噴出，她把菸遞給歐蘭。

湯瑪士想叫他們倆別在帳篷裡抽菸，但他想看看這場戲會如何演下去。芙蘿拉試圖跟歐蘭和解，彌補剛才說話不經大腦造成的傷害。

歐蘭接過菸叼在嘴裡。

湯瑪士鬆了口氣，這才發現自己緊張到忘了呼吸。

帳簾被掀開，有人對歐蘭低聲說話。「請稍等，長官。」歐蘭說著，走出了帳篷。

帳篷裡只剩湯瑪士和芙蘿拉。他知道她想談坦尼爾的事，他盯著她，希望自己表現出不容抗辯的神情，但隨著沉默延續，他幾乎希望她會開口說些什麼。他能應付她的指控和失望，他能與之對抗。

但他沒辦法對抗自己的指控和失望。

歐蘭回到帳篷內，一股菸味隨風飄入。「長官，」他說。「我們的信差回來了。凱斯沒回覆，但他們的部隊已經開始撤離了。我們可以撐到明天。」

湯瑪士站起身，用咳嗽掩飾疼痛的表情。「那就期待凱斯在我們離開後沒變得更奸詐狡猾。你找到幾個來福槍戰隊士兵？」

「西蘭斯卡把他們各自送回原本所屬的連隊了。我找回大約兩百名精兵。」

「把他們集合起來，我們有工作要做。」

13

克雷希米爾——或者說用來控制他的娃娃——還不能移動。

坦尼爾一整晚都在對抗越演越烈的恐慌。他沒睡覺，幾乎沒吃東西，黎明的到來只加深了他的焦慮。

「我們得走了。」坦尼爾說。

卡波堅決地搖頭。她蹲在一個用樹枝和乾草堆做成的小箱子前。這個不比士兵裝備箱大的箱子裡，裝了一個神。

「他們上午就會抵達這裡。」坦尼爾說。

卡波沒有回答。她幾小時前才做好那個箱子，之後她一直用從帆布袋裡取出的馬毛刷在箱子外繪製完美的直線。她拿自己的血充當墨水，乾了之後呈現驚人的鮮紅色，而非普通乾涸血液的深褐色。

整個過程都讓坦尼爾不安。比往常更加不安。

「半個連的艾卓步兵配備空氣來福槍在兩哩外紮營。」他說。「他們此刻正起床準備拔營出發繼續搜索。如果他們夠幸運的話，會在上午找到我們。我們沒辦法對抗那麼多人，他們會把我們兩個殺了，再釋放克雷希米爾。我們必須走了。」

卡波似乎並不認同。她繼續畫，手的動作穩定而緩慢，彷彿一個字都沒聽見。

坦尼爾碰了碰她的肩膀。「波……」

她突然轉身，把筆扔到山洞另一頭，跳了起來。他發現自己在她的步步進逼下後退。她神色不善，雙手握拳，把他逼到洞壁邊，然後湊上前去，瘦小的身形竟給人一種居高臨下的感覺。她用手拍了拍自己胸口，然後是腦側，做了個否定的手勢，又重複做了兩次這一連串動作，最後指向箱子。

我不知道我在做什麼。

坦尼爾第一次注意到她的頭髮和上衣都被汗水浸濕、肩膀在顫抖、淚水在眼眶中打轉，這才終於瞭解她為此耗費了多少心力。他知道骨眼法師可以創造魔法，他們曾為法特拉斯塔的殖民者製作了「紅紋彈」魔法子彈，卡波也幫他製作過。雖然他從未目睹過製作過程，但肯定也是類似的情況。

他看著那個箱子，想起了圍繞子彈的那條細細紅線，這也是「紅紋彈」之名的由來。

沒錯，這和紅紋彈一樣，她得用自己的血加持魔法。

她在他臉頰抹血那天做的也是同樣的事嗎？用魔法加持他？那要消耗多少能量？他重新打量她，看出她眼底的疲憊，那雙眼睛似乎陷入眼窩中，臉頰也削瘦許多。她的衣服掛在身上，彷彿掛在裁縫的假人身上一樣。

她正在用自己的生命囚禁克雷希米爾，卻依然分了一些力量用在他身上。

卡波繼續她的工作，一如既往地沉默。

坦尼爾拿起昨天從艾卓士兵身上摸來的兩把匕首和一把刺刀，後悔自己出於傲慢折斷了營地裡所有的空氣來福槍，偷一把回來至少可以上刺刀當矛使用。

他親吻卡波的臉頰，努力不被她轉頭避開的動作影響，接著離開山洞，翻過山脊，朝東邊的艾卓營地前進。

不到一小時，他就發現了艾卓步兵連的先鋒部隊。六名士兵緩緩沿谷地前進，保持警戒，雙手緊握來福槍，專心看著兩側的山脊稜線。

他在谷底上方約三百碼高的地方，找了個位置蹲伏下來耐心等待。

先鋒部隊比連隊領先了約五十步，整個連隊被迫排成一列前進，也不像先鋒部隊那樣留意四周環境。他們精神飽滿、過度自信，有些人還在說笑，輕快的聲音在山壁間迴盪。坦尼爾本以為之前展示的實力會讓他們提高警覺，但似乎沒什麼效果。

畢竟他們的獵物只有一個，而且現在是大白天。

坦尼爾知道自己對付不了八十人，完全沒有勝算。

他繼續等，直到連隊完全進入視線範圍，士兵們在谷底成一列拉長開來，處於他的正下方。

他猛然暴起踢開身邊的木樁，隨即向旁跑開，眼看二十噸重的石塊滾落崖壁。

他贏不了，但能盡可能拉最多人一起陪葬。

坦尼爾引發的石塊崩落終於平息時，峽谷裡充斥著垂死掙扎和倖存者的呼喊聲。那些聲音令坦尼爾作嘔。他不想殺害自己的同胞。這些人都有朋友和家人，他們有子女、妻子、丈夫。他可能曾跟他們並肩作戰，或是一起受訓過。

他提醒自己，這和殺死敵人沒有區別。這是戰爭，他得殺人，不然就會被殺。

坦尼爾小心地自藏身處探頭出去，觀察他的傑作。

崩落的石塊將艾卓連隊一分為二，至少有十個人被埋在石塊底下，另外還有十幾人受傷。一名上尉的腳被大石頭壓住，在谷底動彈不得，坦尼爾能聽見他痛得哀號。那人面前的少尉正在指揮士兵同時進行防守和救援行動。步兵紛紛四散躲到附近的掩體後面。現在所有人的注意力都集中在山壁兩側。

在確定敵方不會繼續攻擊後，他們開始分一部分人力挖出傷兵，另外有兩班士兵繼續前進。這是好消息也是壞消息。好消息是，他們兵分兩路；壞消息是，那兩個班正朝卡波所在的山洞前進。

他沿著山脊處飛奔，完全暴露在下方士兵的視野中。一聲警報響起，緊接著他聽到了空氣來福槍擊發的聲響。距離太遠，子彈不可能擊中他，但他還是躲在大石頭後，趁隙回頭瞄了一眼。

少尉指著他的方向，對那兩班士兵大吼。下士收到命令，其中一班直接沿著陡峭的山壁朝坦尼爾的方向爬過來，另一班開始找其他路線上山包抄。

坦尼爾現在成功引起他們的注意了，這是最重要的。

他領著兩班士兵在稜線上追逐了超過一哩，二十四名士兵中，只有三人跟得上他的速度，遠遠拋下了其他同伴。他們只要足夠接近，就能用空氣來福槍射殺坦尼爾。西蘭斯卡八成懸賞了他的腦袋，不然士兵一般不會如此拚命。

這個想法讓坦尼爾原本對殺害更多同胞的不情願，轉而變得堅定。這些人會毫不遲疑地開槍殺他，他們把他當狗來獵殺。

他冒險衝過一片空地，在聽見空氣來福槍擊發聲和身後子彈擦過石頭的聲音時皺眉。他們還在射程範圍外，但一個瞄準高處的幸運射擊就可能會傷到他。他跳過一道裂縫，繼續跑了約三十步，直到地勢開始崎嶇，才又跳回掩體後面。

在艾卓軍視線範圍之外，他折返回來，利用一塊巨石掩護矮身前進，直到進入他剛剛跳過的那道裂縫內。

坦尼爾想知道，父親看見自己手下被引入如此明顯的陷阱時，會怎麼說。或許會說，那些可惡的白痴死不足惜。

第一名士兵在坦尼爾就定位後沒多久就跳過了裂縫。坦尼爾在第二雙腳掠過自己頭頂時伸手抓住一隻靴子，用力往下一扯。對方的空氣來福槍脫手，發出響亮的撞擊聲，臉直接撞上裂縫邊緣，留下大片血跡。

第三個人連忙停步，跪在倒地的同伴身邊。坦尼爾助跑起跳，抓住這個人的外套前襟，把他拉入裂縫中。士兵悶哼一聲，臉被坦尼爾反覆撞向石頭，直到再也發不出聲音。坦尼爾從死者手中奪走空氣來福槍，檢查有無受損。

空氣來福槍是出了名的不可靠，比不上傳統火槍和來福槍，機械部位很容易損壞，氣匣會漏氣。這把似乎沒問題，坦尼爾檢查槍膛，槍托抵住肩窩。

「葛勞斯特？」第一名追兵發現同伴消失，轉身回來查看。「葛勞斯特，你沒事吧？奧利爾似乎傷得很重。見鬼了，葛勞斯特，說句話！」

坦尼爾感覺到年輕人的驚慌。他內心的恐懼肯定超越了腎上腺素。他會懷疑自己的眼睛，認為坦尼爾應該消失在前方的岩石後面才對，怎麼可能在那道陰暗裂縫裡？

步兵進入視線範圍，槍抵著肩窩，瞇眼望向裂縫。

坦尼爾一槍擊中了他的胸口。

他從死去的步兵身上拿走子彈和氣匣，然後沿著暗道回到岩石後方。剩下的追兵隨時都會出現，但不會和他們的同伴一樣蠢。

他在岩石後方伏擊了兩名步兵，隨後又解決了三個，利用他們裝備笨重和難以靈活使用刺刀來福槍的劣勢，在狹小的岩石堆地形中對付他們。

幾分鐘後，他用繳獲的來福槍打死一名士兵，但該死的槍在他準備再次攻擊時壞了，他只得拔腿就跑，剩下的追兵緊追在後。

如今他們採取緊密隊形，不會再輕易上當。

坦尼爾知道自己快要無路可逃了。這道山脊再延伸兩哩就會進入這片山區上千條交錯縱橫的谷地。他得先甩開追兵再繞回來，想辦法除掉峽谷裡剩下的艾卓軍。附近還有一道裂縫能讓他溜回敵軍後面……

坦尼爾閃身到一塊岩石後，發現自己正望著天空。腳下的山壁起碼有兩百呎高，底下是乾枯河床的岩石地面。他四下搜尋另一條逃生路，但除了垂直岩壁外什麼都沒有。他右邊有座陡峭山崖，延伸出更多同樣的岩石和狹窄突起，無疑提供了追兵一個適合射擊的平台。

他剛剛在某個地方轉錯彎了，眼前只有一條死路。

他就著岩石回頭望向來時路。或許他還有時間在他們追上前繞回去找另一條路。但接著，一抹艾卓藍軍服閃過他眼前，迫使他退回岩石後方。他聽見追兵的叫喊聲。

「他往這裡走了。」

「小心點，看不見後面。他可能躲在任何地方。」

「從高處掩護我。」

「好，你們三個跟我走。試著從那邊繞道，各位。」

坦尼爾冒險偷看一眼，只見四名士兵沿著他剛剛走的山羊小徑而來。他們離他不到二十步，再過不久就會找到他。其他士兵也遲早會找到那片適合射擊的陡峭山崖，到時候他就死定了。

如果這把該死的空氣來福槍沒壞，他或許能夠遠距離防禦。

第一把刺刀出現在岩石邊緣時，坦尼爾伸手抓住槍管，用自身重量帶動持槍的士兵。對方猝不及防，當場滑倒翻滾數呎，直接一路下墜到谷底，慘叫聲在墜落的終點戛然而止。

「見鬼了，他在這裡！」

「不要慌。」

「他把哈文丟下山崖！你看到沒？他會……」

坦尼爾沒想等步兵說完，他繞過岩石，像握著長矛般手持壞掉的空氣來福槍，將前方的刺刀插入那名士兵胸口。那人含糊不清地叫了一聲，一手掙扎著抓住同伴的裝備，連帶著將人一起扯下懸崖。

坦尼爾和最後一名士兵對看片刻，那人隨即槍抵肩窩，扣下扳機。

喀的一聲。

「這玩意真他媽的不可靠，對吧？」坦尼爾問。

男人罵了句髒話，刺刀猛向坦尼爾刺來。坦尼爾靈巧閃避，卻腳下一滑。他本能地鬆開手上的來福槍想抓住什麼，驚慌地聽著自己最好的武器墜落峽谷。

刺刀再次逼進，坦尼爾手腳並用地後退，擾動身體下的砂礫。他退到岩石後方，一把抓起匕首。匕首對付不了刺刀，但他總得試試。他在士兵繞過轉角時拔出匕首。他沒時間站起來了，不可能——

對方口中噴出鮮血，喉嚨像植物在田野裡破土一般插出一樣東西。他在原地搖搖晃晃，接著被卡波一把推落山崖。

她一手拿著刺刀，扣住刀環，破破爛爛的衣服上沾著絕不止那名可憐步兵的血跡。

坦尼爾鬆了一大口氣，突然渾身乏力。她又一次救了他的命。他爬起來點頭答謝，不敢開口說話。不處於火藥狀態時，他很難應付如此大量的腎上腺素和死裡逃生的刺激感。

一顆子彈擊中了卡波頭頂上方的岩石。坦尼爾抓住她的外套，將她緊緊抱住。本能告訴他子彈來自身後。他看見兩名士兵站在他之前看見的岩石平台上，第二名士兵正在瞄準。除了擋在卡波和子彈中間希望對方打偏之外，坦尼爾什麼都不能做。

轟！

轟鳴聲震耳欲聾。坦尼爾設法從卡波身邊退開時，士兵已不在平台上了，其中一人的帽子就落在原地。他匆忙間瞥見谷底又多了兩具屍體。

這他媽的是怎麼回事？

靴子踏在石塊上的腳步聲讓他瑟縮了一下。難道又來了更多步兵？

一道熟悉的身影悠閒地晃到那狹窄岩石突起處的盡頭。他留著紅色落腮鬍，身上那套服飾若不是因旅途而沾滿塵土，大概和一匹馬差不多貴。

榮寵法師包貝德把步兵的帽子踢下懸崖，讓它追隨主人一同墜入山谷。他轉向坦尼爾，揮了揮手。

「嘿，坦。抱歉我來晚了。」他喊道。

14

妮拉要死了。

她不禁想，在過去六個月裡發生的種種事件中，這種必死無疑的念頭是否在她腦海裡閃現過。肯定有吧。無論是她與保王分子在一起時，還是淪為維塔斯閣下囚犯期間，甚至初次與包相遇之際，她有超過十幾次直視死亡的經驗。

但似乎都不能和眼前這次相提並論。

有人做了某件事，幫艾卓軍爭取到了一天的時間。她昨天下午看到一個信差匆忙離開西蘭斯卡將軍的營地，進入凱斯陣線，而預期展開的攻擊並未發生。這給了阿布拉克斯旅長更多時間制定計畫和強化工事。

如今，隨著太陽從艾德海升起，凱斯和艾卓再次準備開戰。十萬名凱斯步兵在南方集結，刺刀在朝陽下閃閃發光。東北方，西蘭斯卡將軍的手下也已經排好隊形，準備作戰。妮拉站在亞頓之翼指揮帳附近，眼看信差來來去去，也能聽見阿布拉克斯以嚴厲的女低音發出指令。

亞頓之翼傭兵團加上凱特交出的三個艾卓步兵旅，將會在兩軍夾擊下死傷殆盡。

連逃都沒地方逃。

亞頓之翼營區謠言四起。一名上尉宣稱看見戰地元帥湯瑪士的火藥法師，另一名步兵聲稱戴利芙也參戰了，正派遣援軍趕來，但還要數週才能到。還有人說這都是西蘭斯卡的欺敵戰術，只要凱斯軍進攻，西蘭斯卡的部隊就會轉向攻擊對方側翼。

看來士兵為了提振士氣，什麼話都說得出口。

即使那些謠言全是真的，他們仍會被凱斯軍輾壓。敵方人數實在太多了，足以吞沒五個亞頓之翼傭兵團還綽綽有餘。雖然亞頓之翼的步兵依然表現得相當專業，但她還是能從士兵和軍官眼裡看見恐慌。

天亮後，他們全都會死。

「女士。」一道聲音突然在妮拉耳畔響起，嚇了她一跳。

她很快恢復鎮定，轉向年輕少尉。他比妮拉大不了多少，雙角帽下黑髮往後梳得整整齊齊，在後腦杓紮起。他緊張地對她笑了笑。

「什麼事？」

「阿布拉克斯旅長要見妳。」

妮拉皺眉望向阿布拉克斯。旅長已經走出指揮帳，就站在三十步外，怒視凱斯陣地。阿布拉克斯為什麼不直接過來找她？「當然，我這就過去。」

妮拉來到指揮帳前，站到旅長身邊。「女士，妳找我嗎？」

「妳的榮寵法師身分沒有曝光吧？」

妮拉對她眨了眨眼。「這個……我想沒有。包說我只是個新手，在艾爾斯裡沒有靈氣，所以敵方的技能師和榮寵法師不會知道我在這裡。」

「敵軍沒有榮寵法師，或者說——」阿布拉克斯糾正她。「他們的榮寵法師沒有多少力量，沒有皇家法師團等級的高強法師。」她突然轉向妮拉。「妳告訴過任何人嗎？」

「沒有。」

「繼續保密，妳是我們的王牌。」

妮拉忍不住想笑。她努力壓抑笑意，但還是輕笑了出來。

「榮寵法師，有什麼好笑的嗎？」

榮寵法師。被人這樣稱呼讓妮拉感到一股寒意，令她當場清醒。「我只是個學生。我才剛學會注視艾爾斯，更別說要操控元素魔法。我在戰場上幫不上忙。」

「妳一點魔法都不會？」阿布拉克斯語帶懷疑。

「我的手會冒火，但只有在受到驚嚇或生氣時才會。」

阿布拉克斯偏過頭，微微露出一絲厭惡。「我們是有幾名榮寵法師，但法力都很弱，他們造成的破壞不會比一門設置得當的野戰砲強，本身又比野戰砲脆弱。包貝德說妳很厲害，我本來希望妳派得上用場。」

包竟然對阿布拉克斯這麼說？為什麼？妮拉沒受過訓練，這點包比誰都清楚。

「我很抱歉。」妮拉斗膽回了一句。

「我不知道妳還是個新手。那就和行李一起待在後面吧，妳在前線只會礙手礙腳。還有，不要嘗試施展魔法，妳很可能會害死身邊的人。妳那個天殺的老師遺棄我們實在太不幸了，他本來可以扭轉戰局。」說完，阿布拉克斯逕自離開，繼續大聲下令。

妮拉瞪著她，憤怒和無助在內心交戰。包確實拋棄了她。她知道或許再多訓練幾個月，她就有辦法保護自己，但此刻她一點用處也沒有，和其他隨軍人員差不了多少——不過是行李的一部分。她又得回去和洗衣工之類的人待在一起。

阿布拉克斯愛怎樣就怎樣吧。如果——不對，是當凱斯軍突破戰線時，妮拉一定會作戰。她才不在乎會不會把整個補給車隊都摧毀。

⚔

補給車隊和營地位於前線後方四分之一哩處，周圍有臨時壕溝，也有一支亞頓之翼傭兵旅在防守。但就妮拉看來，兵力實在太分散了。

隨軍人員在亞頓之翼前去支援凱特的部隊時奉命留守，即便如此，這裡仍有數千名挑夫、車夫和後勤官之類的重要人物。

「妳不是該待在前線嗎？」

妮拉轉身，看見阿達瑪調查員坐在地上，模樣比幾天前更顯疲憊和老態。

「阿布拉克斯叫我過來的。我訓練不足，派不上用場。」

「啊，我想她並沒說錯。」他微微一笑，緩和氣氛。「我是老到派不上用場了。」

「我見過比你還老十歲的步兵。」

「我只在學校受訓時拿過來福槍，更可能會把刺刀插進隔壁同伴體內。」

妮拉懷疑這是謊言。她知道阿達瑪曾率兵對抗維塔斯閣下的手下，絕對有能力作戰。或許他是利用年紀逃避上前線。妮拉不會責怪他。正如包所言，勇氣被人高估了。

阿達瑪看起來一點也不害怕，只是很疲累。他盯著自己的腳看了一會，然後抬起頭。「這裡沒有足夠的士兵擔任後衛。」

「我聽說有一整個旅。」

「凱斯兵會從西邊夾擊，西蘭斯卡將軍則從東北方進攻。我預測這個據點會在——」他看了看懷錶。「下午一點被敵軍攻陷。幸運的話，我們會被當場殺死。」他把玩手杖，彷彿在思考自己還能抵抗到什麼地步。

「幸運？我以為被俘擄會比較好。」

他投以懷疑的眼神。「當然了。」

如果我們活下來，阿達瑪就會被送去凱斯勞改營。而我會被步兵轉手無數次，最後也淪落到那裡。除非我先被哪個軍官抓到，那我就任他擺布了，過著比奴隸好一點的生活。

那真的比當場被殺好嗎？

阿達瑪爬了起來。亞頓之翼的野戰砲開火了，遠在四分之一哩外的妮拉仍被砲聲震得心驚膽顫。她想起在艾鐸佩斯特湯瑪士和保王分子的戰爭，還有逃走後那數不清的失眠夜。眼前的情況只會更糟糕。

「這砲聲也太讓人難受了。」阿達瑪說。「步兵或許已經習慣了，但我們是平民。火砲真的很嚇人。」

「就和榮寵法師一樣。」

「對，和榮寵法師一樣。」他用眼角餘光打量她。

妮拉假裝沒發現。沒錯，她很想說，我就是個榮寵法師，但我還是什麼都辦不到。

遠方聲響引起妮拉的注意。要在火砲聲中聽見其他聲音很難，但她轉向凱斯戰線，立刻認出了那個聲音。那是戰鼓聲。凱斯部隊數萬步兵開始進攻了。

妮拉覺得喉嚨裡彷彿卡了輛馬車。她從未如此害怕，就連在維塔斯的威脅下也沒有。

她不知道雅各和阿達瑪的孩子們處得如何。他是個好孩子，但年紀還太小，無法獨自生活。

「我死後，菲會善待雅各嗎？」她問。

「妳不會死的。」阿達瑪心不在焉地說，接著又補充道。「她不是會棄小孩不顧的人。」

妮拉鬆了口氣。「我也是這麼想的，但我和她沒那麼熟。」

兩人目睹凱斯軍衝進砲火射程範圍內。

「我怎麼會落得這麼個下場？」阿達瑪喃喃自語。

妮拉不認為這話是說給自己聽的。老調查員究竟在想什麼？是在想他的孩子嗎？還是在想辦法脫身？妮拉知道她現在應該思索脫身之道。她轉頭望向西北方那片閒適的田野。或許她可以逃走，躲在某個農夫的田裡，等到夜晚降臨再逃回艾鐸佩斯特。

值得一試，是吧？

然而，下一刻平原上出現的動靜立刻打消了這個臨時想出來的計畫。

「那裡有士兵。」妮拉說。阿達瑪轉向西北方瞇眼觀察。

「是騎兵。」他啐道，回頭查看附近的亞頓之翼軍官，他們顯然也發現了。守衛營地的部隊陷入一陣慌亂中，軍官不得不提高聲量壓制這股恐慌。

艾卓騎兵。妮拉無法估算他們的數量，但這場面讓她屏息，絕對有好幾千人。陽光下，胸甲閃閃發亮，艾卓藍外套和紅線條褲在褐色田野襯托下十分顯眼。他們肯定是從北邊繞過來的，為了封鎖唯一的退路。

亞頓之翼軍官派信差通知前線。上校臉色慘白，緊握腰帶的指節發白。

阿達瑪聽天由命地嘆了口氣。「我想那也在預料之中。」他說。「看來起碼有三個營的胸甲騎兵。」

「胸甲騎兵？」

「重裝騎兵。妳可以從他們的胸甲辨識出來。艾卓的胸甲騎兵也會給戰馬裝備護甲。」阿達瑪指著亞頓之翼的步兵，他們正在臨時搭建的防禦工事後方列隊，防禦牆的高度剛好及腰。「他們可以輕易突破像這樣的刺刀陣線。」

阿達瑪走向營地後方，亞頓之翼步兵打算死守那裡。妮拉遲疑片刻，跟了上去。亞頓之翼的上校在阿達瑪走近時瞪了他一眼。「平民應該遠離前線。」她說。

「前線在那個方向。」阿達瑪說著，指向後方。

「克朗尼爾，縮緊陣線！」上校喊道。「誰敢逃跑，我會親手宰了他！」她又看了阿達瑪和妮拉一眼，但是沒再多說什麼。

艾卓胸甲騎兵逐漸靠近，他們緩慢前行，在半哩外停了下來，妮拉這才意識到他們可能是在等待西蘭斯卡的信號。他們會在凱斯進攻前線的同時攻擊後衛。

她回頭望向南方，凱斯軍依然維持整齊的步伐前進，速度不快。亞頓之翼的砲火對他們造成傷亡，但效果就和幫巨人搔癢差不多，他們依舊無懼地步步逼近。

東北方的山丘上，西蘭斯卡的步兵突然展開行動，以比凱斯軍稍快的速度前進。

而在西北方，約三千名胸甲騎兵策馬奔馳。

妮拉彷彿看見自己的死期正穿越田野而來。如果不去考慮自己將死的事實，那些胸甲騎兵真的十分壯觀。他們完美配合，馬頭和頭盔上的羽飾隨風飄揚。她思索地面是真的在震動，還是僅僅出於她的想像。

「在那裡。」阿達瑪說，聲音聽起來有點嘶啞。「西邊看起來有一個營的艾卓長槍騎兵。」

她聽過那個名詞。更多騎兵，是輕裝騎兵。

「他們會繞道從西方攻擊我們的前線。」亞頓之翼的上校說。她立刻派遣信差前往前線，而此時前一名信差剛好回來。

信差敬禮。「阿布拉克斯旅長命令妳不要開火。」

「不要開——」上校面紅耳赤地怒罵。「不要開火？那他媽的是什麼意思？那些胸甲騎兵會踩死我們！」她又派信差回前線，默默生著悶氣。

妮拉將視線自逼近的胸甲騎兵前移開。西北方，艾卓砲兵陣地突然開始噴火冒煙，砲管對準了亞頓之翼的營區。妮拉緊閉雙眼，靜靜等候，想起保王分子陣地中恐怖的砲彈呼嘯聲。

但她始終沒有等到那個聲音。她再度睜開眼，看見遠方的艾卓砲兵忙著重新裝填砲彈。「他們在瞄準哪裡？」

阿達瑪皺眉。「我不知道。」

另一輪轟炸緊接而來，妮拉專心留意砲彈落地的位置。火砲似乎筆直對準了她。她不知道砲彈能飛多遠，但如果不打算擊中目標，又為什麼要開砲？

「我覺得他們沒打算擊中任何東西。」亞頓之翼的上校突然表示，似乎對自己脫口而出的話感到驚訝。「在這種距離下他們不可能擊中我們……」她在更多的艾卓火砲開始射擊時閉上嘴。

妮拉轉過頭。那是火槍聲嗎？南方戰場上飄著一片黑火藥硝煙，接著吼叫聲傳來——數萬名凱斯兵衝鋒的吼叫聲。

開戰了。

對她而言，這場仗很快就會結束。胸甲騎兵還在奔馳，但要不了多久他們就會開始衝鋒。他們距離不可能超過數百碼。她低頭看了看自己的右手，努力用意志力點燃手掌。她得戰死沙場，她不要讓自己像個普通人般被殺，至少現在不要，在她經歷過這麼多之後不要。

她的手開始變暖，但沒有冒火。她集中注意力。包說她法力強大，她一定能感應到什麼，什麼都好！

亞頓之翼的步兵裡有人大聲嚷嚷，妮拉抬起頭，注意力被打斷了。只見胸甲騎兵突然改變方向，整隊騎兵轉而西行。亞頓之翼上校目瞪口呆地看著胸甲騎兵在亞頓之翼陣線外圍奔跑，剛好超出來福槍的射程範圍。上校緊急下令，調動士兵去防守營地的那一側。

然而，艾卓胸甲騎兵繼續前進，繞過營地，甚至繞過了亞頓之翼的前線。

妮拉看不懂了。他們打算包抄亞頓之翼的前線嗎？那阿達瑪看見的長槍騎兵呢？那些騎兵究竟要往哪裡去？

她直到看見艾卓砲兵才恍然大悟。砲兵不再朝亞頓之翼營地開火，反而將砲口轉向南方，直面凱斯陣線。西蘭斯卡的艾卓步兵也隨著砲兵調動，不是正對凱斯前線，而是側翼。

信差騎馬疾馳而來，在亞頓之翼上校身邊停下。

「阿布拉克斯旅長傳令！」信差喘著氣喊道。「調轉陣線，支援前線。艾卓部隊是佯攻，西蘭斯卡將軍已被解除指揮權，他們現在和我們聯合作戰！」

上校對旁邊的上尉下令，然後抓住信差的轠繩。「那現在該死的是誰在指揮？」

「當然是戰地元帥湯瑪士。他回來了。」

妮拉腳下一個踉蹌，差點跌倒。湯瑪士還活著？還在指揮部隊？或許，只是或許，她或許能活過今天。

「妮拉，」阿達瑪溫和地說道。「妳的手在冒火。」

她低頭看向右手，周圍有一圈藍燄，延燒至手肘。她揮手想讓魔燄熄滅，然後試探性地將食指與大拇指相碰，火焰立刻重新在她的拳頭周圍竄出。

南方傳來一陣撞擊聲，蓋過了火砲和火槍聲響，她轉頭看見三個艾卓胸甲騎兵營正在猛攻凱斯軍側翼。

15

阿達瑪簡直不敢相信自己的耳朵。戰地元帥湯瑪士不僅活著，而且人就在這裡？湯瑪士肯定是從西蘭斯卡手中接管指揮權，那表示艾卓軍，包括亞頓之翼傭兵團，此刻是在聯手對付凱斯軍。

然而，想到這一點讓阿達瑪心裡一沉。凱斯軍的人數還是比艾卓軍多出至少四倍，在空曠地形作戰，凱斯可以輕易分散兵力，包圍人數較少的艾卓軍。

如今戰場籠罩在黑火藥的硝煙中，遮蔽了南方地平線，彷彿整座城市都在燃燒。阿達瑪往西南方看去，注意到艾卓胸甲騎兵在成功衝鋒後努力脫離陣線，而反應過來的凱斯後備軍則加速衝鋒，企圖截斷胸甲騎兵的退路。

阿達瑪在驚慌中發現，凱斯後備軍開始迅速散開，試圖從側翼包圍亞頓之翼的陣線。他們原先顯然認為西蘭斯卡會處理亞頓之翼的防禦，但隨著欺敵戰術暴露，凱斯軍立即改變策略，派出數個旅的兵力接替任務。

他們可以輕易地完成任務。即使所有後備軍都沒受過訓練且裝備不足，還是能以數量優勢彌補一切。他們光靠人數就能擊潰亞頓之翼的右翼。

一旁的妮拉在反覆彈指，以榮寵法師的魔法點燃手臂，然後又弄熄。她不再觀察戰況，似乎完全沉溺在自己的實驗中。阿達瑪發現亞頓之翼的上校已經遠遠地躲開她，於是他也照做了。妮拉曾親口承認自己根本不懂如何施展魔法，阿達瑪可不想知道榮寵法師在摸索的過程中會搞出多少具焦屍。

艾卓胸甲騎兵終於在後備軍的追擊下逃走，從凱斯軍側翼撤離。他們在凱斯步兵隊中留下了一個巨大的缺口，但自己也損失慘重，向西北撤退整頓傷亡。

後備軍在意識到無法追上胸甲騎兵後就放緩速度，轉而向亞頓之翼側翼進軍。即便是缺乏經驗的阿達瑪也看得出這場戰役的結局將十分慘烈。他希望湯瑪士會派更多兵力前來支援，否則局勢只會更加糟糕。

阿達瑪低聲咒罵。他怎麼會這樣想呢？情況當然可以更糟。

事實證明，情況確實惡化了。

一支凱斯後備旅脫離了主力部隊，正直接朝營區進發。緊接著，另一支旅也隨之而來。阿達瑪這才發現，此刻凱斯和營地中間只剩亞頓之翼上校和她的一旅新兵。

即便他們能建立起有效的防禦，也免不了一場屠殺。凱斯步兵不可能在最後關頭退卻，他們會力壓營地守軍，殺死所有隨軍人員，掠奪並焚燬營地，然後轉而由後方攻擊亞頓之翼。

亞頓之翼上校下達一連串的命令。信差衝向前線，各連隊迅速從北轉向，面對新的威脅。

阿達瑪拔出杖劍，緊緊握住，但隨即感到這舉動有些可笑。杖劍在上了刺刀的火槍前有什麼用？他本來想問上校有沒有來福槍可用，但她忽然離開，走向附近一名上尉大聲下令。

這裡只剩阿達瑪和妮拉。女榮寵法師還在彈手指，藍燄沿著她的手臂閃現。

「妳在幹嘛？」

「試著讓這個奏效。」她頭也不抬地回答。又一下彈指，藍燄在她手上爆發，接著她甩了甩手，一臉挫敗地把火焰弄熄。

「妳覺得現在是做這種事的時候嗎？」

他注意到妮拉在彈指時非常注意手指的位置，每次動作都會稍加調整，然後嘗試快速連續彈指，用拇指先後碰觸食指和中指。

「我可能再也沒機會練習了。」

「好吧，聽著，」阿達瑪說。他知道她在想什麼：讓魔法發揮作用，用新的魔法力量拯救所有人。但她當然不可能在短時間內學會，光是她想嘗試這麼做就極其荒謬，和他拔出杖劍站在那裡一樣荒謬。「我們最好盡量往營地後面退。一旦開戰，那裡能逃向艾卓陣線，到時候我們就可以……啊！」

妮拉手中噴出一道火焰，在二十步外的地面燒出了一道焦痕，差點波及附近一名下士。

妮拉驚叫一聲，半是驚嚇，半是得意。「我懂了！」

「什麼？妳才不懂。」阿達瑪反駁道。「妳到底知不知道自己幹了什麼？」

妮拉小心翼翼地舉起她的副手，指向附近兩頂帳篷之間的空地。她大拇指擦過食指，然後輕觸小指。她的主手噴出火焰——這次不是小火苗了，而是一道宛如從地面湧現的火柱，點燃了草地，竄升足足五、六呎高，從她的手一路延伸到她剛剛所指的空地，彷彿順著一條油燈的燈芯燒過去。

「好吧，我很佩服。」阿達瑪表示。其實應該用「害怕」比較貼切，但阿達瑪認為對方不會想聽這個。她不知道自己在做什麼。誰知道未受過訓練的榮寵法師會幹出什麼事來？她或許有辦法一把火燒死所有敵軍，但她能保證不燒到友軍嗎？

他懷疑自己該不該奔向艾卓陣線。如果湯瑪士回來了，阿達瑪就得向他回報這幾個月來發生的一切，但在兩軍交戰時這麼做並不適合。

不過，那至少能讓他遠離逐漸進逼的凱斯後備軍。

「妮拉，我們應該……」話還沒說完，他就發現女孩不見了。他左顧右盼，看見她正撩起裙襬狂奔，衝向亞頓之翼後衛和緊隨其後的凱斯後備軍。

她要做什麼？她不會覺得自己能幫上忙吧？這樣做只是迎向死亡罷了。

阿達瑪望向艾卓陣線。他應該可以趕得到。艾卓指揮帳距離不到兩哩，他可以跑過去向湯瑪士回報，或許還能設法派些增援過來。

那女孩不是他的責任，她是包的責任，阿達瑪不欠包任何人情。

但他還是罵了句髒話，向妮拉跑去。

妮拉擠過正準備防禦亞頓之翼營地的士兵陣線，無視他們的叫喊，爬過防禦工事，徑直向敵軍奔去。

腦海深處有個細小的聲音尖叫著要她轉身逃跑。她到底在幹什麼？她在自尋死路。即使她能重新施展那道火焰，也不可能摧毀整個旅的兵力。她或許可以拉幾個人陪葬，但還是會被他們槍斃，屍體被踩進泥濘裡。她在那裡根本幫不上忙。

但她不理會那個聲音，繼續奔向敵軍。

她腦中的聲音改變策略。

妳要去殺人。妳要殺了那些活生生的人。妳不是戰士，妳只是洗衣工。他們會死在火裡，活活燒死，慘叫聲會糾纏妳一輩子。

但是，她爭論道，如果我什麼都不做，亞頓之翼的傭兵就會死，步兵會被擊潰，所有非戰鬥人員都會被砍死。

那是他們收了錢的工作。

妮拉放慢腳步，不再認定她有能力去做必要之事。包會怎麼說？他會不會叫她別再當個懦夫，學著像個榮寵法師一樣行事？但他不也說過勇氣被人高估了嗎？真是前後矛盾的混蛋。

她懷疑在這種情況下，他可能會說她是個沒受過訓練的蠢貨，即將害死自己。

妮拉停步。她站在亞頓之翼陣線前約五十碼處，敵軍正如機器般搖晃著朝她推進。她聽見對方的士官大喊大叫，以及他們隨著軍鼓節奏行進的步伐。

「妮拉！」阿達瑪抓住她的手臂，把她拉向亞頓之翼的防線。「我們得走了。」

她甩開他，心裡一下沉重起來。太遲了，凱斯距離她不到一百碼，亞頓之翼很快就會開火，不管她在不在射程範圍內，她和阿達瑪都會被槍林彈雨掃射。她會害死他們兩人。

「退開，調查員。」她說。她放下裙襬，上前兩步，嘗試將全身暴露在艾爾斯中，就像包教她的那樣，讓魔法順暢流動。她舉起雙手，手臂激烈顫抖，左手指向凱斯部隊，右手高舉過頭。她突然發現這個動作有多戲劇性，而且完全沒有必要。

但包會認同的。

她用拇指擦過食指，以意志力驅使艾爾斯在她的命令下湧向這個世界。

沒有反應。

她做錯了。她的手不受控制地顫抖著，沒辦法做好正確的連結。她的身體背叛了她，如今她和阿達瑪將為此送命。

接著，她突然感覺空氣被擠出體外，腹部和胸口彷彿被長槍刺穿。她倒抽一口涼氣，奮力抗拒隨之而來的暈眩感，就在她以為痛苦已經無法忍受時，火焰驟然襲捲大地。

火焰從她身上呈圓錐狀噴出，宛如瘟疫浪潮，所到之處只餘灰燼。她看著火焰衝向敵軍陣線，然後，毫無預警地，她眼前一黑，失去了意識。

阿達瑪衝上去，在妮拉倒地前及時接住她。

他目瞪口呆地看著那道火牆滾滾向前，直撲凱斯步兵旅，瞬間將其吞沒。慘叫聲隨之傳來，但當火焰掃過凱斯步兵前鋒時，已經沒有任何聲音了，地上到處都是焦黑的骷髏，被高溫燒得扭曲變形。火焰終於熄滅後，超過四分之三旅的敵軍已經化為灰燼。

阿達瑪移開視線，雙手抱起妮拉。她身材嬌小，如果他年輕十歲，絕對可以輕鬆跑回亞頓之翼陣線。但以他如今的年紀，他只能奮力小跑前進，每走一步都感覺到舊傷和疼痛的折磨。幾名步兵跑出來協助他翻越防禦工事，其中一人接過妮拉。

「盡可能帶她遠離戰線。」阿達瑪囑咐道，跟著那個士兵回到營地。他們迅速穿過營帳，抵達營地東線，最接近艾卓戰線的位置，然後士兵把妮拉放在地上，再度奔回前線。

阿達瑪把手放在女孩嘴巴上，再探了探她的脖頸，過了好一會兒才感受到非常微弱的脈搏。

他從附近的帳篷裡翻出床墊和毯子，讓女孩躺得舒服一點。他不想讓她窒悶，但他覺得應該要把她藏起來，以免凱斯軍突破亞頓之翼陣線。把人安置好後，他跑去偷了把軍官椅，爬上去觀察戰況。

大片硝煙遮蔽了南方的戰場，艾卓軍的火砲不停發射，非正規軍也開始抵達陣地。如果非正規軍也要上場，戰況絕對不樂觀。看來有好幾個艾卓步兵連脫離了最接近亞頓之翼的前線，加速趕來支援傭兵營地。

阿達瑪看向一旁昏迷不醒的妮拉，思索著自己是否有力氣把她扛回艾卓陣線，並希望她在那裡得到安全庇護。隨後，他轉向西邊，目光落在妮拉用魔法燒焦的土地上。

沒被她燒死的殘部毫不猶豫地拔腿就跑。站在他的位置，仍能看到那些士兵奔逃的身影，而他們自己的軍官似乎正在開槍射殺逼迫他們回頭作戰。

對士氣還真有幫助，阿達瑪心想。

敵軍第二支旅顯然也開始動搖了。他們的衝勢慢到像是蝸牛在爬，遲疑著是否要穿過同伴的焦黑遺骸。

此時，一道巨大身影——包裹在黑衣中的扭曲肌肉塊——衝出凱斯陣線，迅速穿越焦土直奔亞頓之翼步兵。他們揮動手槍和手臂長的匕首，指示身後的後備軍跟上。是勇衛法師。至少有二十個。光靠他們就足以擊潰這群新手傭兵。

凱斯後備軍展開衝鋒，踏碎焦黑骷髏，舉起刺刀。

阿達瑪不禁同情起那些即將被捲入這場亂局中的可憐人。

亞頓之翼第一線的步兵開火，擊斃了幾個勇衛法師，也打傷十幾個。那些怪物在第二輪彈雨齊射後依然不顧一切地前進，翻過防禦工事，闖入亞頓之翼防線。不到十幾下心跳的時間，超過四千名後備軍緊隨而來，褐色軍服浪潮翻過工事，和紅白軍服正面衝突。

場面一片混亂。

亞頓之翼的士兵雖然設法抵擋住了最初的衝鋒，但軍官們已接連倒在勇衛法師的攻擊下。防線出現裂縫，再過幾分鐘就會完全崩潰。

艾卓援軍迅速從南方趕來，但顯然人數不足，也不可能及時趕到。

阿達瑪在附近找到一輛車夫已經逃走的馬車，把妮拉緊緊裹在幾層被單裡，然後塞進車廂底下，又在旁邊疊了兩個空來福槍彈藥箱來遮掩。他希望沒人會放火燒車。在這片被神遺棄的荒原上，他最多只能做到這樣了。

亞頓之翼後衛撐得比阿達瑪想像中更久，但當艾卓援軍抵達時，他們幾乎已經筋疲力盡。凱斯軍一開始交戰時稍微受挫，但數量優勢讓他們重拾勇氣，在混亂之中轉向，面對新來的威脅。

一個年邁的調查員實在沒必要去逞英雄。於是，阿達瑪躲在馬車後方觀戰，一邊留意著妮拉的狀況，希望她能盡快恢復意識。

戰況越演越烈。亞頓之翼後衛勇氣十足，但太過年輕且缺乏經驗，承受了凱斯軍首波衝勢攻擊。而艾卓援軍儘管人數和敵軍相去甚遠，但都是經驗老到的士兵，他們毫不留情地攻向敵軍，成群結隊用刺刀擊倒勇衛法師，在淩亂的營帳間依然維持著緊密隊形。

天空被火藥硝煙染黑，空氣中瀰漫硫磺、泥巴、鮮血和糞便氣味，戰吼聲逐漸被傷兵的哀號取代。阿達瑪很想爬到馬車下去和妮拉躲在一起。

戰況在艾卓軍大量屠殺後備軍、勇衛法師突破艾卓戰線時越發慘烈。雙方越打越接近阿達瑪的藏身處，很快他便深陷其中了。

一名艾卓士兵在三名凱斯後備軍的刺刀下退到了阿達瑪的馬車旁。可憐的傢伙被營繩絆倒，背部著地，遭三名敵軍趁勢猛攻，死期將至。

阿達瑪大罵一聲，扭轉杖頭，拔出裡頭的短劍。他衝過十五步的距離，在沒被絆倒的情況下來到最近的凱斯士兵旁，一劍插入對方肩膀，然後轉身刺中第二名士兵的脖子。

阿達瑪偷襲前兩名凱斯士兵時，第三人已經攪爛了艾卓步兵的腸子。他一臉驚訝地轉向阿達瑪，發出無聲的吼叫，舉起還掛著腸子的刺刀衝過來。

這回輪到阿達瑪後退了。他以最快的速度向後，還要留心不能和可憐的步兵一樣被人夾殺。他被絆了一下，隨即轉身全速逃命，希望沒人看見他這副模樣。

他絕不會在手持杖劍的情況下去對付帶刺刀的士兵。

對方追著他繞了馬車兩圈，才被一隊艾卓步兵嚇跑。

「老頭！」一名步兵大叫。「離開戰場！」

真是蠢話，到處都是戰場了。阿達瑪正想回嘴，卻發現自己在高聲示警。

一個勇衛法師宛如砲彈般撞上那隊步兵。五個人直接被撞飛，剩下的人轉身面對怪物，用刺刀猛刺，但對怪物而言根本不痛不癢。勇衛法師從一名士兵手中搶過來福槍，用槍托重擊另一名步兵的臉，力道之大令他牙齒和鮮血齊飛。勇衛法師抓起一名士兵的喉嚨，隨手捏碎他的氣管，然後把人丟下任其窒息而亡。

直到這隻怪物殺了將近半支小隊，士兵們才終於將其制伏。

阿達瑪眼看兩名步兵各自用刺刀刺穿怪物的眼睛，把它壓在地上直到停止掙扎，這才突然意識到，自己從未親眼見過這種怪物。即便早已死去多時，肌肉還是在皮膚下不自然地抽動，嘴巴自動開合，腫脹的黑舌頭從嘴角垂下。

旁觀這場戰鬥令阿達瑪心驚膽顫，雖然他根本沒和怪物交手。那種力量，那種威力，他無法想像需要多麼扭曲的魔力才能創造出這種怪物。

他凝視著屍體的思緒被一聲刺耳的尖叫打斷，令人脊背發寒的叫聲劃破空氣。阿達瑪迅速轉身，看見一名黑衣勇衛法師輕鬆跳過足足兩呎高的馬車，落在已經轉身的艾卓士兵中間。

怪物抓起一個人的腳踝，像揮舞棍棒一般甩去撞另外兩名士兵，然後高舉過肩拋入空中。

如果阿達瑪沒及時跳開，那具了無生氣的屍體可能就要壓死他了。他掙扎著起身，一手摸索著杖劍，另一手扶著馬車邊緣穩住自己。他剛恢復冷靜，就見勇衛法師用一把斷刺刀屠殺了剩下的步兵。

阿達瑪在怪物轉向自己時首度看清楚對方的模樣。多年前，他曾在旅行馬戲團見過一頭無毛熊，眼前的怪物更像那隻熊，而不像人類。它有短短的黑毛，臉頰上一道醜陋的傷口使其嘴角向上扯起，露出嘲弄的神情。勇衛法師像猩猩一樣出拳捶打地面，一邊逼近阿達瑪。

阿達瑪慌忙摸索他的杖劍，或任何可以充當武器的東西。

但那無濟於事。

對方緩慢前進，似乎突然變得猶豫不決，帶著野獸般的懷疑瞇起眼睛，濃密的眉毛緊皺著。是在拖延什麼？阿達瑪找不到武器，但他手抖得厲害，八成也拿不住武器。

快動手吧，你這噁心的怪物。

怪物伸手向阿達瑪的喉嚨掐過去，阿達瑪目光落在那粗壯扭曲的手上。他注意到，那隻手沒有無名指。阿達瑪不知道為何會察覺這種奇怪的細節，但話說回來，人在面對死亡時總會做些奇怪的事。就在這時，阿達瑪的手碰到了某樣東西——杖劍的劍柄。劍落在馬車上。他抓起劍，準備使勁吃奶的力氣往勇衛法師的臉上插去。這是他唯一的機會。

他聚精會神，正準備出劍，心卻猛地沉到了胃底。

那雙呆滯的眼睛和被魔法扭曲的皮膚，突然看起來異常熟悉。

「喬瑟？」阿達瑪聽見自己嘶啞的聲音。

怪物彷彿被燙到般忽地往後跳，雙手猛擊地面，對阿達瑪齜牙咧嘴。

「喬瑟，是你嗎？」

阿達瑪沒機會聽見怪物的回答。三名艾卓士兵出現在馬車旁，舉著刺刀大呼小叫衝向勇衛法師。勇衛法師轉向他們，然後又看了阿達瑪一眼，臉上流露出明顯的困惑，之後便朝士兵大步跑去，一個跳躍跨過三人，落在另一側，衝回凱斯陣線。

士兵在勇衛法師後頭大聲叫囂，但阿達瑪看得出來他們都鬆了口氣。他們絕對打不贏的。

此時，阿達瑪聽見馬車下傳來砰的一聲，接著是絕非淑女會說出口的咒罵聲。他的視線從逃跑的勇衛法師身上移開，彎腰看向馬車底部。「妮拉？妳還好吧？」

「我沒事。」她仰躺著搓揉額頭。「我在哪裡？」

「我在妳昏迷不醒時把妳藏起來了。」

「喔，抱歉，我昏倒了。我不知道是怎麼回事。」

「妳或許救了整場血腥戰役。」阿達瑪說。

妮拉沉默了一會兒。「我殺了人？」

「妳救了很多人。」阿達瑪說。這個問題沒有任何更好的答案，她確實救了很多人，但那種暴行總是要付出代價，無論是生理還是心理層面。或許她在慘叫聲響起前昏倒也是一種幸運。

「謝謝你。」她輕聲道。「那現在呢？」

阿達瑪起身環顧四周。營地淪為廢墟，勇衛法師失去蹤影。戰火已經平息，眼前所見還站著的人都身穿艾卓藍軍服。「看來我們趕跑了敵軍。」

「那就好。」

「是啊。」阿達瑪說，靠著馬車邊緣坐下。「確實，那就好。」

他剛剛究竟看見了什麼？那怪物本來可以——本應毫不遲疑地殺了自己，但並沒有那麼做。會不會只是巧合？斷指、熟悉的相貌、遺傳自菲父親的下巴輪廓。阿達瑪閉上雙眼，在他的完美記憶中看見了那怪物的臉——

喬瑟。

16

妮拉渾身刺痛。

那感覺就像是搭乘一輛沒有避震裝置的馬車，經歷了一段漫長崎嶇的旅程。她的雙腿無力，腹部脹熱，接觸到的一切似乎都發出輕微的碎裂聲響，思緒則混亂到彷彿腦中塞滿了羊毛。

阿達瑪將她從車底下扶出來。她甩了甩雙臂，試圖甩開那股刺痛感。

「妳確定沒事嗎？」阿達瑪問。

「我全身好像塞滿了蜜蜂。這算正常嗎？」

「不……不，我想不太正常。」阿達瑪回答得心不在焉。他的目光停留在撤退中的凱斯後備軍上，臉上毫無表情。

「我們贏了嗎？」

阿達瑪點了一下頭，隨即頓住，似乎覺得不該這麼回應。「我們擊退了敵軍，勉強算贏。」

他指向南方，黑色的硝煙瀰漫戰場，響亮的火砲聲不絕於耳。「要不是妳的魔法，營地已經失守了。我想包會以妳為傲。」

妮拉隱約察覺到阿達瑪不太對勁，但這番話讓她感到一陣興奮，同時胃裡發寒。包真的會以她為傲嗎？她差點害死自己。施展那種魔法，她應該會害死自己，而包會因此大發雷霆。他會說：*活下來擇日再戰，不要胡亂冒險。*

但他怎麼想真的重要嗎？她是怕他會懲罰自己，還是怕他失望？

此刻那些都無關緊要了。戰鬥的腎上腺素消退後，她聽見傷兵的呻吟，士兵開始冒險呼喊求援。「阿達瑪，我們該去幫忙。」

「嗯？」

妮拉仔細盯著這位年邁的調查員。他救了她一命，抱著她穿越戰場，但他沒有要她道謝。他思緒似乎飄向遠方，甚至有些震驚。

「你撞到頭了嗎？」她問。

「不，我想沒有。」

「你確定？我們可以找醫生來看看你。」

阿達瑪拍了拍胸口和手臂。「我沒事。事實上，我想我完全沒受傷。」

「你在這裡休息一下，」妮拉說。「我要去幫忙。」

「我覺得這樣不好。」阿達瑪搖頭，終於回過神來。

「到處都有傷兵，」妮拉說。「他們需要各方面的協助。」她環顧四周，西邊有好幾頂帳篷在燃燒，艾卓士兵正努力在火勢蔓延前滅火。車夫試圖控制馬與牛，軍醫則召集所有沒拿武器的人去移動傷兵。

妮拉走向亞頓之翼第五旅和凱斯後備軍作戰的位置。越靠近戰場，混亂和吵雜聲就越大。她走過帳篷區抵達防禦工事，雙方陣營的傷兵和死者如地毯般橫躺滿地，這景象令她差點吐出來。更讓她難受的是那股味道，鮮血、硫磺、糞便和內臟的味道無處不在。她曾經去過一次屠宰場，替艾達明斯家臥病的廚師代班，當時她以為那已經是此生聞過最恐怖的氣味。

而這裡更糟。

這令人作嘔的氣味中，隱隱夾雜了一股焦肉味，在她鼻腔揮之不去，甚至滲透了她摀在臉上的絲帕。

阿達瑪來到她身邊，眼神中那股恍惚消失了一些，面露擔憂地看了她一眼。

「很難接受，是吧？」他說。

「倖存者呢？亞頓之翼第五旅的人呢？」妮拉快步走向一個在呼救的人，那人卻在她趕到時嚥下最後一口氣。她從屍體前退開。

「這裡。」阿達瑪指向一群士兵。他們相互扶持，軍官圍著士兵，分開傷兵，想讓沒受傷的人入列。阿達瑪又指向另一群人，看起來比上一批淒慘。「還有那裡。凱斯軍在艾卓援軍抵達前攻陷了整個第五旅。還有一千人能作戰都算很幸運了。」

三千人傷亡。

這還只是亞頓之翼的傷亡人數。這個數字令妮拉害怕，比艾達明斯家所有僕役加起來還多上百倍。

妮拉看見第五旅上校的身影，很高興那個女人活了下來。她的帽子掉了，正一手握著軍刀，另一隻手摀著大腿，大聲下令。士兵開始回應軍官的命令，部隊慢慢重新集結。

「他們要做什麼？」妮拉問。「他們不該幫助傷兵嗎？」

阿達瑪疲憊地撐著手杖。「他們要集結凱斯戰俘，安排守衛，剩餘的人還得準備應付下一波攻擊。此戰輸贏未定。」他望向煙霧瀰漫的南方天際。「我認為是這樣。」

想到這一切屠殺和毀滅還會再度發生，就令妮拉感到一陣噁心——而第一場戰役大部分時間她都昏迷不醒。她努力不把早餐吐出來。

「看在克雷希米爾的份上，那是什麼味道？」

「戰爭的味道。」阿達瑪說。

「但是……聞起來像烤肉。」

阿達瑪挑眉看著她。「我不認為妳……」

妮拉的目光停留在西南方的焦土上。那裡只餘灰燼和泥土，還有——那是骸骨嗎？她緩緩眨了眨眼，腦中浮現自己衝向凱斯部隊時雙腿拚命狂奔之景。她記得火焰的炙熱，以及在世界陷入黑暗前，力量流經全身時的痛苦與快感。

這個認知差點讓妮拉站不穩。那燒焦的肉味是她造成的。她抓住阿達瑪的手肘。「我殺了多少人？」

「妮拉，妳救了很多……」

「調查員，我殺了多少人？」她質問。「到底多少？」

阿達瑪一臉同情地看著她，那個表情讓情況更糟。「我不能肯定。」

「猜一個數字。」

「妳該放開我，妮拉。」他語氣緊繃地提醒。

妮拉低頭一看，發現自己掐著阿達瑪手的指節用力到泛白。她立刻縮回手道歉。「很抱歉。拜託，告訴我殺了多少人。」

「三千五百人。或許更多，或許更少。看來妳燒死了將近一整個旅。」

妮拉彎下腰，乾嘔了一聲，將胃裡的東西全部吐了出來。當她意識到自己剛剛嘔吐在一具死屍的腿上時，又一次乾嘔。她感到阿達瑪伸手搭上她的肩，於是讓他扶著自己起身。

「我不能……我甚至不……」

「現在先別說話。」阿達瑪示意她跟著走。妮拉失去了時間和空間的概念，直到抬頭發現他們已經離開戰場，甚至離開了亞頓之翼營地，朝艾卓營區走了三分之一路程。

她用衣袖擦臉，哽咽著問：「我們要去哪裡？」

阿達瑪目光緊盯地面，走了好一陣子才回答道：「去見戰地元帥湯瑪士。」

「我們應該要回去幫忙。」

「妳現在不必看到那些。」他語氣堅決。

她很想反抗，想要掙脫他，跑回亞頓之翼營地幫助死傷士兵。她應該要面對自己魔法造成的後果。不這麼做是否表示她是懦夫？

「為什麼要去見戰地元帥？」妮拉問。

「因為不管有沒有打贏這場仗，我都要去找他回報。」

「你大可以把我留下。我不是小孩，我幫得上忙。」

阿達瑪停步，轉身面對她。他抓住她的肩膀，等著她終於抬頭與他對視。她看到他臉上如父親般嚴厲的關愛，那表情令她十分痛苦。他難道看不出她身上蘊藏著多麼可怕的力量嗎？他難道不害怕？

這天殺的力量令她恐懼萬分。

「妮拉，只要亞頓之翼營地恢復秩序，他們就會開始找妳。他們可能會要妳上前線為他們戰鬥，或是發現妳還不能控制自身力量，反過來試著控制妳。不管是哪種情況，我都不能把妳一個人留在那裡。」阿達瑪牽起她的手，繼續走向艾卓軍。

妮拉任由對方拖著走。她深深吸一口氣，兩軍交界處的空氣清新，徐徐北風吹散了硫磺味，但那股焦肉味仍揮之不去，彷彿塗抹在她的嘴唇上。

阿達瑪從外套中拿出文件給艾卓衛哨查驗，沒多久他們就繞過兩連待命的非正規軍，爬上一道陡坡來到指揮帳前。阿達瑪再度出示文件，求見戰地元帥湯瑪士。一名守衛入帳稟告，片刻後返回，點頭要他們進去。

「請進，調查員、女士。」

妮拉隨著阿達瑪進入帳篷，這才意識到自己在幹什麼。他們來見的可是戰地元帥湯瑪士！她曾擔任他的私人洗衣工幾個月，他的保鏢還追求過她。她甚至認真謀劃過暗殺戰地元帥一事。他們不可能知道這一點吧？但萬一歐蘭在呢？她要怎麼解釋自己為什麼會出現在這裡？

她想找個理由待在外面，不過還來不及開口就被人請了進去。

她在發現戰地元帥和歐蘭都不在指揮帳裡後鬆了口氣。帳篷一側牆邊立正站著六名信差，中央有張大桌子，上面擺了很多地圖、文件和字條，其中最大的地圖上覆蓋了數百個大小形狀不一的小型軍事模型。一名身穿艾卓藍軍服的黑髮年輕女子站在桌前，胸口別著火藥桶徽章——她是火藥法師。從肩章來看，是個上尉。

這時，一名信差擠過妮拉，向火藥法師敬禮。「兩連凱斯騎兵突破十七旅，朝一百零二砲兵旅推進。」

女人移動了地圖上的一個模型，然後在桌上的字條堆裡翻找了一陣，才找到一張令她滿意的指令。「派七十八非正規軍去防守東翼，請法羅將軍全力進攻敵軍左側。那些騎兵是唯一阻擋我們攻下那座山丘的部隊。」

信差火速離開。女人又翻了幾張字條，然後一邊嘆氣一邊坐回椅子上。她臉色蒼白，表情不悅，妮拉隱約聽見幾句髒話。

「芙蘿拉上尉，是吧？」阿達瑪問。

火藥法師輕輕點頭。「阿達瑪調查員？戰地元帥希望你今天會出現。」

「我是來回報的。」阿達瑪說。「戰地元帥在哪裡？」

「他不在這裡。」她略顯不耐煩地回答。

這個消息稍微讓妮拉感到慶幸，直到她意識到這話意味著什麼。「他在哪裡？」她來不及阻止自己就脫口問道。

芙蘿拉看了她一眼。「妳就是包的學徒？我想我們該感謝妳放火燒了凱斯的後備軍？」

「對。」妮拉努力擠出笑容，但是笑得和死魚一樣僵硬冰冷。她抹去笑容。

芙蘿拉已經把注意力轉回到阿達瑪身上。「戰地元帥離開了。如果一切順利的話，他過兩天就會回來。」

「但我們聽說……」阿達瑪困惑地詢問。「我以為他在這裡。」

「他本來在。」

「但現在不在。」

「沒錯。」

「但是目前戰況來看，我們應該會贏。」

「我想我們會。」芙蘿拉說，只有一點遲疑。

「如果戰地元帥湯瑪士不在，是誰在指揮？誰在下令？」

「湯瑪士依然在指揮。」芙蘿拉指著擺滿地圖和字條的桌面。「他昨天就紙上談兵打完了這場仗，然後趕往山裡處理私事。」

「妳在開玩笑吧。」阿達瑪說。

「我沒有開玩笑。戰地元帥希望你——你們兩個——等他回來。」

17

坦尼爾十分驚訝，包竟然沒有殺光剩餘的艾卓步兵。

三十七名士兵正努力將死傷者從落石的殘骸中救出。而距離那些抬出來的屍體數十呎外，有一堆引人注目的閃亮金屬熔渣。坦尼爾認出那些是被超自然力量融成一團的空氣來福槍、刺刀和匕首。

「你手下留情了。」坦尼爾說。

「我很有禮貌。」包回答。

「真希望我也能做到這點。」坦尼爾注意到包瞥了自己一眼。

「好吧，」包輕哼一聲。「我比你有說服力。喂！那邊那個，給我用點力氣！那塊岩石可不會自己移動。」

坦尼爾看著兩名士兵費勁地推開壓爛半具屍體的大石頭，試圖弄清楚自己內心交戰的情緒。這些人是來殺他的，這點毫無疑問，連小兵也知道他們在獵殺誰。一部分的他想叫包把這些人和被壓死的同伴一起埋了，但他手上沾染的鮮血澆熄了他的怒火。

「你知道，你可以幫幫他們。」

「想都別想。」包說。

「我就知道。包？」

「嗯？」

「那見鬼的是什麼東西？」坦尼爾指向山谷下方。峽谷岩壁上有一塊棕紅色的污漬，看起來像是有人往岩壁上潑了油漆，任由太陽將其曬乾。

包拉了拉手套。「我把第一個試圖用刺刀刺我的人當範例。」

把他當葡萄一樣捽爛了。坦尼爾感到一陣噁心。「我就在想他們為什麼這麼配合。你不覺得這有點太血腥了嗎？」

「我發現，那一點血腥就像肥料一樣，對於栽培恐懼有莫大的幫助。」典型的榮寵法師思路。「你說得沒錯。」坦尼爾望著挖掘屍體的囚犯，幾分鐘後注意到包又在拉手套了。「你在緊張。」

「算不上。」

包經常會拉扯手套，大部分榮寵法師都這樣。但他此刻一腳踏在石頭上，快速抖著腿。即便他不願承認，坦尼爾也知道他很緊張。「你確實在緊張。怎麼回事？」

「沒事，沒什麼。你別擔心。」

坦尼爾張口欲言，但他知道問不出所以然來，包不會說的。

「我去幫卡波。」說完，坦尼爾快步從岩壁上的窄道前往他和卡波住了兩週的山洞。他發現卡波正要離開那裡。她揹著背包，並用一名步兵的皮帶將克雷希米爾的箱子掛在上面。

「如果妳願意，我可以幫妳拿點東西。」坦尼爾說。

卡波把從步兵那裡偷來的剩餘口糧交給他。

「還有嗎？」

她伸手護住背包，皺起眉頭。片刻過後，她鬆開眉頭，搖了搖腦袋。

「波，我……」坦尼爾不太確定該說什麼。她救了他，又一次。在山裡的日子既可怕又危險，但他心裡清楚，一但重回文明世界，兩人能獨處的時間將少之又少。他們要作戰，有要事得回報。

還有幾名將軍要殺。

他突然發現，自己一點也不懷念火藥。它們除了能在戰場上給他帶來優勢，對他來說什麼都不是。

非常奇怪。

他們回到包和囚犯那裡。包躺在一塊平坦的岩石上，把小石頭扔向空中，然後用戴手套的手接住。他狀似輕鬆，卻還是留了點心眼在監視那些囚犯。

「我帶了這個給你。」包在他們走近時說，拿出放在外套裡的火藥筒。「剛剛忘了給你。但如果你在我附近打開那個可惡的東西，我對克雷希米爾發誓，會揍你的臉。光是帶在身上就讓我起疹子了。」

坦尼爾接過火藥筒在手中查看。他感應到其中的火藥——火藥能帶給他的力量，能紓緩他的傷痛，給他力氣下山。「哪裡弄來的？」

「來找你的路上，從一名亞頓之翼步兵身上偷來的。」

「謝了。」坦尼爾說著，把火藥筒掛在肩上。榮寵法師不喜歡黑火藥，他們對火藥這種讓戰場淪為夢魘的東西過敏。「真的，包，我希望我能報答你。」

「你沒聽你爸的命令對我腦袋開槍，所以該輪到我來為你做點好事了。」包坐起身，大拇指朝步兵比了比。「我們該走了。我剛剛嚴厲地警告過他們。他們會做好這裡的工作，然後把屍體帶回艾鐸佩斯特。」

「嚴厲警告？你威脅他們？我不管怎麼威脅都沒辦法讓四個班的士兵聽我的話。」

「那是你沒辦法把他們的血管一吋一吋拔出來。只要有人敢逃，他們這輩子都要擔心會不會在下一個轉角遇到我。」他哈哈大笑。「這是我能想到最可怕的懲罰，真的。」

「啊。」

包目光瞟向卡波。「很高興又見到妳了，小妹妹。坦尼爾把妳肚子搞大了沒？」

「你混蛋！」坦尼爾不是很認真地揮了包一拳，被對方靈巧躲開了。

「喔，少來這套。你來南矛山找我的那天我就看出你愛她了。小妹妹，妳背上的是……喔，親愛的克雷希米爾在上！」包突然往後退開，以超乎坦尼爾想像的速度遠離卡波。

「怎麼了？」坦尼爾問。

包躲在一塊岩石後面，過了一會兒才探頭出來。「她背上的盒子裡放了什麼？」

坦尼爾思考著怎麼向包解釋？包絕對不可能理解的。他張嘴欲言，但卡波迅速比畫一連串手勢，指了指包，然後手指觸碰自己的喉嚨，又指向包。

包看著她比了兩輪，舔了舔嘴唇。「就是我剛剛說的？」

卡波點頭。

「妳背上的是……」

卡波比了個繼續說下去的手勢。

「喔，親愛的克雷希米爾在上？」包說。

卡波又點頭。

「克雷希米爾在上？」包重複道。

再點頭。

「妳把克雷希米爾關在盒子裡？」

卡波微微一笑。坦尼爾沒想到，包竟然相信了。榮寵法師遲疑地從岩石後面走出來。他臉色發白，把坦尼爾擋在自己和卡波中間。

「我本來可以介紹好女孩給你認識。」包說。「東艾鐸佩斯特的女孩，沒事不會把神關在盒子裡的那種。」

坦尼爾牽起卡波的手。「那不是我喜歡的類型。」

「當然不是。」包語帶不悅，拉了拉手套。「現在，我們可以出發了嗎？」

「你在趕時間？」

「不。」包在快步往峽谷走去時說。「好吧，」他回頭喊道。「對，是有點急。」

坦尼爾慢跑跟上他。「什麼事？」

「沒什麼。她可以出發了嗎？」

「她叫卡波。」

「小妹妹可以出發了嗎？我今晚需要休息，希望在河谷休息，不是在這該死的峽谷裡。」

「你上次睡覺是什麼時候？」

包用戴手套的手默默計算。「五天前？」

「見鬼了，包，你——」

「那不重要。」

「那什麼才重要？」

「我可能把我的新學徒留在戰區裡了。而我為了及時趕來救你，累死了兩匹馬。」

「等等，等一下。你收了個學徒？」

「很棒的女孩，就是我本來可以介紹給你的那種。她擁有罕見的力量，而我越來越喜歡她。事實上，就是她發現你在哪裡的。我本來不會丟下她，要不是……」

「是、是，要不是為了來救我。」

「沒錯。」

他們沉默地走了大半個下午。坦尼爾強迫包放慢速度，好讓卡波跟上。他們一路沿著峽谷前進，直到天色變暗，才終於停下來休息一小時。卡波隨手把克雷希米爾的箱子放在地上，這舉動讓包畏縮了一下。

「跟我說說這個學徒的事。」坦尼爾拿出步兵口糧來吃時詢問。

包啃了一口餅乾，皺起眉頭。「你們怎麼吃得下這種東西？呸。我的學徒？真的沒什麼好說的，又是個會丟魔法的傢伙，你懂的。」

「你說你喜歡她？」

「有嗎？」包誇張地咀嚼著硬得像磚塊的餅乾。

「你睡過她了，是不是？你們沒有不能和學徒睡覺的規矩嗎？」

包怒視坦尼爾，接著視線拉向卡波，她正坐在地上把玩背包上的鎖釦。

「波又不是我的學徒！」坦尼爾抗議道。

包翻了個白眼。「我沒和妮拉上床。」

「喔，這下她有名字了，是吧？你以為我會相信你沒和她上床？」

「……還沒。」

「我懂了。」

「我想我不會和她上床。」

「這倒是嚇到我了。」坦尼爾說。

「我說真的。我太喜歡她了。她很聰明，懂得應變，而且日後會比我強大得多。」

「真的？」坦尼爾語氣懷疑。包曾吹噓過，儘管身為艾卓皇家法師團年紀最小的榮寵法師，他的力量卻是數一數二的。湯瑪士證實了他所言不虛。要讓包說出種話——

「你會怕她？」

「不，」包說。「祖蘭讓我害怕，但我還是和她睡了。妮拉就是……」

「你怕她，是因為她是個比你好的人。」

「去死吧。」包說。

坦尼爾皺眉。有東西閃過他的眼角。他呼吸加速，微微側身，試圖不露痕跡瞄向左側。

「好了，別突然不說話。」包說。「我不是那個意思。」

「安靜。」坦尼爾伸手到外套裡，彈開火藥筒蓋。這個動作讓包渾身一僵。他隨即檢查自己的手套。

「怎麼了？」包嘶聲問。

「我剛剛瞥見艾卓藍，是軍服。」坦尼爾說。「峽谷下游，三十碼外。」

「你確定？」

坦尼爾釋放感知。「對，我確定。」他站起身，包立刻跟進，轉身望向下游。

一塊石頭從他們頭上五十呎外的陡峭山崖滾落。對面又有一塊。坦尼爾看見步兵的軍便帽，然後是來福槍槍管，一把又一把出現。

四面八方的岩壁上都有士兵，坦尼爾數到二十五個就放棄了。「是步兵連隊剩下的人，」他說。「在河谷裡紮營的人。你解決掉他們了嗎？」

「我不知道還有人。」包說。「我經過的營地裡只有十幾人。」

坦尼爾察覺包正在接觸艾爾斯，感應到魔法進入世界。一陣帶著魔力的微風掠過坦尼爾的腿邊，撩動他的外套。又有十幾名士兵繞過谷底的彎道，平舉起來福槍。「他們有火藥，」他說。「要再接近一點，我才能引爆火藥。」

「沒有必要。」包說。

「什麼意思？」

「你不認得他們的肩章嗎？」

每名士兵肩膀上都有個肩章——山形圖案，下方有火藥筒。他記得自己從昏迷中甦醒過來時，看守他的士兵身上就有這種肩章。有人說那是一支名叫「來福槍戰隊」的特殊部隊肩章。

「他們槍口不是對準你。」包說。

來福槍戰隊。是直屬於戰地元帥湯瑪士保鏢的特殊部隊。

「榮寵法師包貝德。」有個聲音叫道。「請你脫掉手套。」

包手指扭動。坦尼爾察覺他的魔力繃緊，宛如在皮膚下移動的肌肉。包臉上閃過一絲掙扎，接著慢慢遠離坦尼爾。從上方陡峭山崖到下方峽谷，所有來福槍都隨著他移動。坦尼爾想起控制包的制約法術，會強迫他殺害戰地元帥湯瑪士的那個。

「別動手，包。」他看出包手臂肌肉緊繃，手指扭動，躍躍欲試。坦尼爾不知道自己能怎麼做，但一旦包釋放魔力，後果絕對不堪設想。

卡波突然站起來，把克雷希米爾的箱子留在地上。她在坦尼爾阻止她前大步繞到包的身前，朝他伸出一隻手。

「妳不會想站在那裡的，小妹妹。」

卡波再次用力地伸手，掌心向上。

「把手套給她，包。我不會讓他們殺了你。」坦尼爾說。即使要殺死一百個同胞，他也不會讓他們動包。如果有必要，他會和朋友並肩赴死。他緊緊盯著包，直到榮寵法師微微點頭，表示他理解坦尼爾的意思。

包壓低雙手，看著峽谷下游，脫下手套，放在卡波伸出來的手上。她收下手套，順著峽谷走到艾卓士兵前。其中一人打量她手中的手套，然後點頭讓她通過。

沒過多久，她回來了，而且不是獨自回來。

戰地元帥湯瑪士行動僵硬地走向坦尼爾。他似乎在短短幾個月內老了十歲，坦尼爾從未想過他會看起來如此虛弱。從他的步伐看來，他在掩飾傷勢，而且是很嚴重的傷。

「爸，你看起來很慘。」坦尼爾說。

「你也沒好到哪去。」湯瑪士說。他的背很挺，眼角掃視著包，彷彿在看坐在門廊上的洞穴獅般，然後又轉回去面對坦尼爾。坦尼爾深吸一口氣，想讓自己冷靜下來。他上次聽到父親的消息時，父親被推定死亡，儘管他有理由相信父親還活著，卻始終沒時間為此哀悼或高興。他感到強烈的情緒來襲，而他努力壓抑那些情緒，把臉變成一張空畫布。

「很高興你還活著。」坦尼爾說。

老人面無表情，堪稱軍紀的極致表現。

但是打從他母親死後，這是坦尼爾第一次在父親眼中看見淚光。「你也是，上尉。」

18

當晚湯瑪士下令在河谷紮營。

他將搭建工作交給歐蘭負責，但親自巡邏，緩步穿行於營帳之間，揮手示意士兵們免禮，並提醒他們明天要早起，還有很長的路要趕，必須抓緊時間好好休息。巡完營區後，他又去檢查囚犯，然後是衛哨。

「你要休息，長官。」

湯瑪士嚇了一跳，轉身看到坦尼爾站在小河河畔，河流在山谷中蜿蜒而過。

「我不累。」湯瑪士說。

「我們開始紮營後，你就一直在瞎忙。失去睡眠並不會讓我們更快回到前線。」

湯瑪士看著兒子。坦尼爾看起來成熟了不少，他因為挨餓數週而削瘦、臉頰凹陷，但仍然維持著強健的體魄。湯瑪士派他前往南矛山殺包之後，他的肌肉變得更加結實。不過，那彷彿已經是上輩子的事。多久了？六個月？或許更短？

「我們應該連夜趕路的。」湯瑪士強忍著呵欠表示。「我離開得不是時候。」

坦尼爾把重心換到另一隻腳。「抱歉造成這麼大的麻煩。」

「我沒有……」湯瑪士壓下沮喪的嘆息。「我不是那個意思。只是，那場戰役留給其他人指揮太冒險了。」

「你沒必要來找我。」

「好吧，我現在知道了。」湯瑪士輕笑，連他自己也覺得笑得很勉強。「我應該讓包處理就好，自己待在前線。」

「優柔寡斷不適合你。」坦尼爾把一顆石頭踢入河裡。

湯瑪士真希望知道自己該說什麼。他向來不是個好父親，這點他很清楚，但即便如此，他也看得出坦尼爾身上出現了些許變化，一種他無法完全捉摸的變化。即便不開啟第三眼，他也能隱約感覺到環繞坦尼爾周身的魔法。據說那是出自坦尼爾喜歡的野蠻女巫手筆。湯瑪士對那個女孩有不少疑問。

「包已經不對你構成威脅了。」坦尼爾說。「你沒必要把他綁起來，還派人看守。把手套還給他。」

湯瑪士揉了揉太陽穴。「綁到我們回去就好了。」

「如果我們回得去。」坦尼爾說。「而且我們要靠包幫忙對付凱斯。他會幫我們的，一點信任能夠帶來很大的收穫。」

「我現在不太信任人。」說話的同時，湯瑪士的手還按著外套下發癢的傷口。他現在必須靠持續不斷的火藥狀態壓抑傷口的痛楚，但這麼做也只能稍微止痛。

「西蘭斯卡。」坦尼爾說。

湯瑪士清了清喉嚨，掩飾驚訝。「你怎麼知道？」

「克雷希米爾抓到我時，叫來西蘭斯卡確認我的身分。我知道是他派那些混蛋來殺我的。」他揚起下巴，指向營地中央關了西蘭斯卡一百五十名手下的臨時監獄。

湯瑪士思索片刻，然後解開外套。他撩起上衣，在冰冷的空氣中露出傷處。「我肋骨之間被他捅了一刀。」

「看起來傷得很重。」坦尼爾沒有靠近，隔著一段距離檢視傷口。他很清楚暴露弱點對他父親而言代表什麼。

「算我走運，這刀乾淨俐落，沒傷到重要器官。」湯瑪士放下上衣，慢慢扣起外套。

「你要找個榮寵法師療傷。」

「戴利芙國王有帶幾名治療師隨行，等他抵達就會處理我的傷，在那之前我死不了。西蘭斯卡那個天殺的混蛋。我們是幾十年的朋友，他是我的伴郎，參與整個政變計畫。」

「那是道不會癒合的傷口。」坦尼爾輕聲道。

湯瑪士不敢再多說什麼，只是輕輕點頭。沉默了幾分鐘後，他再度開口：「我需要米哈理。哈！真不敢相信我會這麼說。那瘋狂主廚神，我不知道少了他我該怎麼辦。」湯瑪士覺得自己眼角濕潤，肯定是寒風帶來的水氣。

「米哈理，」坦尼爾說。「他……」

「你們見過？」這也沒什麼好驚訝的，畢竟米哈理無處不在。

「對，他說我現在變得不一樣了。一部分因為卡波的魔法，一部分因為與克雷希米爾接觸。」

湯瑪士沉默。如果坦尼爾想談，他會自己說，否則不管怎麼問都不能讓他吐露心聲。

又過了幾秒，坦尼爾說：「米哈理認為我變得類似祖蘭，至少是火藥法師版的普戴伊。」

聽到祖蘭的名字令湯瑪士咬牙。太多叛徒，太多背叛。坦尼爾怎麼可能像她？「你不能把米哈理的話當真。」

「我認為他說得沒錯。」坦尼爾說。「我在山上幾乎什麼都沒吃，但也沒有多餓。我沒有火藥，但還是能看見一百碼外的細節——和火藥狀態不同。我的夜視能力、聽力和嗅覺也都比從前好。」他看著湯瑪士，眼睛突然紅了。「我扯下一個人的下顎，沒用到火藥！我拔出勇衛法師的肋骨，然後插死他。好吧，那次我是吸了火藥。」

「見鬼了。」湯瑪士喘著氣說。

坦尼爾輕哼。「我知道，而且我也很難被殺死。我還是會流血，但比從前強壯敏捷。克雷希米爾命令手下打斷我的手，但他們辦不到。我變了，爸，而我很害怕。米哈理死了，卡波不能說話，所以我不知道自己究竟怎麼了。」坦尼爾低頭盯著雙手，聲音嘶啞。

「坦尼爾，」湯瑪士一手握住坦尼爾的手。「聽我說，不管你身上出現什麼變化，你都會活下來。你是個戰士。」也是我兒子，他在心裡默默補充。

「但萬一活下來卻不值得呢？」

有那麼一瞬間，坦尼爾不再是個男人，而是湯瑪士在艾莉卡過世後抱著的小男孩。湯瑪士抓著坦尼爾肩膀，用力將他擁入懷中。「孩子，活下來永遠都是值得的。」

他們就這麼擁抱一段時間。最後，坦尼爾推開他，用衣袖擦了擦鼻子。湯瑪士斷斷續續吐了口氣，希望坦尼爾沒看見他的眼淚。

「爸。」

「什麼事？」

「我射中了克雷希米爾的眼睛，後來他在古堡壘抓住我時，我還揍了他的臉。」

湯瑪士驚訝地望著兒子，對這一切的荒謬震驚萬分。這種感覺從胃部深處湧上來，讓他忍不住仰頭大笑。坦尼爾也跟著笑了起來，他們笑得眼淚直流，直到湯瑪士因傷口劇痛才不得不停下。笑聲平息後，兩人互相對視了好一會兒。

「很抱歉我以前那樣對你。」湯瑪士說。這話很難啟齒，但他同時又覺得放下心中的一塊大石頭。他看著坦尼爾的側面，尋求某種回應，但坦尼爾突然變得拘謹。他轉過身，湯瑪士深怕他要走開。

「你有很多孩子。」坦尼爾說，揮手指向營地裡的士兵。「你所有士兵都是。」

「我最在乎的只有一個。」

「他們都很重要。爸，可以幫我個忙嗎？」

「當然。」

「原諒芙蘿拉。」

湯瑪士揚眉。他不知道自己在期待什麼，但肯定不是這個。他伸手摸了摸頭，感受到在克雷希米爾手指之役中頭皮上的槍傷。「給我點時間。」

「試試看。」

「我會。」

「謝謝。還有，爸，卡波背上揹著的箱子，裝著克雷希米爾的傀儡娃娃。他沒動手把我們殺光全都是因為她。」

「什麼？」

「還有，」坦尼爾緊張地吸氣。「我愛上她了。」

一天之後，湯瑪士像個弄丟自家鑰匙的人一樣，偷偷溜回艾卓軍主營地。這次回營沒什麼排場，他心想。但湯瑪士用不著排場，他必須低調行事。歐蘭拿著一份命令給哨兵查看，湯瑪士則壓低帽沿用外套領子遮住臉。

哨兵檢視那份命令，瞇起眼睛就著晨光閱讀，嘴裡默念。那是湯瑪士親筆寫下的命令，底下有他自己的簽名。哨兵看完後把紙交還給歐蘭，同時懷疑地看向湯瑪士。「看起來沒什麼問題。」她說，揮手讓他們通過。

湯瑪士輕嘆一聲，隨著眾人進入營地，混入帳篷之中，擺脫任何可能會起疑跟上來的守衛。他期待手下嚴加盤查陌生人。他們受過訓練，不該容忍這種貴族軍官偏好的隱密偽裝把戲。但話說回來，湯瑪士很慶幸自己能夠如此輕鬆入營。

營地開始熱鬧起來，士兵爬出營帳，在營火上煮咖啡，洗衣工四下走動，歸還洗好的制服。他和歐蘭脫掉大外套，悄悄走過最後一百碼，抵達指揮帳。附近只有幾個人，認得他的人立刻抖擻精神，立正敬禮。

「早安，長官。」

「早安。」

「昨天幹得好，長官。我本來想早點恭賀你，但一直沒看到你。」

「謝謝。繼續吃吧。」湯瑪士示意那名少尉回去吃早餐，接著他靠近歐蘭低聲道。「好吧，既然部隊還在，我想我們打贏了。」

一名上尉打斷了他，行禮問好：「恭喜打勝仗，長官。」女人說。「派一百零一旅直取敵心實在太厲害了。」

湯瑪士點頭回應。等他們走遠後，他繼續說：「看來大家都沒發現有什麼不對。」

「幹得好，長官。」歐蘭面露微笑地說。他本來不太贊成丟下部隊去救坦尼爾，要不是芙蘿拉堅持，湯瑪士或許不會這麼做。「我想你現在可以說：『我早就說過了。』」

「等看過傷亡報告後再說。」湯瑪士停下來和兩名在翻炭火的士兵握手。片刻過後，他和歐蘭抵達指揮帳。守衛立正敬禮，其中一人撩起帳簾，讓他們進去。

帳篷的白牆透入足夠的晨光，讓湯瑪士看見裡面有幾道身影。他期待會看到芙蘿拉，而她就躺在幾張椅子上，鞋子脫在旁邊，輕輕打鼾。湯瑪士沒料到還有其他人在。阿布拉克斯旅長在門邊的椅子上打盹，帽子蓋在臉上，下巴抵住胸口，阿達瑪調查員則躺在地上邊睡邊囈語。角落還縮了個人，被單旁露出一大片紅鬈髮。

「上尉。」湯瑪士喚道。

芙蘿拉沒反應。

歐蘭湊上前。「芙蘿拉。」他搖搖她膝蓋，然後輕觸她臉頰。她驚醒過來，睡眼惺忪地看著歐蘭，然後轉向湯瑪士。

「長官。」她站起來，有氣無力地敬了個禮。

「稍息，上尉。」湯瑪士看向阿布拉克斯。或許他們該先去帳外談談，他真的不想吵醒她，這種事最好一個一個來。「情況如何？」

芙蘿拉揉開眼中的倦意。「很順利，長官。凱斯軍完全陷入我們的陷阱。我們成功奇襲，亞頓之翼則守住防線。這是一場關鍵性的勝利，幾乎和你設想的一模一樣。」

「幾乎？」

「我有幾次不得不隨機應變。我寫好完整的報告了，就放在你桌上。」

「我很想看。」而且我最好快點去看，如果要假裝從頭到尾都是我在親自下令的話。「傷亡有多少？」

「一萬五千一百七十四人。」

湯瑪士身形一晃。這麼多人？全軍四分之一的兵力，還不算上非正規軍。「該死。」他說。

「各部隊傷亡報告也在你桌上。」

「凱斯軍呢？」

「他們一路退回芬戴爾。」

「他們的傷亡？」

「我們還不能確定，長官，但估計約九萬人。我們俘擄了兩萬五千人左右。」

湯瑪士稍微放鬆了一點。「很多。」

「確實是，長官。恭喜。」

湯瑪士深吸一口氣，對這場戰爭產生一絲希望。「謝謝妳留下來。」

芙蘿拉低頭看向自己的腳尖。「既然是我爭取了要你去救坦尼爾，那最起碼該留下來。我已經盡全力了。」

「我認為妳足以擔此重任。」

「只是依照你的指示。長官？」

「我的任務成功了，上尉，如果妳是要問這個的話。」

芙蘿拉微微鬆了口氣。湯瑪士不知道她對坦尼爾宣稱愛上女野人——愛上卡波的事會怎麼想。他建議兒子暫時不要公開，但說實在話，湯瑪士自己也不知道該如何看待此事。不過，他現在也沒時間處理這個。他瞥了一眼桌上厚厚的文件。他得閱讀所有文件才能得知戰役所有細節，如果芙蘿拉犯錯了，那就是留下她指揮的他的錯。

「你這個自私自利的蠢蛋！」

怒氣沖沖的聲音打斷了湯瑪士的思緒。他轉身看見阿布拉克斯已經清醒，並站起來。她走向他，停在一條手臂的距離外，伸手指著他。湯瑪士覺得自己微微往後退了一步。阿布拉克斯從各方面來看都不算高大，但在盛怒之下還是氣勢駭人。她用手指戳他胸口。

「湯瑪士，你到底在犯什麼傻？你怎麼能這樣對我們？這樣對我？對你的軍隊？」

「怎樣？」他輕聲問道。

她說得口沫橫飛。「你在決戰前夕丟下我們。你留下一個上尉指揮軍隊，帶上一整連精兵出走——去幹什麼了？」

「救我兒子。」

「救一個人！我以為你是領袖，湯瑪士。」

「我不只要對這個國家負責。」湯瑪士說。一開始的恐懼逐漸轉化為憤怒。他能理解阿布拉克斯在氣什麼，但為什麼要在他手下面前責難他？還在他這輩子第一次想當個好父親時批評他？

「國家是你唯一的職責，湯瑪士。你沒資格當父親。你幾年前決定推翻國王時，就已經放棄了那個身分。」

湯瑪士雙手顫抖，咬牙切齒。指揮帳裡的所有人都在看著爆發衝突的兩人。阿布拉克斯突然發飆令芙蘿拉震驚，歐蘭則伸手放在劍旁。「我從來沒放棄過。」湯瑪士吼道。

阿布拉克斯露出輕蔑表情。「你有。」

「我們打贏了，這妳還不高興？」

「我在氣你拿一切冒險。開戰之後，我立刻公布你回來的消息，親口告訴我的軍官說你會帶領我們迎向勝利，讓士氣高漲。他們以為你在這裡，親自下達所有命令。你讓我變成騙子。」

「國家的誕生和滅亡都是奠基在更大的謊言之下。」湯瑪士說。「而且她下達的都是我的命令。我確實回來了，我帶領你們迎向勝利。」

「這是文字遊戲！」阿布拉克斯啐道。

湯瑪士指著帳篷中央的桌子，上面擺滿他的地圖和字條。「我在開戰前一天就打完整場仗，而且我們打贏了。」湯瑪士覺得一滴冷汗沿著脊椎滑落，希望芙蘿拉沒有謊報戰情。「我用一個下午做完這一切。我在凱斯境內殺出一條血路，面對背叛和死亡重回此地。」湯瑪士在想起自以為失去加瑞爾、騎馬穿過阿維玄南部高原那天晚上時，差點說不下去。「要不是遭人背叛，我早就打贏了。」

「你真是他媽的天才。」阿布拉克斯說，撇嘴表露厭惡。「你可以自己來打完這場仗。我要建議溫史雷夫女士終止合約，撤回部隊——殘存的部隊。」阿布拉克斯衝過他身旁，在湯瑪士說話之前離開指揮帳。

湯瑪士靜靜地站在那裡，震驚得無法言語，直到歐蘭輕拍他的肩膀。「長官？」

「我沒事。」他搖搖晃晃走向一張椅子坐下。幾個月騎馬、作戰、絕望和焦慮的疲憊感突然湧上心頭。他發現自己渾身無力，眼皮沉重得不像話。他做了什麼？如果亞頓之翼此刻背棄他，他有辦法打贏這場仗嗎？

有人清了清喉嚨。

湯瑪士抬頭，看見阿達瑪調查員拿著帽子，似乎因為目睹這場爭吵而顯得有些窘迫。

「調查員，你等一下。芙蘿拉，亞頓之翼的傷亡如何？」

芙蘿拉改變站姿。她還沒穿鞋，湯瑪士心不在焉地留意到這點。「將近兩萬人。」

「啊，見鬼了，難怪阿布拉克斯氣成這樣。他們有將近半數士兵傷亡。」

「他們承受了主要攻擊，長官，就和你計畫中的一樣。」

「當然，就和我計畫中的一樣。」他的想法是要讓傭兵贏得他們的酬勞，而看來他們值得那個價錢，還超過很多倍。他們不是他的部下，是阿布拉克斯的部下，她有理由為了湯瑪士把他們當成砲灰而生氣。「調查員，維塔斯的事有何進展？你家人安全了嗎？」

「維塔斯死了。」阿達瑪報告。「謝謝你提起這件事，先生。我們救出了我所有家人——」他頓了一下，清了清喉嚨。「除了我大兒子。」阿達瑪看起來和湯瑪士一樣疲憊，黑眼圈很嚴重，僅存的幾根頭髮也因睡在地上而凌亂不堪。

「我很遺憾。」

「謝謝，先生。我們對付維塔斯的任務很成功，甚至繳獲他許多文件和手下，但我怕那一切都是徒勞。你聽說克雷蒙提閣下占領艾鐸佩斯特的事了嗎？」

「我聽說了，但一件一件來，我們還是得先把凱斯軍趕出我們國家。給我寫份報告——」

「寫好了。」

「很好。我會看報告，今天晚點再來談這件事。你可以在營區內自由走動，但我希望你待在附近，直到我弄清楚克雷蒙提的事。」

「我怕我在這裡也幫不上什麼忙，先生。」

「任何一點小忙都好。現在我要……」湯瑪士突然住口。「女士，可以請妳過來嗎？」

紅色鬈髮女孩緩緩從角落走來。猛一看她似乎有點害羞，但細看之下，湯瑪士看出她神情謹慎，像是動物在嗅聞空氣以辨識敵友。

「妮拉？」歐蘭突然喊道。

「你好，上尉。」女孩說著，對歐蘭淺淺一笑。

「妳怎麼會在這裡？」

「妳是那個洗衣工！」湯瑪士在想起來時大聲說道。「和艾達明斯家的小孩一起失蹤的那個洗衣工。」他瞇起雙眼。「妳跑去哪了？妳怎麼會在這裡？」

妮拉行屈膝禮，雙手交握身後。「戰地元帥，」她說。「我沒有帶走艾達明斯家的孩子，事情沒那麼簡單。我們兩個都被維塔斯抓走，後來在阿達瑪進攻維塔斯的總部時逃脫。調查員會證實我的說詞。」

「調查員，是這樣嗎？」

阿達瑪點頭，不過有點遲疑。「我不知道實際情況，但她是個誠實的女孩，先生。」

湯瑪士往後靠。他腦中所有血管都在抽痛，身側傷口的痛楚也越過了火藥狀態浮出水面。他有好多事情要做。他能休息嗎？他戒備地透過餘光留意芙蘿拉和歐蘭。歐蘭眉頭深鎖，芙蘿拉則好奇地旁觀一切。湯瑪士不曉得她知不知道歐蘭幾個月前還追求過這個女孩。但話說回來，這兩個人應該已經結束了。

「所以她是跟你來的？」他問阿達瑪。

「不，先生。」阿達瑪說，對著手掌咳嗽。

湯瑪士揚眉看向洗衣工。「那是怎樣？」

「我是榮寵法師包貝德的學徒，先生。」妮拉說著，又行屈膝禮。

「妳是榮寵法師？」歐蘭問。

「是的。戰地元帥，我可以問個問題嗎？包貝德在哪？」

「啊，」湯瑪士強迫自己站起身。「又是一個重要的問題。阿達瑪，我聽說你見證榮寵法師包貝德擺脫他的制約——迫使他必須殺掉我的那個。」

「是真的。我親眼看他拿掉那顆寶石。」

湯瑪士胸中大石又減輕了一塊。「很好。謝謝你，調查員。歐蘭，可以請你帶妮拉去找她老師，然後釋放包嗎？他們可以離開，但我希望包走前願意先來見我一面。」

歐蘭帶著妮拉出帳，在湯瑪士點頭下，阿達瑪也跟著出去。

湯瑪士找了張椅子，在嘆息聲中坐下。

「長官，」芙蘿拉說。「你該好好休息。」

湯瑪士往後靠，一隻手摀住身側的傷口，閉上雙眼。「我們還有工作。」

「你贏得了休息的資格，長官，如果你不介意我這麼說的話。」

「還不能。」

「你打算做什麼？」

湯瑪士睜開一隻眼睛，看見芙蘿拉在綁鞋帶。「我要把凱斯人完全趕出我們國家。我要擊潰他們的軍隊，擊潰他們的國王，再去處理占領艾鐸佩斯特的部隊。」

19

妮拉和歐蘭沉默地穿過營區。歐蘭沿路和人打招呼，向軍官敬禮，對步兵點頭致意。妮拉的腦袋依然昏昏沉沉，軍官早餐的味道——如果沒弄錯的話是火腿和蛋——讓她肚子咕嚕響。她兩天沒睡好覺了，夢裡總是充滿慘叫、死亡、火砲巨響和焦屍的味道。

「妳要瞭解，讓弟兄們以為湯瑪士從頭到尾都在營區有多重要。」歐蘭壓低音量說。

這是他們離開指揮帳後，他對她說的第一句話。她感覺到自己的心理防衛逐漸增強，迅速回答：「當然，我什麼都不會說。」

他們剛剛在說什麼？喔對，湯瑪士不在的事。都打贏了，湯瑪士人在不在又有什麼區別？那個傭兵旅長似乎對此感到憤怒。

「謝謝妳。」歐蘭在營區邊緣停下腳步，遠離所有哨兵，看著黎明前的黑暗。「他們應該就快到了。」

「誰？」

「我們的遠征隊。我們帶了兩百人去找戰地元帥的兒子。我們找到他、榮寵法師包貝德，還有超過一百名俘虜。我和戰地元帥在處理完俘虜並確認坦尼爾安全後，就立刻趕回來溜入營區，假裝我們從未離開過。剩下的人應該很快就會回來。」

「事情不會洩露出去嗎？一個祕密只要有兩個人知道，其他人很快就會知道。」妮拉記得在艾達明斯家時，有個女侍被抓到和總管睡覺，而且是被總管的妻子抓到。他們試圖保守祕密避免醜聞傳開，但女侍的八卦最終導致總管被解雇。

歐蘭從外套裡拿出一捲菸紙開始捲菸。「當然會。會有人散布謠言，但我們打贏了，所以無所謂。只要亞頓之翼不小題大做，這就只會是個謠言。」

他捲好菸遞給她。

「不用了，謝謝。」

他點頭，拿火柴點菸，默默抽著。妮拉打量他的側臉，好奇他過去幾個月經歷了什麼。聽說戰地元帥受困敵後時，她曾以為他死了，但他再次出現，而且看起來氣色不錯，一眼上方有道新疤痕，鬍子比之前長。

想到他曾追求過自己就覺得很奇怪。如果事情發展的走向不同，他們或許會在一起。她緊抓住那一絲舊情，壓下腦海深處的聲音——那些被她引發的大火燒死之人發出的聲音。

「妳過去幾個月生活變化很大。」歐蘭突然說。

妮拉低頭。「你也是。我聽見有人叫你上校。恭喜。」

「只是暫時的。」歐蘭說。

「喔？還可以暫時晉升？」

「不是那樣，戰地元帥要我繼續當上校，但我……」

「你認為自己不夠格？」

歐蘭彈掉菸灰，用鞋子捻熄餘燼。「我不是當上校的料。但是妳呢？當上了榮寵法師！太厲害了，我一直認為妳不只是個洗衣工。」他對她微笑，但微笑的背後透著一股深沉的倦意。

「洗衣服是個好工作。」妮拉說，防衛意識比想像中重。她清了清喉嚨。「你就是為此追求我？因為你認為我不只是個洗衣工？或許是間諜？」所以他是假裝對自己感興趣嗎？她很想為此發怒，但發現自己根本沒力氣這麼做。

歐蘭吸口香菸，直視她雙眼。「不是間諜。」他清了清喉嚨，接著說。「我很高興妳是榮寵法師。戰爭結束前，我們會需要妳。」

需要她繼續殺人。他是這個意思。這種想法令她噁心。妮拉還能看見焦黑的骷髏，還能聞到冒煙的人肉。

「啊，他們來了。」歐蘭說，讓妮拉免於回應的尷尬。

一排騎兵翻過山丘，手持火把和提燈，在哨兵前停步。哨兵揮手讓他們通過。十分鐘後，他們來到妮拉和歐蘭面前。

歐蘭高聲詢問任務成敗。一名少校回應說他們成功了，隊伍裡的人開始歡呼。妮拉聽見一名哨兵向另外一名大叫。

「雙槍坦尼爾還活著！他回來了！」

消息如野火般傳開，身後營地傳來陣陣歡呼聲，妮拉忍不住露出微笑。看來坦尼爾深受部隊愛戴。

一個男人騎馬來到歐蘭面前。他頭髮髒亂，黑鬍鬚遮掩了擰成一團的疲憊容顏。他皮膚上處處都是瘀傷和疤痕，身穿艾卓軍外套，上面有枚火藥桶徽章。妮拉猜這人就是雙槍坦尼爾。他馬鞍後面坐著妮拉這輩子見過最引人注目的女孩。

她是個野人，蒼白的皮膚上布滿灰色雀斑，短髮紅到足以媲美火光——比妮拉的赤褐鬈髮鮮艷多了。馬上的男人好奇地看了妮拉一眼，然後目光轉向歐蘭，而他背後的女孩卻和妮拉對看了許久，最後她眨了眨眼，露出淘氣的笑容。

男人對歐蘭點頭。

歐蘭說：「你最好去見你父親，你會想知道他下令釋放包了。」

坦尼爾鬆了口氣，輕輕一抖韁繩。他的同伴在馬鞍上轉身回頭看妮拉，妮拉也看著她，直到他們消失在營區裡。

「那就是戰地元帥的兒子？」她問。

歐蘭吸菸。「沒錯。」

「那女孩呢？」

「卡波。」

「野人女巫？我聽說過她的傳聞。」

「對。」歐蘭踩扁菸屁股。「根據戰地元帥的說法，她和正常人大不相同。」

妮拉看見包在隊伍後方一段距離外。他被士兵包圍，衣衫不整，頭髮凌亂。她想跑過去查看對方情況，但一想到他把她獨自留在戰區，那份刺痛就讓她雙腳像生了根般無法動彈。

「哈囉，妮拉。」包騎馬過來，語氣輕快。他雙手抓住鞍角，她很快就發現他的手被緊緊綁在一起，而身邊的兩名高大艾卓步兵目光始終保持在他身上。「哈囉，歐蘭。」

「榮寵法師。」歐蘭點頭道。

「我獲釋了嗎？」

歐蘭向看守他的人點頭，他隨即下馬，解開繩索，搓揉手腕讓手恢復知覺。一名守衛交還他的手套，他二話不說地收下，沒多久現場就只剩下包和妮拉。

「好了，」包說。他把手套放回口袋，點了點頭，像在對自己說話。「很高興一切都結束了。我們晚上住哪？我餓死了，先去——」

妮拉狠狠甩了他一巴掌。她感覺衝擊的力道從手臂傳至全身，包被打得轉了大半圈，附近十幾名士兵出聲驚呼。

包摀著臉頰，瞪向她。想到自己用盡全身力氣打了一個榮寵法師，就讓她膝蓋痠軟。但她暗自對自己說，不管這是好事還是壞事，她如今也是榮寵法師了。

「幹嘛打我？」包問。

「你把我留在戰區。」

他用力揉臉。「我發誓我要殺了下一個打我的人。妳又沒事！到底在氣什麼？」

「我……」她的聲音忽然卡在喉嚨，眼前浮現那些焦黑骨肉的影像，指尖傳來刺痛——不光是因為剛剛那巴掌。她仍能感應到魔法在體內流竄，成為這股毀滅力量的導體時所經歷的恐懼與狂喜再次湧上心頭，讓她眼前一片模糊。

包在她搖晃時扶住她。他扶著她的手肘，領她遠離正在下馬的士兵。他再次開口說話時，語氣中的怒意被擔憂所取代。

「出了什麼事？」

她搖頭，知道自己表現得像個笨蛋。她臉一定紅了，眼淚直流。這可不是榮寵法師該有的表現。她感覺到包雙手捧著自己的臉，強迫她面對他的目光。「出了什麼事？」他又問一次。

「我殺了他們。」她的語氣聽起來很可悲，她厭惡這樣的自己。

「來吧。」包牽起她的手，摟著她走過營區，像個保護傷心妹妹的哥哥般擋住旁人視線。他問了一些問題，而她哽咽回答，沒多久他們就回到她的帳篷。他點燃一盞提燈掛在帳架上。「告訴我。」他說。

妮拉冷靜下來，深吸幾口氣後開始說：「我本來和行李待在一起，接著，凱斯對我們展開攻擊。對方人數眾多，遠比看守行李的士兵更多。我氣自己什麼都不能做，然後開始不斷嘗試連結艾爾斯。」她比畫彈指的動作，但確保手指沒有真的接觸魔法。「我想，只要能生火，就幫得上忙，結果突然之間我就辦到了。我一找到正確的手勢，魔法就輕易從我體內竄出。我跑到守軍陣前，就這樣把魔力釋放出來。」

「火？」包輕聲問。

她點頭。「那場景就像一波火浪襲捲平原。我想要控制它，但火勢越來越大，然後我就昏過去了。」妮拉再度落淚。「我醒來時，調查員已經把我拖到安全的地方。他不想讓我得知真相，但我從遠方看見焦黑的土地。是我殺了他們。」

包從口袋裡拿出一個酒瓶遞給妮拉。她感激地喝了幾口。

「吸收太多魔力，但沒有善加控制，就很容易昏倒。」包說。「那是身體的防禦機制，避免妳被艾爾斯摧毀。有多少？」

「多少什麼？」

「妳殺了多少人？」

妮拉別過頭。「幾千個人。」她抬頭，本以為包臉上會有和她一樣的厭惡神情，畢竟她是個怪物，只比了幾個手勢就殺了這麼多人。

結果，包卻揚起眉毛。「幹得太好了，女孩。」

她捶他肩膀。

「噢不，我是說真的，非常了不起。妳救了亞頓之翼的後勤營區，或許單憑一己之力就救了數千人。」

她瞪著他，不懂他怎麼能這麼想。「你看不出來有多恐怖嗎？這麼多人轉眼就死了！他們甚至沒有機會保護自己！」

「妮拉。」包嚴肅地說。「妳做了件很了不起的事，妳不能為此責怪自己。」

「但我就是責怪自己！你真的這麼不把死亡當一回事嗎？你當真鐵石心腸到對我們掌握的力量視而不見嗎？」她對他伸手，默默地希望他砍下自己的手。她臉頰因為淚濕而冰涼，突然感到一陣寒意襲來，隨即開始顫抖。

包皺眉看了她一會兒，嘆了口氣。他從床上拿起被單裹在她肩上，然後湊上去，牽起她一隻手，一邊輕撫她手指，一邊溫聲說話。

「我十四歲時，他們逼我殺第一個人。」他說。「是他們買來的奴隸，特別買給我殺的。我知道那不合法，但皇家法師團不太在乎法律。她大約十七歲，擁有葛拉人的橄欖色皮膚，眼皮下垂。」包輕哼一聲。「我拒絕殺她四次，每次他們都把我痛扁一頓。然後，在我拒絕第五次時，他們威脅我如果不照辦，就殺了我。我還是拒絕了。於是他們改變策略，說要殺了坦尼爾、湯瑪士和芙蘿拉，我僅有的朋友。我當年是個大蠢蛋，竟然就信了。我不能坐視他們殺我朋友，所以當他們再度要求時，我就以最快的速度殺了那個女奴隸。」

包臉上有淚痕，注意到妮拉在看時，他伸手拭淚。

「他們為什麼要逼你殺人？」這種殘酷讓她震驚。讓一個十四歲的男孩冷血殺人？

「要逼我堅強，讓我知道皇家法師團的生活是什麼模樣。我試圖逃亡過七、八次，他們把我打得很慘。我是團長的私人學徒，他說他不允許我因為意志不堅而浪費才華。見鬼了，我恨那傢伙。我竭盡所能讓他日子不好過——公開羞辱他，十六歲就開始睡他的女人，有一次還在他床上大便。」包輕笑。「他們在我身上留下的所有傷痕和對我施加的魔法折磨，都被我拿來強化我的仇恨。我甚至發誓要殺了他，但最後被湯瑪士搶先一步。」

妮拉內心一片空虛，她的力量和情緒都乾枯了。「我也會變成那樣嗎？受到仇恨和自我厭惡驅使？」

「話要說清楚。」包說。「我可沒被自我厭惡驅使，我把那玩意兒鎖在內心深處。」

妮拉被他逗笑了。

「不，」包繼續說。「我不要妳變成那樣。我要妳學會操控自己的力量，憑藉良心做事。但有時候，妳的良心會要妳殺人，那就是榮寵法師的宿命。擁有這種力量的代價，就是得保護妳的朋友和同胞。」

妮拉感覺自己在點頭。她完全說不出話來。

「會越來越容易的。」包握住她的手安慰她。「但不要變得麻木，不要像我一樣。妳要竭盡所能預防那種情況發生。」

她覺得他的手順著她身側下移。「你剛剛說的是真話？」

「什麼？」

「還是你只是想要脫我裙子？」

包眉頭一皺，妮拉立刻知道自己說錯話了。他說的每字每句都真的，而她卻把那些話甩回他臉上，就算只是開玩笑。

「對不起。」她說。「我不是那個意……」

他歪嘴一笑。「不，是我活該。我該自己去找頂營帳。」

「不要走。」

他皺眉看她，然後又捏了捏她手掌。

妮拉頭枕著他的胸膛，聽著他心跳的節奏。陷入沉睡時，記憶中的慘叫聲似乎變小了。

她有預感未來還會有更多這樣的慘叫聲。

20

湯瑪士翻閱著堆積如山的報告，努力研究這場以他之名打贏的勝仗。

士兵們以戰場中央的溪流名將此戰稱之為「奈德溪之役」。目前為止，營區裡沒有出現關於湯瑪士失蹤四天的傳言，看來怒不可抑的阿布拉克斯似乎決定對他的缺席保持沉默，歐蘭也想出辦法不讓來福槍戰隊走漏風聲。不過，最少有數百人知道他去營救坦尼爾，事情一定會傳開，只是能拖一刻是一刻。

湯瑪士讀了三遍芙蘿拉的報告，還看了三位將軍、五位上校、兩位上尉，以及一位中士的報告。芙蘿拉的報告比其他人完整許多，但從其他人的報告中能補全她錯過或選擇忽略的細節。

他揉了揉眼睛，輕嘆口氣。他現在只想來碗米哈理的粥，甚至只是和他聊聊都好。米哈理，儘管有諸多缺點，卻總有辦法紓解湯瑪士的壓力。可惜他直到神死了之後才發現這一點。

或許他只是在多愁善感。

「歐蘭！」他喊道。「歐蘭！」

帳簾掀開，一名守衛探頭進來。湯瑪士的提燈映在他臉上投下一片陰影。「抱歉，長官，歐蘭在休息。有什麼我能效勞的嗎？」

「啊，不用了，沒事，我可以……等等，現在幾點？」

「我想是十一點左右，長官。」

「謝謝。幫我去找一下阿達瑪調查員。如果他還沒睡，請他半小時後來這裡見我。睡了的話就算了。」

湯瑪士也看了調查員的報告，那人贏得了休息的權利。

他站起來伸展四肢，卻痛得皺起眉頭。湯瑪士伸手壓住傷口，在桌上翻找，最後找到了晚餐的餐盤。小麵包都硬了，乳酪發霉，牛肉全是筋。他吃了一半就放棄，在桌上拿了兩枚金肩章放入口袋，走出帳篷。

附近有個女兵在拉小提琴，輕聲哼唱，歌聲在寧靜的營地中迴盪。

湯瑪士的守衛站得筆直。

「稍息。」他說。「我去走走。你們可以跟來，但要安靜。」

守衛隔著一段距離跟他一起在營區裡散步，他揮手不讓路過的士兵起身敬禮。沒過多久，女兵的歌聲便漸漸消失，營地裡就只剩北方醫務所裡傳來的哀號和呻吟聲。一千四百名士兵在該役中失去手腳，好幾百人身受致命傷，軍醫只能提供後者瑪拉，讓他們等待無可避免的命運到來。

當腎上腺素消退、頒發了勳章並分享榮耀後，一場戰役就只剩下苦難。

「我應該和他們待在一起，帶領他們上戰場。」湯瑪士喃喃自語。

「長官？」一名守衛問。

「沒事。你們知道芙蘿拉上尉的營帳在哪裡嗎？」

「不知道，長官。」兩人一口同聲地回答。

湯瑪士在離自己帳篷不遠處找到歐蘭的帳篷，附近有幾名來福槍戰隊的隊員坐在營火旁。其中一人就著火光看書，其他人則在削木頭。他們在湯瑪士走近時全部起立。

「稍息。」他嘆了口氣，指著歐蘭的帳篷。「我是來找上校的。」

兩名來福槍戰隊隊員互看一眼。第三個人是一名三十幾歲的金髮女子，她清了清喉嚨說。

「我想他應該睡了。」她說。

湯瑪士瞇眼看她。「他是技能師，不必睡覺。」所有人都知道歐蘭的技能，她這樣講是什麼意思？

「我……我想我看到他剛剛出去了。」另一個人說。

湯瑪士在舌頭上撒了點火藥，走向歐蘭的營帳。「歐蘭，你……」裡面沒點燈，不過火藥狀態下的視力讓他把帳內情形看得和白天一樣清楚。湯瑪士隱約聽見輕笑聲，然後是一陣咒罵，接著歐蘭從床上猛地彈起來。他只穿褲子。

「長官？」

湯瑪士看著他床上那團床單，忍不住露出微笑。或許歐蘭又和那個漂亮的洗衣工搭上線了。

「不好意思，我沒打算打擾你。」

「不打擾，長官。」

「我只是在找芙蘿拉。」

歐蘭清了清喉嚨。「這個……」

「我在這裡。」芙蘿拉自歐蘭身邊坐起，伸手撩開臉上的頭髮。

「啊……」湯瑪士說。「我……嗯，去外面等。」

他回到營火旁，來福槍戰隊的人全都努力迴避他的目光。湯瑪士輕輕跺腳，努力思索除了「越級親密關係」之外，他該對芙蘿拉說什麼。

「抱歉，長官。」其中一名來福槍戰隊隊員說。另一個人踢了一下他的小腿。

「沒關係。」湯瑪士其實有點想笑。「如果我床上有女人——」他用拇指比向他的守衛。「我也會要他們幫我掩飾。」那名士兵輕笑一聲，然後又被踢了一腳。

芙蘿拉片刻後走出帳篷，邊走邊穿上外套，遮住只扣了一半的上衣。她鞋帶還沒繫好，於是讓湯瑪士在一旁等候，停下來繫好鞋帶，才隨著他離開營火邊。

「我不會道歉的，長官。」她等他們離開歐蘭和來福槍戰隊聽力範圍後說道。

「嗯？道歉什麼？」

芙蘿拉身體一僵。湯瑪士轉向她，嘆了口氣。「人生啊，芙蘿拉，是妳自己這樣對我說的。我很高興你們還能在彼此的懷抱裡找到某些東西，我希望我也能享受那些。」

「長官？」芙蘿拉目瞪口呆地看著他。湯瑪士忍住不笑。他很高興知道自己還有辦法令人吃驚。芙蘿拉繼續說。「你的意思是？」

「我不是來斥責妳的，我找妳有別的事。但我告訴妳，越級親密關係依然不是好事，不過我現在沒力氣去管這個。」

「謝謝你，長官。」芙蘿拉戒備地看著他，彷彿在等著別的壞事發生。「你讓人不知道該怎麼想，長官。」

「我知道，抱歉。我希望生活能夠更簡單明瞭，但自從我們上次談論這個話題以後，我的想法有所改變。」

芙蘿拉偏過頭。「歐蘭以為你晉升他，是為了阻止我們在一起。」

「是嗎？真希望我有想到這一點。但我沒有。我晉升他是形勢使然，而他又是少數我能完全信任的人之一。」他又嘆了口氣，揮手終止這個話題，努力打消繼續說下去的念頭。他還是不認同這段關係，但他認為自己沒資格評論。「說起這個，我要晉升妳。」

芙蘿拉眨了眨眼。「抱歉，你是說？」

「我說我要提拔妳，實際上是升妳為上校。從現在開始，妳會和歐蘭一樣獲派特殊任務，但在戰爭結束前，我打算讓妳指揮自己的部隊。」

「我不懂，我沒有做任何應該獲得晉升的事。」

「沒有嗎？上尉──我是說上校，我過去兩天都在詳讀戰役報告和妳的行動紀錄。簡單來說，妳表現得很好。」

「我只是依照你的指示去做。」芙蘿拉低聲說。

「沒有完美的戰場計畫，就連我也一樣。妳得應變超過十幾個緊急狀況，而在缺乏指導的情況下，妳所有應對方式都和我一模一樣。並且在派兩個連去支援亞頓之翼營區的事上，妳甚至做得比我還好。我會任由他們自生自滅，然後在混亂過後清理戰場。那絕非正確的做法。」

湯瑪士本來沒打算繼續說下去，但那些話自動從他口中滾出來。「當然，現在是非常時期，我們這幾個月失去了不少軍官，而且不全是因為死亡或受傷。」他還是很難接受西蘭斯卡的叛變和凱特的歛財及逃竄。「接下來一週內會有數百人晉升，妳不會是唯一越級晉升的人。我一直都想讓火藥法師專心擔任狙擊手和士兵，但如今我意識到，我必須晉升有能力的人。」

「安卓亞也該獲得晉升。」

「他會的。等他和戴利芙國王趕到就會被晉升。但安卓亞太衝動，復仇心太重。他向來擅長小隊作戰，這就是自從薩邦死後由他來領導火藥法師團的原因。妳則擅長縱觀全局，妳昨天也證明了此事。」

「謝謝你，長官。」

湯瑪士點頭。「這場戰爭還沒打贏，上校。等打贏了再謝我。」

他們一聲不吭地站了一會兒，接著芙蘿拉打破沉默。

「長官？」

「什麼事？」

「我可以走了嗎？」

「喔，可以，去吧——等等，這是妳的。」

湯瑪士把金肩章放在她手上，然後合上她的手掌。

他突然有股衝動，想俯身在她額頭上輕輕一吻，就像給予女兒的祝福一樣，但他忍住了。就在這時，芙蘿拉猛地向前撲來，緊緊抱住了他，湯瑪士也情不自禁地回擁。隨後，她轉身離去。

湯瑪士望著她的背影出了神。

「長官？」有個聲音說。

湯瑪士轉身看見附近有名書記。「什麼事？」

「阿達瑪調查員在等你。」

「啊，是的，當然。我立刻過去。」他又往芙蘿拉離開的方向看了一眼，但她已經不見了。

阿達瑪換了個站姿，強忍住一個呵欠。時間已近午夜，卻還不見戰地元帥的身影。他該離開，還是繼續等？

毋庸置疑，湯瑪士肯定是想要詢問他關於維塔斯死亡一事的詳細經過。當然，他全都寫在報告裡了，但再詳盡的報告也比不上親自說明。湯瑪士是喜歡鉅細靡遺的人，阿達瑪只希望他不要問得太仔細。

對於任何關於喬瑟的問題，阿達瑪都決定要盡可能迴避。

阿達瑪伸手搔了搔微禿的腦袋。他花了很多時間在心裡檢視那個勇衛法師，最終得出結論，完美記憶肯定是一種詛咒。如果沒有這種記憶，他或許可以說服自己那只是光線的錯覺：那個勇衛法師一點也不像他兒子，無名指斷掉只是巧合。

但越是仔細回想那畸形的背脊、扭曲而尚顯年輕的下頷和光滑的臉龐，他越是確信他兒子已被轉化為勇衛法師了。

他們對他純真的兒子做了什麼？先是俘擄，然後當成火藥法師賣給奴隸販子，如今又變成這樣。阿達瑪努力回想對勇衛法師所知的一切。他們是普通人，被凱斯魔法轉化為畸形的怪物，除了最基本的智慧和洗腦到只聽凱斯指揮官命令外什麼都不剩。這些用火藥法師轉化的黑勇衛法師是最近才新出現的。一些士兵私下在傳，說他們是克雷希米爾親手製造的，因為沒有榮寵法師的力量強大到足以扭曲火藥法師。

那會造成多大的痛楚？那可惡的神到底在他兒子身上強加了什麼樣的苦難？阿達瑪一次又一次在腦海中重播那一幕，仔細端詳怪物的眼睛。他原本期待能在其中看到憤怒或被魔法激化的狂暴。

但他只看見恐懼。笨牛被趕去屠宰場的那種恐懼。

「調查員？」

阿達瑪聽見帳簾被掀開，連忙揉了揉眼睛，整理了一下外套。「先生，我在。」

「調查員，你站在黑漆漆的營帳裡幹什麼？」湯瑪士問。

阿達瑪聽見戰地元帥在桌上翻來翻去，然後劃亮火柴去點燈。

「就只是等待。我不想打擾別人。」

「我們可以點燈的，老兄。很抱歉這麼沒禮貌，希望我沒打擾你睡覺。」

湯瑪士端詳阿達瑪的臉，阿達瑪不由得稍微往後縮。「沒有打擾。」

「見鬼了，你臉色和我一樣難看。你最近有睡覺嗎？他們有給你安排營帳和裝備嗎？」

「有的，謝謝。」

「抱歉讓你待在軍營裡這麼久。你知道，我有很多事要處理。」

「當然，不過我很想回去陪我家人。」*真的嗎？我要如何向菲解釋我所看到的事情？解釋喬瑟變成了什麼樣？*阿達瑪忽然意識到，自己已經認定喬瑟和死了沒兩樣。但話說回來，他還能怎麼想？他凝視記憶中那雙眼睛太久，知道自己深愛的喬瑟已經不在了。

「調查員，你確定沒事嗎？」

「沒事。」

湯瑪士坐了下來，疲態盡顯。阿達瑪強迫自己從煩憂中抽離，仔細觀察這位戰地元帥。他身上看起來又多了十幾道傷痕，在過去三個月裡彷彿老了十歲。本來還有點黑的鬍子如今全灰了，而他移動時小心翼翼，似乎很痛，重心放在右側。

阿達瑪曾在艾卓警隊裡見過這種情況。湯瑪士身上應該有刀傷，在肋骨之間，運氣好沒有傷到內臟，但是疼痛難忍，還可能會潰爛。謠傳西蘭斯卡逃跑前曾捅了他一刀，看來那是真的。

「調查員？」

阿達瑪回過神來，發現湯瑪士在說話。「很抱歉，先生，你可以再說一次嗎？」

湯瑪士微微歪了歪頭，臉上閃過一絲怒意。「我是問你，知不知道我為什麼不在你承認叛國時逮捕你。」

「不知道。」阿達瑪感覺額上冷汗直冒，外套忽然變得緊繃。他也曾問過自己這個問題，但沒有太多時間深究，眼前的事情堆積如山，危機四伏。

「我沒有逮捕你，是因為敵人認定我會那麼做。」湯瑪士站起身來，走到桌前給自己倒了杯水，但沒幫阿達瑪倒。「是為了欺敵，讓他暫時放過你。你在報告裡有提到，維塔斯以為你被關起來了。」

「沒錯。」阿達瑪口乾舌燥。「欺敵奏效了。」

湯瑪士喝了一口水，用一種在考慮是否殺死瘸腿狗的表情打量阿達瑪。「是啊。」

「那現在呢？」

「我還是認定你該為薩邦的死負責，調查員。」湯瑪士說。「我告訴自己在一切結束後要把你送上法庭。你得為自己的行為付出代價。」

阿達瑪突然感到腹中怒火燃燒。付出代價？這個人把我捲進來，竟然還有臉叫我付出代價？我過去六個月來已經為自己的行為付出上百倍的代價了。阿達瑪咬緊牙關，隱忍不發。

「我一直打算這麼做，直到我得選擇要率領部下上戰場還是去拯救我兒子，避免他在野外遭受叛徒謀害。阿達瑪，你是好人，你盡力而為。當今世上剩下的好人不多了，我不會把好人送上斷頭台，但我要你幫忙。」

阿達瑪深怕自己一開口就會亂講話。「要我幫忙？」

「還有事情要辦。」

阿達瑪胸口一緊。當然，總是有事要辦。如果菲在這裡會怎麼說？她會叫戰地元帥把他的良心塞到屁眼裡，然後把自己丟到地獄去。

「調查員，有什麼好笑的嗎？」

「我只是在想，如果我妻子在的話會怎麼說。」

「喔？會怎麼說？」

「她會問：『有什麼我幫得上忙的，戰地元帥？』所以，有什麼我幫得上忙的？」他只能這麼說。湯瑪士會期待他絕對服從，阿達瑪這幾十年來和貴族打交道也都在應付同樣的高傲態度。

湯瑪士似乎愣了一下。「我知道了。我必須先打完這場仗，之後就要對付占領艾鐸佩斯特的布魯丹尼亞軍隊。我們得和對方搭上線，我要你當我和克雷蒙提閣下的聯絡人，幫我查出他的企圖和目的，瞭解要如何才能趕走他。如果辦不到，就查出他的祕密和弱點，回報給我，讓我消滅他，把國家打造成適合我們的共和國。」

阿達瑪覺得內心有什麼東西在蠢蠢欲動，那感覺很像絕望。他對付過對方的僕人維塔斯，如今他還要去對付主人，比僕人可怕很多倍的傢伙？他死定了。「戰地元帥，我不會讓我的家人面對同樣的危險，這輩子都不會。」

「你的國家需要你。」

阿達瑪懷疑湯瑪士知不知道這話聽起來有多空洞。「你不能把這種事交給我，不可能。克雷蒙提閣下已經透過他的下屬利用我家人來對付過我一次，他絕對還會故技重施。如果他那麼做，我就會再度背叛你，我可以保證。」

「你的家人已經沒有危險，克雷蒙提威脅他們不會帶來任何好處。你只要當政客就好，不必做別的事。」

「他可以逼我餵你假情報。」

「我向你保證他們的安全。」

阿達瑪發現自己又站了起來。「你根本不能保證！那傢伙是怪物，他會不擇手段贏得這場變形的競賽。我見識過他的陰謀！」

「調查員，這就是我如此需要你的原因。你是唯一對他有所瞭解的人，是唯一恨他入骨到時刻想摧毀他的人。我發誓你的家人會很安全，阿達瑪。克雷蒙提占領艾鐸佩斯特時絕對不會這樣向你保證。」湯瑪士又喝了一口水。

「我很抱歉，戰地元帥，但我得拒絕。」

「你說──」

「我問有什麼可以幫忙的，但我沒說要讓我和家人再度踏入險境。不，先生，我不會去和克雷蒙提打交道。我已經為此讓家人經歷太多苦難了。我還失去了一個兒子！」而且那是比死痛苦百倍的失去。

湯瑪士皺眉看著水杯。「我懂了。」

阿達瑪發現他的心跳加速。他沒想到會來這裡大吼大叫，但他得劃清界線。湯瑪士必須自己為手下的性命負責，如果他以為能用罪惡感來對付自己，見鬼去吧。

「你很快就要回艾鐸佩斯特了？」湯瑪士問。

「天一亮就出發。」阿達瑪說。他坐回椅子上，覺得自己老得不像話。

「那你可以幫我一個小忙嗎？」

阿達瑪挑眉，察覺這是陷阱。湯瑪士不是會這麼快就讓步的人。「什麼小忙？」他清了清喉嚨，壓低音量。「我能做什麼，先生？」

「幫理卡競選。他將需要所有的幫助，特別是他信任的人。你們是朋友，對吧？」

「理卡的對手是克雷蒙提。」那是阿達瑪想避開的人。

湯瑪士比個安撫的手勢。「我不是要你深入此事，只要幫幫他就好了。安撫他，提供記憶長才，任何你願意幫忙的部分。」

「我盡力而為吧。」阿達瑪考慮片刻後回答。「但我不保證任何事。我不會再陷入克雷蒙提的蛛網中。」

湯瑪士微微點頭。他本來還想說些什麼，但有人輕敲帳柱打斷了他。一名信差探頭進來。「長官？」

「什麼事？」

「我有來自國王的信息。」

「什麼國王？戴利芙？他們已經到了？」

「不，長官，是凱斯國王。伊派爾想要求和，他要談判。」

凱斯打算談判的消息一傳來，阿達瑪立刻就遭人遺忘。他在緊接而來的午夜信差和臨時會議中默默返回自己的帳篷，輾轉反側了幾小時，然後他的馬車就準備好要帶他回艾鐸佩斯特。

他請車夫稍等片刻，自己穿行過晨間的混亂營區，經由戰地元帥保鏢的指引，在帳篷海中找尋特定的一頂帳篷。

他還沒一座座營帳探頭進去找人，就見榮寵法師包貝德坐在沒有冒煙的營火旁，嘴裡叼著一根長菸斗。他的外套熨燙得十分平整，落腮鬍也修剪得很整齊，看起來像是指揮十幾個打雜小弟的軍官。阿達瑪好奇魔法能在一個人早上起床的瑣事中扮演什麼樣的角色，接著發現那堆營火裡面沒有木柴。

「早安，調查員。」包輕聲道。他一根手指抵住嘴唇，指向身後的營帳。

「早安，榮寵法師。」阿達瑪帽子拿在手上，努力不透露緊張。

榮寵法師目光從魔火上移開。「有什麼我能效勞的嗎？」

「我……」阿達瑪清了清喉嚨。或許這不是好主意，或許什麼都不做才是最好的做法。

「什麼事？」

「這事有點棘手。」

包拿出嘴裡的菸斗，皺眉看著空菸鍋。「我一直沒空去找菸草，你身上不會剛好有帶吧？」

阿達瑪摸了摸自己的菸斗和菸袋，從口袋裡拿出來。「只有一點。」他把菸袋裡的菸草倒給包，對方點頭致謝，花點時間塞菸草，用手指的火焰點燃。他抬頭直視阿達瑪雙眼。

不管榮寵法師在阿達瑪走近時心裡在想些什麼，此刻都已經拋到腦後。如今包全神貫注在他身上，而他不確定自己樂見這種情況。

「和你兒子有關嗎？」包問。

「對。」

「我保證會幫你救他回來。湯瑪士想徵召我作戰，那讓情況變得更複雜了，但我還是打算信守承諾。」

「我要回艾鐸佩斯特了。」阿達瑪說。

包謹慎地看他，目光溫柔。「你放棄了嗎？」他的語氣並不冷漠。

「情況改變了。」

「怎麼說？」

阿達瑪舔了舔嘴唇。現在是堅強的時刻，為了自己，為了菲，為了喬瑟。「我兒子被轉化成勇衛法師——黑勇衛法師。我在戰場上看到他了。他本來要殺我，但聽到我喊他名字後就跑了。」

「你確定嗎？」

「非常確定。」

包想了想，說道：「我幫不了他。勇衛法師的轉化程序不可逆轉，艾卓皇家法師團試過了。而且這些黑勇衛法師，就連他們的屍體都散發克雷希米爾的魔力。想要反制那種魔法很可能會讓我送命。」

「我知道。我是說，我讀過一本研究勇衛法師的書。其實只看過幾章，但我知道那個程序不可逆轉。」

「那你來找我幹嘛？」

「我想要變更我們的協議。」阿達瑪以為包會立刻拒絕，畢竟協議就是協議。他期待包會堅持原先的協議。

「我在聽。」包說。

「我要你找到我兒子，然後殺了他。」

21

他們花了四天安排談判事宜。在這段不穩定的和平期間，雙方的部隊都獲得補給，彼此裝腔作勢，派遣信差交流。決定談判細節過後兩天，湯瑪士來到芬戴爾北方十五哩外，南大道旁的一座小鎮。

把這裡稱作「小鎮」其實有點勉強，不到十間房舍，其中最大的一間是克雷辛禮拜堂，已經被徵用作為會面場所。鎮上完全不見居民，湯瑪士無從得知他們是幾個月前就撤離了，還是早已淪為凱斯奴隸。不過，這在要問凱斯國王的問題清單裡順位也不高。

整個早上都有騎兵來來去去，湯瑪士在一旁觀察伊派爾的隨行隊伍。他們在鎮外大約一哩外處紮營，那座營區不太顯眼，伊派爾將營區建在野外一座淺谷中，避風而藏。也避開了所有火藥法師的視線。

湯瑪士和歐蘭討論此事，後者舉起望遠鏡觀察，注意到一名站在山丘上俯瞰凱斯營地的王家衛士。

「他不信任你，長官。」歐蘭表示。

「也不能太責怪他，我確實去暗殺過他。」

歐蘭放下望遠鏡，拿下叼在嘴角的香菸。「他派人殺你至少十幾次。」

「是沒錯。」湯瑪士邊想邊說。「但我直接掐過他脖子。那不一樣。」

「啊，你會告訴我那個故事嗎？」

「或許等我哪天喝醉了。」

「你又不喝酒，長官。」

「沒錯。」

一名歐蘭的來福槍戰隊隊員騎馬來回報，片刻過後，歐蘭向湯瑪士報告。「長官，我的手下確認過了，鎮上除了幾名伊派爾的王家衛士外別無他人。他們也偵查了方圓六哩的範圍。如果這是陷阱，伊派爾就比我們想像得聰明許多。」

「伊派爾確實聰明。幸運的是，他唯一欠缺的就是用人唯才的能力，那也是他的將軍和戰地元帥都能力不足的原因。你派技能師檢查榮寵法師和勇衛法師了嗎？」

「沒有勇衛法師，只有一名五流的榮寵法師。據說她是當前的皇家法師團首席法師，因為更強的法師都死光了。」

「告訴芙蘿拉盯緊那名榮寵法師，以防她輕舉妄動。」

「你知道的，長官，」歐蘭若有所思。「伊派爾顯然帶了符合身分的隨從。我們這邊都是作戰人員，有兵力優勢，可以……」他用大拇指和食指比畫手槍。

「不要誘惑我。」這湯瑪士早就想過了，還想了好幾次。「我們現在有機會結束這場戰爭。而殺了伊派爾，他某個天殺的蠢兒子就會立誓報仇，搞不好會激發九國的同情。坦尼爾！」湯瑪士揮手召兒子上前。坦尼爾正和一名來福槍戰隊士兵說話，聞言抬頭揮手回應。他又說了幾句話，然後走過來。

坦尼爾從山上回來後把自己打理得很乾淨。他剃了鬍子、洗過澡，也換上新制服。現在的他比湯瑪士派他去南矛山前多了十幾道疤痕，右耳附近也多了一片湯瑪士之前沒注意過的白髮。他胸口掛著火藥法師徽章，但沒有軍階。

湯瑪士用手指敲了敲鞍角。「你知道我升了你的官。」他說，看著坦尼爾空蕩蕩的領子。

「嚴格來說，」坦尼爾回答。「我已經不是你部隊的人了。」

「那是胡扯，你很清楚。」

坦尼爾把重心放在後腳，手放在槍柄上。即使在這裡，四周都是友軍，他還是隨時保持殺手的姿勢。和歐蘭很像，但不像保鏢時刻警惕。坦尼爾準備殺人不是出於需要，就只是因為……他隨時可以殺人。

「我和阿布拉克斯旅長談好條件，我現在是亞頓之翼的傭兵。」

「而我說，你從未離開過艾卓軍。你被一個叛徒和一個發戰爭財的傢伙除役，沒有法庭會支持那場軍事審判的判決，不管是軍事還是民事法庭都一樣。」

「當然，父親。」坦尼爾輕聲回應。

湯瑪士心中不悅。他們已經討論這個話題十幾次了，每次坦尼爾都故作讓步，但依然不肯別上少校的領章。

「可能是陷阱。」坦尼爾說。

湯瑪士搖頭。「我們檢查過了。」

「這是真的嗎？伊派爾想談和？」

「對方是這麼跟我們說的。」

「我們可以直接殺了他。」坦尼爾說。

歐蘭點頭強調。「我也是這麼說的。」

湯瑪士嘆了口氣。沒必要用美化的言語回應。不管他多想把伊派爾的人頭插在刺刀上，如今他都是一名政治家，他們得和談。他看著一隊騎兵翻過數百碼外的高地前來，一邊提醒自己，他不是獨自在做這件事。

「女士。」湯瑪士在溫史雷夫女士抵達時向她打招呼。

溫史雷夫女士身穿亮紅色騎裝，搭配黑靴，馬鞍上還放了把卡賓槍。她停在湯瑪士身旁，目光從他身上掃過。

「阿布拉克斯在生你的氣。」

「我知道。」

「我也是。」

「我也猜到了。」

「你這個笨蛋，差點就讓我們打輸這場仗。」她語氣平靜，微微揚眉，似乎帶著一絲戲謔。但不論表面如何，湯瑪士都和她熟到知道她在強忍怒火。

「但我沒輸。」

「你冥頑不靈。哈囉，歐蘭。哈囉，坦尼爾。」

歐蘭點頭。坦尼爾走向女士，親吻她的手。「午安，女士。」

「很高興你還活著。都是這傢伙的錯。」她朝湯瑪士揚起下巴，湯瑪士忍住沒回嘴。「你確定要繼續待在艾卓軍？」她繼續說。「我會付你雙倍薪水。」

湯瑪士盯著兒子看，坦尼爾似乎很享受這段尷尬的沉默。終於，他開口說：「我屬於這裡，女士，至少暫時是。」

「真可惜。」

「女士，能私下談談嗎？」湯瑪士說。

他們一起把馬牽到一邊。湯瑪士俯身對她說：「亞頓之翼會繼續支持這場戰爭嗎？」

「我現在強烈懷疑艾卓戰地元帥的心理狀態。」溫史雷夫女士嚴肅地審視著他。

「喔？妳最近有做過什麼更好的決定嗎？我該提起幾個月前和某位旅長之間的醜聞嗎？」

溫史雷夫女士噘起嘴。「告訴我，你能一手算完和你睡過的年輕女孩嗎？兩隻手？不然加上腳趾如何？」

「這場爭論越來越不得體了。」湯瑪士擠出一個僵硬的微笑。

「你就只能用這種笑來回應嗎？你擄獲女人芳心的招牌笑容去哪了？」溫史雷夫女士在他回答前搖頭。「我來是基於議會成員的身分，不是亞頓之翼領導人。我們上週經歷慘重的損失，還沒決定要怎麼做。」湯瑪士張口欲言，但溫史雷夫女士上前低語。「我們要撤退，但我會過兩天再宣布。這次和談期間，我們陣線一致。」

湯瑪士口乾舌燥。「謝謝妳。」他低聲回應，接著提高音量說。「好吧，我非常期待妳的回覆。」他不喜歡她的決定。如果伊派爾繼續打下去，他就會比從前更需要她的傭兵。但他此刻不能爭論這個問題。

湯瑪士注意到溫史雷夫女士護衛後面有人騎馬過來，他皺眉調轉馬頭面向那名騎士。

「妮拉，對吧？」

變成榮寵法師的洗衣工點頭。她緊握鞍角，指節發白，皺眉看著身下緊張踱步的花馬。

「常騎馬嗎？」

「事實上，沒有，這是我第三次騎馬。」

「這樣啊。如果是第三次騎，那妳表現得很不錯。」

「謝謝。」

「妮拉，可以請問妳來這裡做什麼嗎？」

「我是榮寵法師妮拉，先生。還有，沒錯，是榮寵法師包貝德派我來的。」

「是這樣嗎，榮寵法師妮拉？」

「沒錯。」

「派妳來做什麼？」

「怎麼說呢，當然是來參與協商的。」

湯瑪士眨了眨眼。「我不想失禮，但妳是才剛成為榮寵法師學徒的洗衣工，包怎麼會以為妳能參與兩國之間的協商會議？」

「他說我該習慣這種場面。」

「是嗎？好吧，妳可以回去告訴包，這樣做不成體統。」

女孩臉上的笑容消失，但她沒有退讓。「我不會那麼做的，先生。」

「即使我下令也一樣？」

「沒有不敬的意思，但我不奉你號令，先生。」

他看出她的緊張，握韁繩的手在微微顫抖。這算什麼，包交付給她的試煉嗎？和戰地元帥湯瑪士針鋒相對？

「我有權不讓妳參加協商。」

「沒有，先生。身為艾卓共和國法師團的代表，我有權出席會議。」

「什麼東西？坦尼爾！」湯瑪士調轉馬頭，不耐煩地召來兒子。坦尼爾片刻後上前。「你朋友在搞什麼把戲？」

「什麼朋友？」

「不要裝傻，就是包貝德。艾卓共和國法師團是什麼玩意兒？」

坦尼爾看了看妮拉，然後轉向湯瑪士，忍住笑意。「他不是在搞把戲，長官，你請他幫忙作戰，而他是艾卓境內最後一個訓練有素的榮寵法師。妮拉是他學徒，依照包的說法，她比他更強。如今他們兩個就是艾卓法師團了，而既然我們要建立共和國，他認為他們沒道理自稱皇家法師團。」

湯瑪士張口欲言，隨即閉嘴，努力思索不會以「因為我說了算」收尾的回應。他想不出來。嚴格說來，包依然是政府體制內的榮寵法師。

「不要開口說話。」湯瑪士指著妮拉說。「我很感激妳上週在戰場上的表現，那讓我對妳心生好感，但我絕不允許前洗衣工和天殺的凱斯國王討論政治。」

妮拉那抹迎合長官的笑容又回到臉上。「當然，戰地元帥。我只是以代表的身分出席。」

湯瑪士轉向歐蘭。「洗衣工要和我們一起去。」

「是，長官。差不多要開始了。」

湯瑪士暗自慶幸歐蘭沒有針對此事多說什麼。「派人先過去。如果出事了，先殺了伊派爾的榮寵法師，再殺伊派爾。」

湯瑪士率領代表團穿過荒涼的田野，來到小鎮邊緣。他們在那裡等到返回的信差，確認伊派爾已經抵達禮拜堂。他們下馬，把馬綁在一間小屋旁，然後走完最後幾百碼。

兩名凱斯王家衛士守在禮拜堂兩側。湯瑪士上下打量他們。他們身穿黑金配灰色飾邊的制服，平頂羽毛帽微微前傾，帽帶緊貼下巴，深邃而冷酷的眼睛注視著湯瑪士。他此刻希望自己有帶火藥法師團來。凱斯王家衛士不好惹，他懷疑就連歐蘭的來福槍戰隊也不是對手。

「我來見你們國王。」湯瑪士說。

其中一人輕輕點頭，迅速轉身打開禮拜堂門。歐蘭留下兩人，讓他們各對應一名凱斯衛士，然後率先入內，接著是溫史雷夫女士和妮拉。湯瑪士的三名將軍、兩名上校，以及隨溫史雷夫女士來的律師魚貫而入。

坦尼爾神色陰沉地留在後面，一副吞了整顆酸橙的模樣。

湯瑪士耐心地等著，直到坦尼爾終於往前走。

「結束這一切的時候到了。」湯瑪士說。

坦尼爾下頷有條肌肉抽動。一時之間，湯瑪士以為兒子要爆發了，但坦尼爾是個徹頭徹尾的軍人，只是點了點頭後便進門，留下湯瑪士獨自整理自己的情緒，然後也跟著代表團入內。

禮拜堂光線昏暗，只有東側一扇窗戶透光。房間很大，約有六百平方呎，長凳都堆在牆邊，中間那張鋪著金布的大桌上擺滿水果和甜點，燭台亮著光，牆上懸掛藝術品——毫無疑問是伊派爾的隨行人員為了增添王室氛圍而布置的。

幾名政客坐在桌子一端。凱斯戰地元帥高利特和兩名湯瑪士不認得的將軍坐在一側，另一側是個瘦女人，五官細緻如鳥，身穿凱斯皇家法師團的棕綠法袍。她身邊坐著一位膚色蒼白、無精打采的傢伙，名叫瑞佳里敘公爵——伊派爾最親密的顧問。後牆前還站著幾名貴族。

伊派爾自己坐在主位。

自從上次見面，也就是湯瑪士去暗殺他的那晚以來，他變得病態肥胖。他曾是個宛如雄獅般的男人，如今緊塞在一張容納得下兩名擲彈兵的大椅中，身穿寬鬆服飾，肩上披著滾金邊的厚重毛皮，手指上的紅寶石多到大主教都相形見絀。

「湯瑪士。」伊派爾的聲音像從低音鼓裡發出來的，說話時下巴的肥肉亂顫。

「伊派爾。」

一張椅子刮過石板地，瑞佳里敘公爵跳了起來。「你要尊稱陛下為『高貴的國王陛下』。他是國王，你這等平民賤種要以國王之禮待之。」

「我該宰了這條狗嗎？」歐蘭問，手放在短劍劍柄上。

湯瑪士讓沉默代替自己發言，任由瑞佳里敘站在原地氣得發抖，直到伊派爾轉頭看向他的顧問。「坐下，親愛的公爵。你那抱怨對湯瑪士完全無效。他是鐵一般的男人，而鐵不會彎曲，只會斷裂。」

湯瑪士雙手交握身後，努力透過傷口的痛楚集中注意力。

伊派爾的胖手指重重敲擊橡木桌，歐蘭則默默繞過房間，彎腰撩起桌巾，再繞著桌子檢查，仔細凝望所有顧問，不理會他們憤恨的目光。

「湯瑪士，這是做什麼？」

「預防措施。」

「我們是來談和的，不是嗎？」

「好了，垂死的國王陛下，你的預防措施就是率先抵達，我的則要現在執行。」

伊派爾低沉的輕笑阻止瑞佳里敘再度爆發。

歐蘭確認完畢後，朝湯瑪士點了點頭。湯瑪士指向這一側桌旁的椅子。「伊派爾，容我介紹溫史雷夫女士。我相信你們之前見過。這位是我兒子，雙槍坦尼爾少校。另外是艾卓共和國法師團的榮寵法師妮拉。他們是我的資深參謀。」

「幸會。」國王表示。「你認識瑞佳里敘，應該是你殺了他叔叔。後面是我的幾名顧問，」他隨手往後一揮。「戰地元帥高利特，首席法師珍娜。」伊派爾再度發出低沉的笑聲。「我們都在挖桶底找榮寵法師，是不是？真是可悲的年代。」

湯瑪士比了個手勢讓自己人就坐，然後在伊派爾正對面的位置坐下。「我賭我帶來的榮寵法師會贏。」

「真的嗎？我的間諜說，她是沒受過訓練的學徒。」

他的間諜？皇族的高傲表露無遺。當然，我知道他在我的部隊裡有安插間諜，但他自己承認就太下流了。「他們有告訴你，她燒了你一整個旅的人嗎？」湯瑪士餘光瞥見妮拉坐得更直了一點，努力裝出嚴肅的神情。她是個很美麗的女人，不過臉紅有點影響她的形象。只要多點技巧和自信，她就能主導這種協商場合。湯瑪士發現，包派她來不是為了叛逆和羞辱，他是真的派她來學習的。

「事後就昏倒了！」伊派爾做了個不屑的手勢。「況且他們是後備軍，我隨時都能召募更多兵馬。我猜你的部隊已經快死光了，是不是啊，溫史雷夫女士？」

溫史雷夫女士朝國王微微一笑，然後甩開扇子，輕輕搧風。「戰爭對所有人都很殘酷，國王陛下。」

「但對軍隊人數最少的陣營特別殘酷。現在，湯瑪士，我們要繼續這些隱晦的侮辱和威脅，還是要開始和談？」

「你有什麼提案？」

伊派爾對瑞佳里敘點頭，顧問起身清了清喉嚨，開始發言：「這場戰爭虛耗兩國國力，真神克雷希米爾和凱斯國王伊派爾二世大發慈悲，願意提出和平協議。」他停頓片刻，再度清喉嚨。「我們會退回巴德威爾，該城將自願割讓給凱斯。凱斯將承認艾卓國家的主權，作為交換，貴國要支付一億克倫納賠償金。」

瑞佳里敘繼續講了五分鐘他們的條件提案，兩度拿起一張看起來很正式的文件確認細節。說完後，他三度清了清喉嚨，坐回原位。

湯瑪士一隻手肘撐在桌面上，手掌抵著下巴，揚起一邊眉毛看向伊派爾。

「貴國真是有趣。」溫史雷夫女士如此評論。

「你完全沒有勝算，湯瑪士。」伊派爾沉聲說道。「我承受得起過去六個月的損失，那對我國的人口來說只是九牛一毛，但你承受不起。即使所有條件都不利，我們也能和你耗到贏。」

「你的間諜告訴過你，如今戴利芙也向你們宣戰了，對吧？已故的尼克史勞斯公爵犯了致命的錯誤，企圖假扮艾卓軍進攻阿維玄。據我所知，戴利芙軍有部分正從北方入侵貴國，另外派遣了六萬兵馬支援我軍，過幾天就會抵達。而且他們的皇家法師團還編制完整。」

伊派爾不動聲色。瑞佳里敘湊上前去，在他耳邊低語。

「你的獨眼神呢，國王？」坦尼爾突然說，聲音貫穿瑞佳里敘的輕聲細語。「你強大的榮寵法師和王軍呢？你用黃金和宗教收買的間諜和叛徒呢？」

伊派爾推開瑞佳里敘。「小子，你膽敢和我較量？你自認是弒神者嗎？告訴我，面對克雷希米爾時，你有沒有嚇到尿褲子？」

「沒有，我射瞎他的眼睛。」

「克雷希米爾還活著。」

「我敢說他正安祥地休息中。」坦尼爾嗤之以鼻。

湯瑪士皺眉。小心點，坦尼爾，他心想，他只是要引誘你說出祕密。「夠了，少校。」湯瑪士出聲打斷，厭惡地看著伊派爾得意的嘴臉。他從口袋中拿出一張紙攤開。

「我們也有非常大方的條件。你們必須完全撤出艾卓，交還所有占領的土地，在九國見證下承認我們共和國。你們要割讓一萬畝琥珀平原的土地，同意百年和平，也要在九國所有國家見證之下交還所有戰俘，並派人質確保你們遵守協議。」

「用什麼交換？」

「我不會把你們部隊當成發狂的牲口屠殺。」

瑞佳里敘再度起身。「你太過分了！」

「坐下，你這條蛇。我是和你的國王談判，不是他的狗。除了以上條件，你還要交出克雷希米爾。」

「克雷希米爾不在檯面上的討論範圍內。」伊派爾說。

「比較像在檯面下。」坦尼爾喃喃低語。

湯瑪士比了個手勢要兒子閉嘴。「這就是我們的條件。」

「非常大方。」伊派爾咕噥。「我要不要把長子也交給你？」

「我抓到畢昂了，不過我想他只是三子。」

凱斯榮寵法師努力忍笑，被伊派爾瞪了一眼。「我要不要把腳也砍下來給你，湯瑪士？」伊派爾繼續諷刺道。「還是乾脆封你為公爵？你的要求太過分了。」

「這就是我們的條件。」湯瑪士說。

「沒得商量？」

「這個嘛，這確實是一場協商會議。」

凱斯代表團擠在他們那一側，湯瑪士則和自己的顧問聚集在禮拜堂門邊。

「你很不會談判，」溫史雷夫女士低聲道。「這確實是一場協商會議？」她學他。「這等於直接告訴他你會讓步。」

「我年紀大了，比較沒耐心。」

「我們沒有同意克雷希米爾的事。」

「坦尼爾已經洩露我們知道克雷希米爾昏迷不醒了。」湯瑪士瞪了兒子一眼。「再說，不管凱斯如何保證，萬一克雷希米爾醒來，他還是會摧毀我們。」

「那把他握在手中有什麼用？」

「我們會死得更快。」歐蘭說。

湯瑪士瞪著保鏢。「我可以研究如何囚禁他，或殺了他。」

「伊派爾不會在克雷希米爾的事上讓步。」妮拉說。湯瑪士沒想到會聽見這位年輕女子開口發言。

「小榮寵法師，妳懂治國權術嗎？」湯瑪士語氣中略顯惱怒。他身側開始抽痛，今天一大早抱持的信念逐漸消退。政治照理說是老人的遊戲，湯瑪士卻覺得這比打仗還難。他喜歡作戰的能量和果斷，不是妄自尊大的國君和議會的權謀鬥爭。

「我同意她的說法。」坦尼爾說。

當然。

「好吧，那他們的要求呢？」

「我們一毛錢都不付。」溫史雷夫女士表示。

「割讓土地也絕對不能接受。」妮拉補充。

「當然、當然。」

討價還價持續了一整個下午。凱斯提出條件，湯瑪士反提他的條件，卻不斷遭拒。如此反覆進行了幾個小時，雙方還趁隙先後退下吃了由各自陣營準備的午餐和晚餐。

入夜後兩小時，他們同意暫且休會，三天後再度會面。

「我得和我的顧問仔細討論。」伊派爾說。「為我國人民的福祉著想。」

「因為你非常關心他們的性命和健康？」湯瑪士問。

伊派爾對湯瑪士微笑。「王冠是個重擔。」

之後，湯瑪士上馬，準備出發。

「我們今晚要在附近紮營嗎？」歐蘭問。

湯瑪士搖頭。「我想回營。」

「營區在八哩外。」

湯瑪士先看向溫史雷夫女士，然後轉向坦尼爾，最後看著妮拉。「你們覺得？」

「你如果紮營，我就先回去。」坦尼爾說。

「我不想淪為凱斯王家衛士的獵物。」溫史雷夫女士說。

他們過了午夜才到艾卓營區附近，湯瑪士癱在馬鞍上。他身側很痛，腦袋感覺像座石磨。談判協商會曠日廢時，他們唯一的優勢在於伊派爾會想在戴利芙軍抵達前和談完畢，萬一到時候戴利芙要求參與談判，形勢就會對凱斯極為不利。

湯瑪士很驚訝坦尼爾還能在馬鞍上挺得那麼直。毫無疑問，他迫不及待想回到愛人身邊，也可能是為了遠離害死他母親的男人。湯瑪士也在努力不想起艾莉卡，以免自己衝過桌子直接了結多年前掐住對方喉嚨之後沒做完的事。那令他精疲力竭。

「長官。」歐蘭說，打斷湯瑪士的思緒。「不太對勁。」

湯瑪士搖頭甩開睡意。「怎麼了？」

歐蘭指向北方。月光灑落地平線和無雲夜空，照亮營區的火焰，以及大量濃煙。火太大，煙也多得不可思議，那不可能是炊煙。還有風中的聲音——是慘叫聲？

「坦尼爾，等等！」湯瑪士大叫。但坦尼爾已經遠遠超前，急奔而去。

22

坦尼爾全速衝入艾卓營地，飛快地穿過士兵和隨軍人員。

夜晚充斥著驚慌的呼喊，傷者的尖叫聲不時傳來，寒冷的空氣裡瀰漫著煙霧。他遠遠看到的火焰實際上是在帳篷間跳躍的火焰，焚燒被踩踏的草地，沿途吞噬一切可燃物。他經過好幾個從附近溪流取水的滅火士兵，沒多久就發現自己陷入第十一旅附近的濃煙中。

那裡之前是他和卡波的營帳所在地。

他把馬丟給附近的士兵，徑直衝入混亂之中。大家推來擠去，臉上都是血和灰塵。坦尼爾抓住其中一人。

「出了什麼事？」

「突襲。」對方喊道，拉開摀嘴的手帕。「他們從西邊來，至少有十幾個榮寵法師，還有五千士兵！」

「誰？」

「凱斯人！」

坦尼爾推開對方，奔向他認為自己營帳該在的位置。五千人？十幾個榮寵法師？凱斯已經沒有法力高強的榮寵法師了，而且他們怎麼可能接近到展開奇襲的距離？

濃煙遮蔽了他的感官，黑暗令他失去方向感。這附近的營帳都不見了，全被燒成灰燼。他慢慢前進，知道得仰賴運氣和記憶才能找出卡波。

他看見草地上倒了個人，對方身穿艾卓藍制服，來福槍躺在伸出的手臂前不遠處。黑暗中又出現另一具屍體，然後又一具。全都是艾卓士兵。有些人幾乎淪為焦黑的骷髏，其他人看起來只是睡著而已。

坦尼爾開始頭痛，他拉起上衣遮住口鼻避免吸入濃煙，雙眼被熏得直流淚。他開啟第三眼，在震驚中發現四面八方都是粉彩魔光。

肯定是魔法幹的。

或許這些粉彩魔光只是包在反擊？坦尼爾拋開這個希望。包在打鬥中不會釋放這麼多艾爾斯。到處都是魔光，和草地中的火勢並行，如同拿水桶灑油漆般灑在艾卓士兵的屍體附近。

包在哪裡？

卡波在哪裡？

坦尼爾呼吸急促，越來越驚慌。他抓住一名艾卓士兵的手臂急切地問道：「包？」

對方搖頭。

「榮寵法師包貝德在哪裡？」

「我不知道，長官。」

坦尼爾繼續搜索。這附近屍橫遍野，彷彿被敵軍砲擊過。坦尼爾看見越來越多凱斯死者，還發現艾卓士兵奮勇抵抗的痕跡。五十人全部排成一排，屍體被燒得無法辨識，只能靠他們手中的赫魯斯奇來福槍認出是艾卓士兵。

「包！卡波！」

坦尼爾踉蹌了一下，膝蓋狠狠撞在地上，幾乎沒有注意到新制服已被灰燼染污。他撐起身體一瘸一拐地前進，大喊卡波和包的名字。救援隊很快就跟上，澆熄餘燼，檢查屍體。

「你們有看到榮寵法師包貝德嗎？還有野人骨眼法師？」

每個士兵都搖頭。

坦尼爾搖搖晃晃地穿過吵嚷的艾卓營區。士兵推開他，有人撞到他肩膀，差點把他撞倒。他繼續蹣跚前進，思緒紊亂，直到發現和第三旅在一起的父親，後者正努力理清現場情況。

「去滅火！」湯瑪士大叫。「歐蘭，我要傷亡報告。到底是誰在攻擊我們？來了多少人？」

「是凱斯。」坦尼爾說。「我看見屍體了。到處都有魔法的痕跡，至少有幾個榮寵法師。有人說有十幾個法師和五千名士兵。」

湯瑪士回應道：「損失慘重，但還沒到那種地步。該死的，我以為凱斯沒剩下幾個榮寵法師了。歐蘭！」

「是的長官，我去辦，長官。」

「我找不到卡波。」坦尼爾說。

湯瑪士轉身。「歐蘭！去找卡波。我要十二個人去找她。坦尼爾，包呢？」

「我也找不到他。」

坦尼爾努力壓抑快要承受不住的恐慌。他呼吸急促，胃部因恐懼而痙攣。他還能看見艾爾斯裡的粉彩魔光飄在眼前，想起因為湯瑪士的堅持而必須去談判前的情景。包故意弄亂卡波的頭髮，說道：「我會看好小妹妹的，你去扮演政客吧。」

坦尼爾無法停止過度換氣，胸口發緊。除了湯瑪士，包和卡波就是他世上僅剩關心的人。若同時失去他們兩個……

「坦尼爾，」湯瑪士一邊大聲下達命令，一邊伸手搭上坦尼爾肩膀。「我們會找到她。」

「如果她死了，我會——我不知道，我不能……包，她一定和包在一起。」

「如果她死了，我們就會面臨更大的麻煩。」湯瑪士語氣沉穩地說。「如果克雷希米爾擺脫她的魔法束縛，我們全都會死。」

坦尼爾抓住湯瑪士的衣領，把他往前一扯，直到湯瑪士驚訝的表情離他只剩幾吋。「卡波比那個天殺的神重要多了！」

湯瑪士甩了他一巴掌，坦尼爾在驚慌之下只隱約感到刺痛。「冷靜下來，孩子！」

坦尼爾怒不可抑，上前一步。他揚起拳頭，但他和湯瑪士突然被人推開。

包的學徒擠到兩人中間。「你們兩個都給我住手！」她說。「去找卡波！去找包！我們是一國的！」她怒斥，儘管比他們都矮一個頭，她在他們面前還是氣勢凌人。「你們看不出來今晚已經灑夠多血了嗎？」

「妳給我——」湯瑪士吼道，但在看見妮拉伸出的手指突然冒火時閉嘴。她另一隻手指向坦尼爾，瞪著他們兩人，雙眼圓睜，怒如母獅。

「看在克雷希米爾的份上，你們再不冷靜下來，我就燒了你們的鞋子。」她罵道。

「長官！」有人在黑暗中喊。「找到榮寵法師包貝德了！快來！」

妮拉無暇思考自己剛剛擋在全世界最強大致命的兩名火藥法師中間，也沒時間去想她的魔餤和怒氣，她甚至不把跟在她身後的人放在心上。

包可能會死。

妮拉拉開坦尼爾和湯瑪士後，一名士兵高舉火把，帶他們穿過濃煙和黑影。妮拉跑得跌跌撞撞，顫抖的雙手暴露了她的不安。燃燒的草地很快轉為泥濘，泥土讓本就不穩的步伐更添阻礙。火光在煙霧中閃爍，接著照在探入夜空的巨大陰影上。

湯瑪士有其他事要處理，他要他們先去找包，然後就和信差一起離開。

煙霧逐漸散去，一股濃烈的泥土味突然襲來，彷彿跌入了潮濕的地窖。他們站在大片泥巴之間，泥土像是被一個房子般巨大的鏟子挖出的。她不敢開啟第三眼，深怕自己會承受不了。其實也不必打開，她能感應到依然飄在空中的大量魔力。強大的魔法如犛耕般翻動地面，這景象令妮拉害怕。

土系榮寵法師——包如此稱呼他們——有辦法操弄固態元素，重塑地表景觀。

坦尼爾衝過妮拉身邊時把她擠到旁邊。「包？他在哪？可惡！包！」

他難道感應不到此地釋放的魔力嗎？對妮拉而言，地面彷彿隨時可以壓扁她，一不小心就會觸發陷阱。她靠著一座土塊站穩，試著調節呼吸。她怕得渾身發抖。

「包！」

坦尼爾堅定的呼喊聲令妮拉回過神來，在恐懼再度阻止她前奔向前去。

包半截身體埋在土裡，粗大的黑柱如同一片小森林般插在他身旁，牢牢地紮入地面。魔法的氣味濃到妮拉幾乎無法接近，而那些黑柱在寒冷的空氣中冒煙。

「別碰！」包慌亂尖銳的警告來得太遲，一名不幸的士兵已經伸手抓住一根黑柱，隨即慘叫跳開，在黑柱表面留下幾層焦黑的皮膚。「可惡。」包無力罵道。他渾身顫抖，汗如雨下。「那些柱子都有魔法加持，火和土交織在一起會保持高溫。不知道會持續多久，但我這裡真的是有夠熱的。」

黑柱宛如柵欄圍牆緊緊圍住包，把他困在裡面無法動彈。妮拉從一名士兵手中接過火把，舉到包的上方，證實了她的擔憂。他滿手都是血，榮寵法師手套爛成破布。

「這些黑柱，」妮拉喊道。「我們得拔出來！他自己辦不到。去找馬和鐵鍊來！」

沒人動。坦尼爾轉身對士兵下令：「你們聽見榮寵法師的話了。快去！」

妮拉不理他們，小心靠近黑柱，被高溫嚇得眉頭直皺。「呼吸，包，呼吸！不要昏倒。有什麼我能做的？」

包發出類似貓咪的嗚咽聲，然後說：「快點弄馬來。」

「怎麼了？」坦尼爾問。「卡波呢？」

「喔，很抱歉，我以為任誰一看都知道我們天殺的遭人攻擊！」包的尾音拖得很尖。

「你的手能動嗎？」妮拉問。

「一點點。不管對方是誰，她把我打得很慘。」

「我應該要在場的。」

「那妳就會死。」

「找醫生來。」坦尼爾喊道。「馬呢?你，去拿鏟子，從斜坡側面開挖，看看能不能把地面弄鬆一點。」

妮拉恨自己無能為力。她對空氣或土系魔法一無所知，無法自己移除這些柱子。她數了數，總共有七根，並試著聚焦在它們散發的高溫上。她小心翼翼地感知著，然後痛苦地意識到，若她對魔法有更深入的瞭解，或許能夠拆解掉魔法陣。「這些柱子有多長？」

「我不清楚，那個婊子在用它們插我。」包說。「我當時在忙著殺她。克雷希米爾呀，真的有夠痛的，而且——」他抬頭看著在下方挖地的人。「停！地面泥土移動會讓那些柱子摩擦到我，痛死我了。」

「有柱子碰到你？」妮拉問。

「喔，對。那邊那根。」包抬了抬下巴。他的臉在高溫下漲紅，鮮血和汗水順著他的臉頰流下。「你知道，就在我的膝蓋原本在的位置。」

妮拉突然感到胃部翻攪。她本來以為那些柱子只是要困住他，沒有一根真的刺中他。但他下半身埋在土裡，雙腳完全看不見。

「馬呢？」坦尼爾大聲問。「弟兄們，動作快！這些可惡的柱子會害死他。」

「它們不會害死我。」包咳嗽，嘴唇上冒出血泡。「但會烤熟我。細節不同。」這笑話說得很無力。

妮拉從柱間伸手過去摸他的手，感覺他的手指勾住她的。「如果我拿備用手套來，你能自行脫困嗎？」

「我筋疲力竭，而且左手斷了兩根手指。我沒辦法利用艾爾斯自行脫困。」包說完後驚呼一聲，因為膝蓋那根柱子突然移位。

「不要挖了！」坦尼爾喊道。

妮拉聽見馬具和鎖鏈碰撞的聲響。「馬來了。」她低聲對包說。「你很快就能脫身。」

馬匹就定位，鎖鏈扣上馬具，纏住高溫黑柱。第一根黑柱被拔出時，包忍不住發出幾聲痛苦的呻吟。接著是第二根，妮拉終於可以靠近他。她湊上前去，伸出衣袖擦拭包髒兮兮的額頭。

他突然對她微笑。「協商順利嗎？」

「什麼？」

「協商啊，妳不是去參加協商嗎？」

「他要休克了。」坦尼爾說。「該死的醫生在哪？」

「順利，很順利。」妮拉安撫包。「你也該到場的。」

「我得保護小妹妹。」包說著，看向坦尼爾，目光似乎無法聚焦。「我有保護到她嗎？她人在哪裡？」

「我不知道！」坦尼爾說。

「很明顯，他們是為了抓她而來的。他們在部隊中殺出一條血路。她用那根針刺穿了他們一個擲彈兵的眼睛。可惡，那個女孩鬥志高昂。」

馬又拉出一根黑柱。土地鬆動了，包連同還插在地上的四根黑柱一起滑開幾吋。

「是誰來抓她？凱斯人嗎？」坦尼爾問。妮拉很想叫他退開，但包目光恢復焦點，迷惘的表情消失，輕輕點頭。「我不認得他們任何一個榮寵法師。好吧，我沒看清楚攻擊我的那傢伙長什麼樣，但她的靈氣有點熟悉，我現在還想不起來。我殺了另一個，我想應該還有兩個。我殺死的那個應該在那附近。」他比了個概略的方位。「他們很強。我以為你說過凱斯的榮寵法師已經都死得差不多了。」

「照理說是這樣沒錯。」坦尼爾吼道。「聽著，包，你要撐住。我得去找湯瑪士，我們得弄清楚是怎麼回事。」

「去辦正事吧，兄弟。」包輕輕朝坦尼爾下巴揮拳，但沒有打中。

坦尼爾起身離開。

第四根黑柱已經出土，士兵挖開了包雙腳附近的泥土。他斜躺在土裡，頭往後仰，表情平靜。妮拉鼓起勇氣看向他的膝蓋。

膝蓋全毀了。那根柱子穿過骨肉，如熱刀切入奶油般輕而易舉。他大腿以下的褲子都被燒光，大腿下半截的肉和膝蓋完全焦黑。那股味道讓她想到她殺死那些士兵的戰場，但妮拉強迫自己不去想那些。她不能慌，現在不能。

「他死了嗎？」有個士兵問。

「不，他沒死。」妮拉說，心跳劇烈。他沒死，對吧？「包？」

「有，我還在。」包突然抬頭。「工兵會來幫忙嗎？」

「他們還在救火。」一名士兵說。

「喔。喔，我懂了。那我就躺在這裡繼續烤，叫他們不要急。」

「馬在努力了。」妮拉說。

「牠們拔不了插在我腳上的這根柱子。」包說。「這根很麻煩，他們要用到槓桿和數學，或那之類的東西。」

「去找工兵。」妮拉對兩個下士吼道。「立刻！」他們離開後，她又回到包身邊。「包。包？撐住！」

「我只是在閉目養神。」

她蹲在他旁邊嘆氣。「請不要死。」

「沒這個打算。」

「我想大部分人都沒這個打算。」

包似乎在思考這句話。「妳的智慧超越妳的年齡。」

「閉嘴。」

「好吧。」他安靜片刻，然後可憐兮兮地說。「真的很痛。」

妮拉湊上前去，再次查看了包的膝蓋。她舉起一隻手，從艾爾斯裡召喚火焰，提供照明。黑柱依然火熱，他的肉看起來像串在火上烤了好幾個小時的肉。包在士兵和馬拉開第五根黑柱時大聲呻吟。

「沒有妳想像中那麼痛。」包說。「畢竟神經都死光了。但我還是可以感受到高溫，感受到它在慢慢烤我。見鬼了，這條腿之後還能用就算我走運。」

走運？妮拉沒有戰地救治的經驗，但她看得出來，那條腿已經沒救了。「我們會幫你找個治療師。」

「那可不容易。」

「會找最好的。」

「如果妳堅持。記得要他們留下焦黑的疤痕，看起來比較剽悍。這是很棒的閒聊話題。」

「別說話了。」妮拉說。

「聽著，如果我不說話，可能就會開始哭。而我打定主意不在女人面前哭，特別是我想上床的對象。」

「是這樣嗎？」妮拉站起身來。

「對啊，哭會顯得懦弱，而女人能察覺懦弱。喔，當然，有些女人會說她們想要多愁善感的男人，但她們絕不會說喜歡懦弱的男人。」

只剩下兩根黑柱了。第六根能輕易解決，但正如包所說，第七根很麻煩，不是幾匹馬從斜角就能拉開的，那樣做可能會把他的腳完全扯下來，當場痛死他。那根黑柱得從上面拉出來，越直越好。她仔細檢查那根黑柱，看起來像某種金屬，但那玩意兒綻放魔力。毫無疑問，土系魔法用火系魔法保持高溫，再用風系魔法拋擲。

包繼續說話，也沒特別說給誰聽。「看在克雷希米爾的份上，肯定是個閒聊的好話題。我現在想像得到，某個身穿去年流行服飾的紈褲子弟坐在酒館裡，向一群女人展示傷口，告訴她們是在和比他高大兩倍的男人打架時弄傷的。然後，砰！我抬起腳，露出我這輩子見過最強大的榮寵法師用魔法金屬柱貫穿膝蓋時受的傷。」

「你不會提哭的事？」

「我又沒哭，我……妳……他媽在幹什麼？」

妮拉點燃雙掌附近的火焰。如今她動念之間扭動手指就能點火，而她沒時間多想這個事實。她略顯遲疑地碰觸那根柱子，發現並沒有想像中那麼燙後，她雙手抓住柱子，雙腳在包的腳旁站穩，開始向上拉扯。

他的慘叫差點讓她失去勇氣，但她繼續用力拔，將這根柱子像穿線般從他的膝蓋拔出。她奮力一扯，抓著柱子往後摔倒，在柱子打到自己臉前拋開它。

包渾身抽搐，蜷縮成一團，緊抱著那條焦黑的腿。她撲到他身邊握住他的手。「抱歉，我很抱歉。拔出來了。」

他難以克制地啜泣了好一陣子才哽咽地說：「好吧，我不會提哭的事。」然後癱在她身上。

妮拉一隻手探了探他的脈搏，隨即也倒在他旁邊鬆了口氣。他還活著。

內疚開始湧上心頭。如果她在場，或許幫得上忙。她可以把那個榮寵法師燒成一團焦炭，然後……她在騙誰？她只是個學徒，她很可能會當場死亡。包力量強大、聰明機智、訓練有素，而他也才勉強活下來而已。

那些天殺的醫生在哪裡？坦尼爾不是派人去找了嗎？他現在在哪裡？或許是在找他的女野人。包之前那麼擔心他，如今坦尼爾竟然不能留下來安慰一下可能會死的朋友？

她低頭看包。她把他的手自傷口移開時，他輕輕哀鳴了一聲。她可以直接看到他的膝蓋骨。那個畫面令她噁心。他還有可能走路嗎？她聽說過治療師能讓人長出整條肢體，但那些都是傳說故事。這種傷勢似乎超乎所有人的治療能力，不管治療技巧有多高超。

她想起自己在奈德溪之役中摩擦手指，心中祈求能找到合適的魔法來擊倒敵人。當時她辦到了，靠一個手勢殺了數千人。

就和傳說故事一樣。

包說治療師非常稀有，需要高超的技巧，但或許……或許她能做殺人以外的事。

妮拉輕咬嘴唇，扭動大拇指。以太，她需要的是以太。她感應著艾爾斯。

「妳在幹什麼？」包輕輕拍開她伸出的手掌。「妳要害死我嗎？」

「我什麼都沒做。」

「我感覺得出妳在召喚艾爾斯。妳瘋了嗎？我……天啊，好痛。我不知道妳在想什麼。」

「我在想或許只要我……」她聳了聳肩。

「妳能治好我？妳真是瘋了，女人，這件事情沒得商量。要記住，以太是一種微妙的物質，專用於創造和解除羈絆。妳炸掉我身上所有粒子的機率就和治好我一樣高。」包皺起眉頭，嗚咽一聲。「現在，妳要保證不會在我身上做那種實驗，永遠不會。」

「我保證。」妮拉說，像是遭受責罵的女學生。

「很好。」包讓自己腦袋落到泥巴裡。

救援隊撤走了，把最後一根魔柱留在地上，現在包終於完全自由了。有三個人帶著火把走過來，其中兩名是幫忙挖地的士兵，第三名是醫生。

「工兵正在趕來。」其中一名士兵說。

「不需要工兵了。」妮拉對他說。「救他。」

「我們得移動他。」醫生表示。「先把他移動到乾淨的營帳裡，拿熱水和冷水，還有我的工具箱來。」

士兵把包抬上帆布擔架。妮拉在他身邊，握住他的手，一起離開這亂七八糟的戰場。快要離開這片泥地區時，戰地元帥湯瑪士從黑暗中走了出來。

「包，你還好嗎？」

包看向湯瑪士，表情如同一個剛嘔吐過的人看著食物。他的臉因疼痛而扭曲，但目光依舊清澈。「不是很好。」

「他們抓走卡波，還有她的行李。」

「該死。」包嘆了一口氣。

妮拉皺眉。她不知道那是什麼意思，但包臉上僅存的血色蕩然無存。

湯瑪士說：「又要開戰了。伊派爾說要停戰，卻背後偷襲我們。有信差回報，我們的盟友會提前抵達。第七旅和第九旅很快就會趕到，戴利芙人緊跟在後。我們明天一早就開始南進，要把凱斯趕出我們的國境。我要徹底摧毀伊派爾，讓他為此背叛付出代價。」

「聽起來不錯。坦尼爾呢？」

「他想要——他得去找卡波。如果他們知道她的行李裡裝了什麼，我們就死定了。」

「包，他到底在說什麼？」妮拉問。

湯瑪士看著她。他渾身疲憊無力，臉上布滿憂慮和恐懼的紋路。「這不是能公開討論的事，親愛的。」

妮拉怒火中燒。他這話是什麼意思？他難道不信任她？還是不信任包？她感到包握著自己的手臂，低聲道：「我晚點告訴妳。」接著長吁一口氣，突然癱在她懷中。

「我會給你瑪拉紓緩痛楚。」醫生說著，翻找醫療箱。

「你有看到這個嗎？」包指著自己焦黑的腿。「我什麼都不要抽。」

「你要休克了。」

「我被火烤了，就是這樣。給我威士忌，大量的威士忌。」

醫生看著妮拉，彷彿在向她確認。她不知道還能怎麼辦，只好點頭。

「戴利芙治療師兩天內就會抵達。」湯瑪士面無表情地說。

「我不認為他能等那麼久。」

「弄輛馬車。」湯瑪士對他的手下說。「我們送他過去。」

「我跟他去。」妮拉說。

包突然對湯瑪士獰笑。「幫我包紮起來，我和坦尼爾去追女野人。」

「你要去戴利芙部隊。」湯瑪士堅決道。「坦尼爾已經走了。歐蘭在集結部隊追上去。至於妳，親愛的——」他轉向妮拉。「妳要留在這裡。」

「什麼意思？我不能丟下包。」

「他是成年人了。」妮拉不喜歡湯瑪士眼中危險的目光。「而妳，」他繼續說。「我要用來對付凱斯。」

23

坦尼爾獨自在黑夜中趕路。

他最大限度地驅策坐騎，但又不得不小心，因為這匹馬必須載他一路追上抓走卡波的人，他不敢冒險讓牠累垮。他頻繁停下來讓馬喝水，還停了一次讓馬進食。東方天際開始從黑轉藍，晨曦即將來臨。

他帶了兩把來福槍、四根火藥筒、三把手槍，還有兩週的口糧。

凱斯人領先他七個小時，走西北方的路前往黑焦油森林。這個方向很奇怪，他們的主力部隊明明在南方，但坦尼爾認為他們會沿著道路進入森林，然後轉而向南，避開湯瑪士在平原上紮營的主力部隊。

要追上他們不容易，畢竟這次襲擊顯然經過精心策劃。他們帶了不到兩百名擲彈兵，其中竟有四名榮寵法師，燒掉擋路的一切，俘擄卡波，然後立刻撤退。他們應該有一個臨時營地，甚至可能還有備用的馬匹和更多士兵。

西蘭斯卡叛逃後，艾卓軍的指揮體系依然很混亂，沒有辦法立刻組織追兵，也不該那麼做。

沒有火藥法師的話，他們追上去只是送死。

逃跑的凱斯軍現在肯定心驚膽顫，心知湯瑪士和他的火藥法師將會窮追不捨。

隨著晨光升起，坦尼爾繼續前行，靠著輕度火藥狀態驅趕睡意。他越靠近山區，地勢就越崎嶇，氣溫因為天亮慢慢回暖。他擔心馬過於疲勞，於是在大路旁的一間農舍停下，從一位睡眼惺忪的農夫口中得知，夜裡確實有聽見一群人騎馬經過。

即便知道自己沒走錯路，坦尼爾還是越來越擔心。卡波還活著嗎？如果他們知道她和克雷希米爾的事，為什麼不直接殺了她？他們是怎麼知道的？追上對方後，他要怎麼做？

疑慮開始在心中發酵。他們的人數太多了，雖然包的反擊已經重創了他們——對方肯定沒想到艾卓營區裡有榮寵法師——但他們至少還有三名榮寵法師和五十人。坦尼爾可以應付一個榮寵法師加上一、兩班士兵。該死的，他可以對付兩個榮寵法師，但三個就太多了。

更糟的是，他把自己最好的朋友留下來等死。沒人能在那種傷勢下存活，就連火藥法師也辦不到。包或許比一般榮寵法師堅強，但他恐怕撐不過幾天，而坦尼爾甚至沒和他道別。他為了救回卡波匆忙離開，心知這將會成為一輩子的遺憾。

他強迫自己不去想這些。不能回頭了，他得去救卡波。

湯瑪士說會派人支援，但坦尼爾知道不管湯瑪士派誰來都太慢了。

坦尼爾在艾卓農地騎了一小時，直到太陽終於自身後的艾德海升起，照亮前方的查勿派爾山脈和山腳下的黑焦油森林。他在一座山丘上聞到火藥氣味，瞇起眼睛眺望田野。

遠方有動靜。

他吸了口火藥，加強火藥狀態，讓視線更加清晰。遠方可以看見大量騎兵掀起的塵土，距離至少十五哩，一小時內就會進入森林。

他很好奇他們為什麼不穿過平原，但認定自己之前的推測沒錯。一旦進入森林，他們就會在康德大道轉南，前往瑟可夫谷，進入凱斯軍隊的守備範圍。即使繞這麼大一圈，他們也會在兩天內抵達凱斯占領的土地。

坦尼爾考慮朝西南方穿過農地抄近路，但這並不是好的選擇。穿過森林可能會拖慢速度，甚至可能錯過他們。更好的策略是從後方追擊，遠距離一一除掉他們。然而，即使如此，他有辦法在他們與部隊會合前救回卡波嗎？

絕望如鉛塊般壓在他心頭。他恐怕無法救回她。他們會殺了她，釋放克雷希米爾，然後艾卓就會覆滅。米哈理——亞頓——已經不在這裡保護他們了。

他瞥見遠方幾哩外有個東西在動。他眨了眨眼，讓眼睛重新聚焦，掃視地平線。他看見一座老農莊，有著低矮石牆和茅草屋頂。大概是農夫在幹活，沒什麼值得注意的。

正當坦尼爾打算完全不管那座農莊時，卻再次捕捉到異樣。在農舍邊緣，他看到一身棕綠色的軍服，黑色高帽，紅色飾邊。那人蹲在農舍旁，直盯著坦尼爾的方向。但若沒有處於火藥狀態中，對方根本無法察覺他的存在。

是埋伏。坦尼爾無從判斷對方人數，他猜至少有十二人。他開啟第三眼再次確認，不過農場四周並沒有榮寵法師。他們有空氣來福槍嗎？他希望自己離開艾卓營區前有先問過這個問題。

坦尼爾必須靠近一點才能確定。

他攤開鋪蓋，抓緊時間小睡了一小時，知道這會是短期內最後一次休息機會。回到馬鞍上，他用小跑的速度騎了三哩多，讓太陽從他後方升起。

距離剩半哩時，他再度開啟第三眼，確認沒有榮寵法師或技能師。這些人可能是擲彈兵，就和艾卓軍的擲彈兵一樣，比一般士兵更高大強壯，訓練也更精實。

他在四分之一哩處下馬，拴好馬後徒步前進。他在腰帶上插了兩把手槍，步槍上刺刀，舉在胸前。

接著，他釋放感知尋找火藥，很快就找到了——火藥筒、火藥條、上膛的武器。他在腦中整理這些資訊，評估所有敵軍身上的武器，推斷共有六名擲彈兵。

很糟糕的埋伏，大概只是為了拖延，而不是要阻止追兵。

無論如何，這六個人肯定沒準備應付火藥法師。他們將會大吃一驚……除非有人有空氣來福槍，那就輪到坦尼爾措手不及了。不過眼下，他也無法多想。

坦尼爾感應到一名擲彈兵位於一百五十碼外的乾草堆後。他深吸一口氣，槍抵肩窩，扣動扳機，燃燒了一點火藥加持那顆子彈，確保它貫穿草堆。慘叫聲緊隨來福槍響傳來。

兩名擲彈兵立刻從農場角落跑出。他們發射火槍，頭上冒出硝煙，但這種距離根本射不中坦尼爾。他把子彈塞入槍口，不填裝火藥，舉槍抵住肩窩，點燃口袋裡一條火藥條，推動那顆子彈擊中一名擲彈兵的眼睛，另一人見狀立刻退回屋後。

坦尼爾衝向農舍，在一名擲彈兵跳出附近的水溝時著地翻滾。對方的火槍冒著煙，坦尼爾聽見子彈呼嘯而過。距離太遠了，無法引爆他的火藥，但近到足以……

他在翻滾中放下來福槍，拔出一把手槍，順勢擊發，以意念調整彈道，讓子彈精準地射中對方心臟。擲彈兵應聲倒地。

解決了三個，還有三個。坦尼爾奔跑著，血液在耳中鼓動，整個人隨著戰鬥的節奏而心跳加速。一顆子彈擦過他腳邊的地面，他抬頭，瞧見開槍的擲彈兵藏在屋頂上。他猶豫著要重新裝填來福槍，還是抽出第二把手槍。最後決定衝向農舍，尋找掩護。就在他抵達農舍時，另一名擲彈兵繞過轉角，舉起火槍對準他。

坦尼爾旋即點燃擲彈兵的火藥筒，並以意念將爆炸的衝擊力推向一旁，遠離自己。

就在這時，坦尼爾聽見頭頂傳來一絲細微的聲響，隨即屋頂上的擲彈兵手持匕首縱身躍下。

坦尼爾以槍柄格擋匕首的攻擊，想將人推開以便用刺刀還擊，但擲彈兵緊抓火槍不放，再度出刀刺來，坦尼爾只能側身貼向農舍石牆勉強避開。

擲彈兵趁勢進逼，面露憤怒，一腳踏住坦尼爾的刺刀，矮身再度出刀。坦尼爾放開來福槍，抓住對方手腕，一拳擊中他膝蓋。

擲彈兵放聲慘叫。坦尼爾猛力扭轉他的手腕，把人扯倒在地，翻身壓上去。他奪下對方的匕首，緊握刀柄，抵住擲彈兵的臉。

「卡波在哪裡？就是那個女野人！你們對她做了什麼？」他等了幾秒，再度出拳。「說！」他為什麼要這麼做？他已經知道答案了，這個混蛋還能告訴他什麼？坦尼爾拔出第二把手槍，抵住擲彈兵額頭。「她還活著嗎？現在告訴我！」

擲彈兵一口血吐在他臉上。

坦尼爾感覺手槍一震，耳中巨響，底下擲彈兵的身體僵硬，然後軟癱。他緩緩起身，扔下擊發過的手槍。

他要答案。他要聽別人證實自己的恐懼。

坦尼爾轉向一邊，看見最後一名擲彈兵從藏身處跳出，槍口指向他。坦尼爾深吸一口氣。該死，他太激動了，竟然忘了還有一個。兩人距離太遠，他無法引爆對方的火藥，但偏偏對擲彈兵來說近到不可能射偏。

愚蠢的錯誤，這個錯誤會害死他。

坦尼爾縮身避開，卻見擲彈兵突然身體傾斜摔倒，火槍啪的一聲掉在地上，腦袋滲出鮮血，在地上形成血泊。坦尼爾喘了一口氣，瞇眼望向太陽的方向，但在強光下什麼都看不清楚。看來他的援軍趕到了。附近沒有其他人會開那一槍，他會察覺到有人靠近。

湯瑪士一定派了另一名火藥法師來。但會是誰？難道剩下的火藥法師團已經抵達了嗎？還是湯瑪士親自趕來？坦尼爾心底浮現一絲不安，他大概知道來的是誰了。

盯著陽光猜測是誰射殺擲彈兵沒有意義。坦尼爾仔細檢查屍體，發現所有擲彈兵都死了，或是離死不遠。他用匕首解決掉兩個，沒道理讓他們受苦，而且他們這種狀態也回答不了問題。

他檢查完畢，確認沒有遺漏的敵人後，撿回武器，重新裝填彈藥，回到拴馬處。他剛爬上馬鞍，就見他的追殺小隊其他成員翻過附近的山丘。他彎腰伏在馬鞍上，閉眼稍作休息，等待他們追上來。

「妳來幹什麼，上尉？」他在聽見馬蹄聲走近時問道，睜開雙眼。

芙蘿拉拉住韁繩，示意其他人停下來。「事實上，我現在是上校了。」

「越級晉升。」坦尼爾當然早就知道了，她也知道他是故意的。

芙蘿拉臉色漲紅，但她只是昂起下巴。「我是來幫忙的。我們要去追那些混蛋。」

「我不能命令上校。」坦尼爾說。「但我認為妳不該率領這支部隊。」這話比坦尼爾的本意更加尖刻，但他就是想讓她聽了難受。雖然感覺像過了幾年，但其實不到七個月前她還是他的未婚妻，直到他發現她躺在別的男人懷裡。卡波遭俘本來就讓他心煩意亂了，他不想現在還要應付芙蘿拉。

「你也晉升了，上校。」她說著，伸出手。

他接過上校的階級章，舉到光線下打量。「先升少校，現在又變上校了？我可不配。」

「戰地元帥不這麼認為。而且他需要有人來填補軍官的空缺，所以……」她越說越小聲。

「部隊由你指揮，上校。」

坦尼爾不太情願地把階級章別上領口。

他把芙蘿拉的事拋諸腦後，開始檢視部隊。加瑞爾，守山人司令，這倒令人意外。坦尼爾離開守山人堡壘去追殺祖蘭和凱斯法師團後，就沒見過他了。除了加瑞爾外，還有三名火藥法師，以及十幾名佩戴歐蘭來福槍戰隊臂章的士兵。第七旅和第九旅在坦尼爾離開後不久抵達，湯瑪士派出了他最頂尖的手下。

絕望感逐漸消失，坦尼爾感到自己的決心越發堅定。

這個任務不再毫無勝算。他能——一定會——救回卡波。

24

湯瑪士怒不可抑。

他策馬緩步穿過艾卓營區，心不在焉地聽著歐蘭的晨間報告。

伊派爾背棄了白旗的和平談判。湯瑪士覺得有些戰爭的規則很荒謬，有些則過於矯情。只要情勢對他有利，他會公開嘲笑那些規則，但和平談判的白旗卻是神聖不可侵犯的，這是締結和平的方式，伊派爾卻在與湯瑪士坐下來和談的同時攻打他的營地……

湯瑪士無法形容自己有多憤怒。

第七旅和第九旅的殘部在坦尼爾離開一小時後便趕到了。亞伯上校——抵達營地後就變成將軍了——整整一個下午和晚上加速行軍，終於提前回歸。湯瑪士立即從他最頂尖的部下和火藥法師中徵召志願者去支援坦尼爾，剩下的兩支精銳旅則在長途行軍後安靜地休息。湯瑪士思考著該如何運用這些兵力。

湯瑪士勒住韁繩，歐蘭的話也隨之停止。「繼續說。」他說。

歐蘭立刻從口袋掏出香菸叼在嘴邊。「你又來了，長官。」他拿出火柴點菸。

「什麼？」

「假裝在聽，其實在想其他事情。」

「才沒有。」

歐蘭吐煙。「你說沒有就沒有吧，長官。」

「我遲早有一天要為了那個忤逆語氣把你槍斃，歐蘭。」

「當然，長官。」

「天殺的，真受不了你。」

「那你還升我當上校。」

「那和這件事又有什麼關係？」

「我見過很多上校，長官，每個都讓人受不了。」

湯瑪士揮開眼前的煙。「亞伯呢？他幾小時前還是上校，你似乎一直很喜歡他。」

「你有和亞伯將軍玩過牌嗎，長官？」

「沒有。」

「他也讓人受不了。讓人喜歡，但受不了。」

「這兩種特質不衝突嗎？」

「他就是這種人。」

「該死，我沒時間講這個了。你剛剛在說什麼？」

「火藥存量的報告，長官。」

「我們的存量足以應付凱斯戰爭嗎？」

「可以，但很勉強。儘管布魯丹尼亞占領艾卓，我們還是能從理卡那邊得到補給。如今少了凱特將軍中飽私囊，我們的火藥比之前多更多。」

「很好，那就跳過報告。今天早上有什麼重要的事嗎？」

歐蘭翻閱著手中一疊字條，嘴上嘀咕著：「畢昂·傑·伊派爾隨第七旅和第九旅抵達，他希望在你有空時見一面。」

「這個可以等。如果現在讓我看到伊派爾的子嗣，我可能會朝他心臟開槍。而我還真的很喜歡畢昂。所有人員晉升都完成了嗎？」

「大部分。」歐蘭說。「所有高階軍官會在八點時到你營帳裡開會。」

湯瑪士查看懷錶。「那我們最好快點結束。」

「當然，長官。」歐蘭翻完字條，清了清喉嚨。

「什麼事？」湯瑪士的心思已經飄回伊派爾身上。他感覺到湧上喉嚨的膽汁，腦中幻想著把刺刀插進他那大肚子裡的畫面。

「長官，還有件事。」

「說。」

「是關於我，長官。」

「看在九國的份上，你又怎麼了？」

歐蘭把文件塞回鞍袋裡。「現況令我困擾，長官。」

「你是我的保鏢，不是嗎？」

「是，長官，那正是令我困擾的地方。」歐蘭調整坐姿，清了清喉嚨。

湯瑪士的耐性快用完了。「說重點。」

「你把我升成上校。一般來說，上校不會是保鏢或侍從官。」

這件事有重要到歐蘭得在這種時候提出來嗎？大部分人不會在八個月內從中士晉升到上校，但湯瑪士還是晉升了歐蘭，因為這樣符合他的需求。「沒錯。」他說。

「我覺得自己沒資格當上校，長官。我希望你把我降級。」

湯瑪士瞪著歐蘭。「還是這件事？又來？」

「是，長官。我沒有自己的部隊，同時讓我當上校、保鏢、侍從是很沒道理的做法。我一點也不在乎被降級。」

「你不在乎？可惡，歐蘭，我叫你在乎什麼你就得在乎什麼。你要指揮部隊？你現在就有部隊了。」

「長官的意思是？」

「第七旅是你的了。」

歐蘭的菸從嘴裡掉出來。「長官！但是你本來要把第七旅交給亞伯上校的——我是說將軍。」

「亞伯將軍指揮第一旅和第三旅。他們遭受凱特和西蘭斯卡羞辱，他會好好整頓他們。你把第七旅和第九旅最頂尖的部隊整合起來，更名為『元帥直屬來福槍戰隊旅』。」

歐蘭坐直了。

湯瑪士繼續說：「你沒有多少指揮經驗，但你認識那些弟兄。我會讓你自己挑選軍官。好好挑，因為你大部分時間還是要待在我身邊。」

「你確定嗎，長官？」

「當然。」

「你要有新保鏢。」

「不，我不用。」

「嗯，長官？」

湯瑪士湊到歐蘭身旁，拍了拍他的肩膀。「你還是我的保鏢，整個第七旅都是。你們是我最信任的人。」

歐蘭難得沒有回嘴，只是說：「謝謝，長官。我很榮幸。」

「別榮幸，做好你的工作。現在，我們去和高階參謀開會。要擬定進攻計畫。」

湯瑪士在營區中央的指揮帳內會見他的高階軍官。

約有二十五名將領擠在帳篷內，裡面多是來自各旅的將軍和上校。當中超過一半的生面孔是新晉升的軍官，而湯瑪士知道今天結束前還會再晉升十來人。亞頓之翼旅長的缺席十分顯眼。溫史雷夫女士說話算話，撤離了前線的兵馬，只留下象徵性的兵力。

由於傭兵缺席加上軍官缺乏經驗，湯瑪士知道這場會議絕對不能再拖下去。軍官和他們的部隊要明白當前的局勢。

湯瑪士從指揮帳後的裂口入帳，掩飾腳上和身側的傷，安靜地走到會議的正前方。歐蘭早已等在裡面，將一些文件攤在湯瑪士的桌上：傷亡數字、部隊兵力、新高階軍官的姓名。湯瑪士幾個小時前已經逐一檢查過，但能有紙本參考還是方便一些。

他站在桌子後方，雙手背在身後，視線落在帳篷的入口處。

時間一分一秒過去，後排有人清了清喉嚨，湯瑪士聽見後勤官的叫聲蓋過營區的嘈雜傳來。

五分鐘後，一名新晉將軍舉手，把假牙握在手中。

「什麼事？」湯瑪士問。

亞伯將軍放下手。「我們是在等人嗎，長官？」

「對。」湯瑪士說。「歐蘭，你可以去看看我們的客人來了沒嗎？」

歐蘭從帳篷後方出去。又過了幾分鐘，湯瑪士感覺到軍官們開始坐立不安。他想像他們在心中嘀咕這是怎麼一回事，為什麼要讓他們像普通步兵般立正站好在這裡等著？明明他們都還有正事要做。

湯瑪士決定讓他們去猜。應該不會再等多久了。

他不知道他的來福槍戰隊追上坦尼爾了沒。他沒料到第七旅和第九旅昨晚就能趕到，但他很慶幸他們到了。他從來沒有如此需要他最強的老兵，而且……

急促的馬蹄聲打斷了他的思緒，伴隨著外面士兵的驚呼聲——是驚訝而非驚慌。湯瑪士能感覺到軍官們因這聲音而緊張起來，但欣慰地看到其中一些人模仿了他鎮定自若的神情。

帳簾掀開時，所有人的目光都轉了過去。

歐蘭進帳大聲宣布：「戴利芙國王陛下，蘇蘭九世。」

隨著戴利芙國王步入指揮帳，原本在低語的軍官們迅速安靜下來。他一手夾著羽飾雙角帽，身穿鮮綠色軍便服，胸口別滿各式勳章。他相貌英俊，有一頭俐落的灰色鬈髮，線條剛硬的下巴和潔白的牙齒，在他漆黑膚色的映襯下顯得格外耀眼。

湯瑪士深吸一口氣，緩緩吐出平復情緒。情況已經與上次和蘇蘭交談時不同了，他不確定戴利芙人更了解現況後還會不會願意支持。

戴利芙國王上前，朝湯瑪士點了點頭。湯瑪士也點頭回應，看著蘇蘭轉身打量與會軍官。

湯瑪士好奇他的軍官在國王面前會如何表現，而他很高興地看見他們和自己一樣帶著敬意點頭致意。蘇蘭或許是盟友，但湯瑪士希望向他以及所有九國的國王表明立場，艾卓人不會在貴族面前卑躬屈膝。蘇蘭似乎覺得這群軍官的反應很有趣，不過他並未回禮。

蘇蘭站在湯瑪士身旁，面向軍官。

歐蘭上前，在湯瑪士耳邊低語：「畢昂在外面。他聽說了一些事，要求見你。」

「阻止他。不要動粗。」

歐蘭默默從帳篷後方消失，片刻後返回。「處理好了。」

湯瑪士清了清喉嚨，吸引軍官的注意。「感謝您大駕光臨，國王陛下。」他停頓片刻，重新掃視了一遍他的軍官們。每一個人都是出色的將領，都是他能信賴的人，會與他一起對抗整個世界。他感到喉嚨突然發緊，視線有些模糊，強迫自己壓抑住這份情緒。

「五天前，凱斯的伊派爾國王要求和談。考慮到我們在奈德溪之役重挫他的軍隊，這並不意外。」眾軍官輕聲笑了起來，湯瑪士等他們笑完。「就在昨天，我與他會面，展開了一場能結束這場戰爭的和平談判。談判的過程比我想像中順利，五個月來，我首度懷抱著血戰將會結束的希望返回營區。」

「——直到我看見火光，這份期待才真正破滅。你們當然都知道了，我們遭受凱斯榮寵法師和擲彈兵部隊攻擊。十三旅傷亡慘重，試圖阻止他們撤退的第七十五重裝騎兵旅也是。我們……」湯瑪士咬了咬腮幫子，壓抑著怒火。「好吧，你們都看過突襲報告了，重點就是：我們在白旗和談期間遭受攻擊。」

眾軍官間掀起憤怒的聲浪。

湯瑪士繼續說：「我絕不會原諒這種罪行。這場戰爭本是防禦戰：奈德溪、肩冠堡壘、瑟可夫谷、巴德威爾。我們承受了背叛和腐敗的打擊，我們對抗一個變態又小心眼的神。今天，我的朋友，我的兄弟姊妹，我們要反守為攻。」

湯瑪士稍作暫停，想起占領艾卓的外國部隊，知道這只是接下來眾多攻擊計畫中的一個。「今天我要進攻位於芬戴爾的敵營。我們會像狗撲老鼠一樣襲擊凱斯部隊，把害蟲趕出我們國家。在所有凱斯混蛋都被趕出我們國界前，我們絕不退縮。他們玷污我們國家夠久了。」

湯瑪士再度深深吸一口氣，將顫抖的雙手負於身後。「你們願意跟我去嗎？」

一小段沉默過後，亞伯將軍的聲音清晰響起：「第一旅和第三旅準備完畢，長官。」

「第七旅聽從你的指揮進攻。」歐蘭說。

「第十九旅任你差遣。」後排的史拉倫將軍喊道。

越來越多聲音加入，直到所有高階軍官都表示支持。最後，當熱情的呼聲平息下來後，蘇蘭王跨步上前，目光掃過在場軍官，然後突然轉向湯瑪士，拔劍出鞘。

歐蘭上前半步。湯瑪士的心臟彷彿要跳到了喉嚨。

蘇蘭捧著劍刃，彎腰鞠躬，劍柄朝向湯瑪士。「我的劍是你的，我的槍是你的，我的榮寵法師和砲兵都是你的，我的六萬兵馬也是你的。我們的聯盟會讓伊派爾震驚，凱斯要為他們的罪行付出代價。」

湯瑪士無法掩飾自己的驚訝之情。他熟悉貴族，艾卓的鐵國王和諾維國王都曾對他致敬，但他從未經歷這種情況。他伸手握住蘇蘭的劍，高舉過頭。

「我願為我的國家犧牲，但更願為我的國家殺敵。讓你們的部隊準備好，我們出發！」

25

阿達瑪帶著對榮寵法師包貝德和凱特將軍的逮捕令，在出發南行的十五天後，馬車再度接近艾鐸佩斯特。

遠遠眺望，這座城市顯得有些陌生。秋日的紅葉與金黃田野似乎掩蓋了工業區的磚造煙囪和倉庫，讓艾鐸佩斯特彷彿沒之前那麼壯觀。他直到走過那片景色，進入城市南區後才發現原因：之前宛如燈塔般聳立在全城中央的克雷辛大教堂不見了。

馬車穿過城南郊區，經過工廠區，一路向北行駛，途經約莫十數間被毀壞的教堂。時至下午四點，秋日的陽光已西沉，他在家門口下車，為了克雷蒙提的人摧毀了艾鐸佩斯特所有教堂而滿腔怒火。

他們有什麼權力這麼做？這不是他們的城市，也不是他們的國家，但當他們把牧師拖出禮拜堂當眾處死時，當克雷蒙提的榮寵法師摧毀教堂時，竟無一人出面阻止。

阿達瑪的心中生出一股陰鬱的病態之感，令他不禁懷疑，自己是否應該接受湯瑪士的任務，替這座城市清理掉克雷蒙提。總得有人跳出來對付那個混蛋。

阿達瑪一手拎著手杖和帽子，將行李提到自家門前台階上，靠門放好。他低下頭，不再去想那些過去的事情。克雷蒙提已經是過去的事，維塔斯也是。此時此刻，他必須告訴菲有關喬瑟的消息。

他在門口站了一段時間，努力思索適當的說詞，這時他聽見了周遭的聲音——或者說，是周遭沒了聲音。沒有說話聲，沒有孩子們的嬉鬧聲，也沒有腳踩木地板的聲響。他抬頭往窗戶內望去，但窗簾拉得緊緊的。他的家人在哪裡？

他雙手微微顫抖，試著轉動門把，但門被鎖住了。他將手伸進口袋找鑰匙，卻因手指僵硬讓鑰匙滑落。

他彎腰撿起鑰匙，聽見鎖栓的摩擦聲，隨後門打開了。他抬起頭。

「阿達瑪？你回來了，真好！」

阿達瑪鬆了口氣，覺得膝蓋發軟。「哈囉，瑪吉。」

艾卓最大紡織廠的領班是名四十來歲的壯碩女子，一頭灰髮，小鼻子上戴著眼鏡。「快進來，我今天下午來陪菲。她說你要……好吧，還要一陣子才會回來。」

「是誰？」阿達瑪聽見菲在客廳問。

「我。」阿達瑪輕聲回道。

「喔，等等！」

阿達瑪進門，放下行李，在門旁掛好帽子和手杖。菲從客廳過來，雙手搭上阿達瑪肩膀。他湊上前去親吻她臉頰，沒辦法不留意到她微笑期待的神情，在他關門時蒙上一層陰霾。

他微微搖頭。

「瑪吉，」菲說。「我很抱歉，但……」

「喔，好了，別這樣，反正我也要回去帶孩子了。妳該和丈夫聚聚。」

「我去攔馬車。」阿達瑪說著，走回街上要馬車調頭。幾分鐘後，瑪吉帶著雨傘上了車。

阿達瑪擠出笑容，在馬車離開時揮手道別，一旁的菲也同樣微笑著揮手。他很難想像她在經歷過那一切後還能如此堅強地面對世界。兩人回到屋內。

「瑪吉說，她要在秋季選舉中參選她那區的財政官。」

「孩子呢？」阿達瑪問。

菲靠著走廊的牆。阿達瑪伸手觸摸牆灰，注意到這裡的顏色與其他地方不一致。她顯然找人來修補牆上的洞了，這是索史密斯用殺手腦袋砸出來的洞。

「理卡說要請個全職保姆照顧他們，」菲說。「我答應了。他們現在去公園散步，兩小時後回家吃飯。」

「安全嗎？」

菲輕輕發出一聲介於嘆息與啜泣之間的聲音，但沒有回答。

「他是好意。」阿達瑪補充道。他們默默在走廊上站了幾分鐘。「我當初就不該回應那次天殺的召喚。」他終於說。「那樣我就不會牽涉到這整件事情——」

「喬瑟死了嗎？」菲問。

阿達瑪感到喉嚨乾澀，艱難地吞嚥了幾下，最後微微點了點頭。最好不要讓她知道真相，她會崩潰的。知道喬瑟死了是一回事，但知道他被邪惡的榮寵法師法術轉化為某種……怪物……最好沒有任何人知道。

菲盯著地板。她回到客廳，片刻後阿達瑪聽見她壓抑的哭泣聲。他閉上眼睛。他的人生怎麼會走到這個地步？

他提著行李走了兩步，又轉身進了客廳。菲坐在椅子上，桌上放著喝了一半的茶杯。阿達瑪在她身旁跪下，雙手搭上她手臂。他沒多久就發現自己也在哭。

阿達瑪哭到衣領濕透，彷彿再也流不出淚來。他兩條腿都麻了，而菲也早已收起淚水，雙眼無神地望著客廳的某處。他親吻她額頭，緩緩地將自己從她緊緊的擁抱中抽離出來，用衣袖擦拭淚濕臉頰，接著清了清喉嚨。

她抬頭看他，嘴角帶著一絲憂傷的微笑。他再次驚歎於她的堅韌。在短短幾週前經歷了那場劫難後，菲竟還能掩藏住內心的恐懼、悲傷與憤怒，為了他和孩子們裝出笑臉——這實在是太了不起了。

「我很擔心妳。」他說。

「我比你想像得堅強。」

「我知道，但我還是會擔心。」

她牽起他的手，親吻他的指節。「擔心你自己就好了。」

「戰地元帥湯瑪士回來了，他打贏一場大勝仗。」而他人根本不在軍營裡，不過我想湯瑪士不希望此事洩露出去。

菲皺眉。「他又找你幫他做事了，是不是？」

「是。」阿達瑪承認。

「不行！你要和他及他的革命劃清界線！」

「冷靜點，」阿達瑪說。「我告訴他我不會繼續幫他了。」

「很好。」

「不過我……」

「不過你什麼？什麼？你這個笨蛋！」

「不過我承諾會幫理卡競選。沒什麼，我不會太投入的。順帶一提，我不是為了幫湯瑪士，而是為了幫理卡。他幫我救妳回來，這是我欠他的。」

菲昂起下巴看著他。「不管欠不欠他，只要走進他的辦公室，你就牽扯進去了。我瞭解他，也瞭解你。」

「所以我什麼都不該做嗎？」

「你應該待在家裡陪伴家人，理卡會理解的。」她再度吻他的手。「暫時別接任何工作了。我們離開這個國家吧。我們可以帶孩子去諾維，我們有包貝德給的錢。」

阿達瑪很想這麼做，真的想，但他覺得這麼做是在逃離現實，會讓他變成懦夫。但他同時也認為這麼做是明智之舉，是對他家人而言最好也最安全的做法。

「我不能就這麼丟下理卡。」他最後說。

「那你就可以丟下你的家人？」

「我又不是……我……」她為什麼就不能明白，她和孩子是他的一切，但他有他的責任，無論是對理卡，還是對艾卓。

菲把他推開。「好，想做就去做，你總是自認你最懂。」

她接下來的話淹沒在敲門聲裡。「妳在等人嗎？」他問。

菲搖頭。「孩子們會從後門回家，但他們還要一個小時才會到。」

阿達瑪慢慢走到窗邊，伸手撩開窗簾，在看見來人後，他立刻跑去開門。

索史密斯站在他家門階上，帽子拿在手裡，傷痕累累的臉上滿是陰沉。老拳擊手對阿達瑪點了點頭，然後對菲說：「晚安，女士。」

「請進、請進。」阿達瑪說。「我才剛到家，本來打算明天去找你。」

索史密斯搖搖頭表示不進屋。

「怎麼了？」阿達瑪問。

「發生爆炸案了。」他咕噥道。

阿達瑪覺得心臟漏跳了一拍，掌心開始冒汗。「什麼？在哪裡？」

「高貴勞工戰士工會。」

是理卡的總部。

阿達瑪腦中閃過一大堆疑問，全部絞在一起，搞得他舌頭都彷彿要打結。

他看向菲。

「快去。」菲催促他。

阿達瑪抓起帽子和手杖，隨著索史密斯奔向等在街上的馬車。

⚔

阿達瑪瞥了一眼冷清的街道，心裡暗暗催促馬車快些。「理卡有受傷嗎？」他問。

索史密斯聳了聳肩。

「他的祕書飛兒呢？」

又聳了聳肩。

「可惡，老兄，你知道什麼？」

索史密斯搖頭。「聽說這件事時，我人在佛史威卻。」

「所以你不在現場？」

「只是覺得你可能會想知道。我正好路過你家。」

「好吧，謝了。」阿達瑪說。「你在佛史威卻幹嘛？」

「幫我哥。」

「當屠夫？」

索史密斯點了點頭。他捏響指節，目光投向窗外。「搬肉，還有大豬，一肩扛一隻。」

「最近有打拳嗎？」

索史密斯依舊望著街道，只是輕輕搖了搖頭。

阿達瑪皺眉。突擊維塔斯巢穴、抓捕維塔斯、救出菲至今已經過了九週。由於危險過去了，他在之後幾天就解雇了索史密斯。索史密斯這麼久沒比賽，感覺有點奇怪。當然他年紀大了，但他狀態依然不錯。大業主為什麼不讓他下場？除非……

「大業主停辦了所有的拳擊賽？」

「對。」

「因為闇人死了？」這是在抓捕維塔斯行動中發生的事。事實上，維塔斯在他們去救菲時親手殺了闇人。

「他還在找新的副手。」索史密斯說。

「我懂了。」大業主是艾卓黑社會的首腦，闇人代表他對外交涉起碼有十八年。闇人之死造成的影響不小，畢竟全世界只有五個人知道大業主的真實身分，包括大業主自己在內。

還有阿達瑪。

阿達瑪清了清喉嚨。「我或許很快會有工作要找你。」他說完立刻後悔。雇用索史密斯，表示他要仰賴保鏢，要仰賴保鏢，就意味著他將捲入自己明知道不該涉足的事情中。但現在的情況是有人企圖要殺害理卡。

索史密斯揚起一邊眉毛。「嗯。」

對沉默寡言的拳擊手而言，這個反應已經很熱情了。

夜幕低垂，華燈初上，當他們接近理卡總部時，大部分店家都關門了。交通擁擠，所以阿達瑪付錢給車夫，和索史密斯走路過去。阿達瑪透過朦朧夜色觀察理卡老倉庫的受損情況。

二樓高處的兩扇窗戶已被炸爛，前門被拆下好讓擔架進出。磚牆結構倒是沒受損，甚至牆上那幅印有理卡的臉和「團結勞工」標語的壁畫也幾乎沒有損傷。一輛空囚車擋住街道，十幾名警察四處走動，和圍觀群眾交談。他們架設火把以補強街燈照明的亮度。

一名警察來到阿達瑪面前。「抱歉，先生，局長命令，所有人禁止進出。」

「我是阿達瑪調查員。理卡沒事吧？」

隔壁一名警官正在問話的對象是位穿著清涼的女侍，理卡的女服務生之一。那名警察抬起頭來說道：「嘿，皮卡戴，你可以讓阿達瑪進來。局長會想見他。」

「局長親自來了？」

「對。他說因為理卡參選第一行政官，所以這件案子將會備受關注。」警察揮手讓阿達瑪通過。他轉向索史密斯，發現拳擊壯漢就站在後面。「來吧。」阿達瑪對他說道。

「我在這裡等。」

「怎麼了？喔，沒有關係。隨你吧。」阿達瑪走進屋內，停下腳步，花了一些時間將建築物的每個細節都記進他那過目不忘的記憶中，以備日後回顧。

這建築雖然確實是一座老舊的倉庫，但理卡早已將其徹底翻修，重新刷上油漆，裝上紅色窗簾、金燦燦的燭台、水晶吊燈，還有哲學家的半身雕像。高貴勞工戰士工會總部的黃金裝飾多到能讓公爵汗顏。大樓大部分是一個開闊的大廳，後方則設有辦公區。

只需一眼就能看出，爆炸源自倉庫的後端。後面的辦公室全毀了，只剩焦黑殘骸，內部沒被爆炸波及的部分也被隨之而來的大火焚燬，只有前方區域逃過一劫。

阿達瑪被這破壞的景象震撼到了。這麼大的破壞力，很可能是有人在辦公室或地下室裡藏了一整桶火藥。要在這種人流頻繁的地方暗藏火藥絕非易事。

警方在工會成員的陪同下巡視廢墟，試圖搶救重要文件和昂貴家具。理卡不見蹤影。阿達瑪壓抑逐漸高漲的恐慌，轉向一名警察。

「你有看到理卡·譚伯勒嗎？」

「在旁邊。」

阿達瑪走到側門。這扇門雖然緊臨爆炸點卻完好無損。側門通向一條小巷，阿達瑪發現理卡背靠門旁的牆壁坐著時鬆了一大口氣。工會領袖雙手抱頭，而飛兒就在附近和警察局長低聲交談。側門外有兩盞油燈照亮整條巷子。

「理卡。」阿達瑪輕聲喚道，蹲在朋友身邊。

理卡抬起頭來，眼神略顯恍惚。「嗯？」他說，音量大得出奇。「喔，阿達瑪，感謝亞頓，你來了。」

「你還好嗎？」

「什麼？喔，我這隻耳朵什麼都聽不見。來，繞過來這邊。」

阿達瑪走到理卡另外一邊。「你還好嗎？」

「還好、還好，只是有點累而已。」他隨手指了指倉庫。「我損失了……好吧，所有一切。數千份文件都沒了，數百萬鈔票，還有達理羅。」

「請告訴我你有保險。」

「有一些，但不夠。」

「工會文件。」

「對。」

「你有副本吧？請告訴我你有副本。」

「有、有。」

「那你就沒有失去一切。誰是達理羅？」

「我的酒保。可憐的傢伙，我請他去我辦公室幫雀莉絲拿外套，然後他就……」他心不在焉地看著倉庫牆面。「他跟著我超過十年了。我有去參加他的婚禮。我得通知他妻子，明天還要親自去探望她。」他終於看向阿達瑪。「只有十四個人死於爆炸，這是天殺的奇蹟。有將近兩百人在裡面舉行宴會。金匠和磨坊工會的領袖死了，街頭清潔工工會的領袖此刻正在截肢。我的聽力沒了一半。雀莉絲被碎片擊中肩膀。真是……」他越說越小聲。

「你還活著，這才是重點。」

「但是競選……」

「你會恢復的。」

理卡終於與阿達瑪對視，阿達瑪發現他還沒從驚嚇中恢復過來。「我有好幾個朋友在裡面。人脈、金錢、時間、資源。一顆天殺的炸彈就毀了那一切。他媽的是誰會幹這種事？」

當然，克雷蒙提似乎是合理的答案。理卡的第一行政官競選對手可不是好惹的，他為了達到目的，會毫不猶豫地殺害數百人，甚至數千人。阿達瑪從對付他的手下維塔斯的經驗中得知這個事實。

「警察會查出來的。」

理卡突然抓住阿達瑪的衣領。「我要你去查。天殺的警察，他們什麼都辦不好。」

「噓！」阿達瑪刻意看向站在十餘呎外的警察局長。理卡的音量很大。

「不要噓我！多少酬勞我都付，阿達瑪，查出是誰幹的！」

「冷靜點，理卡。我會幫你，當然會。」他根本沒得選擇。多年來理卡幫了他和菲太多了。如今儘管違背意願，阿達瑪還是被拖回了亂局中。

26

第二天傍晚，坦尼爾和他的來福槍戰隊及火藥法師，在夜幕的掩護下進入黑焦油森林。為了避免伏擊，他們沿著道路前進，並派兩個人走在前頭，準備隨時應付任何陷阱。

坦尼爾內心深處有種壓迫感驅使著他前行。他們還沒在路邊發現長滿雀斑、嬌小且殘破的屍體，卡波可能還活著。她一定還活著，畢竟那些傢伙在襲擊艾卓營地時選擇俘擄她，而非直接殺了她。他們必須留她活口，這個事實幾乎和找到她的屍體一樣令他害怕。

等追上那些凱斯狗，他會給所有榮寵法師一人一槍，再用擲彈兵自己的鞋帶絞死他們。這股怒意推動著他向前，而腦中有個聲音在警告他這樣做太過激進。

他不理會那個聲音。

也許榮寵法師殺不了她。也許她能用保護他的法術來保護自己，而他們將被迫囚禁她，直到找出解除她魔法的辦法。

但她還是會痛。他們會怎麼折磨她？

他必須救她回來。

「坦尼爾！」

芙蘿拉的聲音讓他如同被黃蜂螫了一般，從思緒中回到現實。

「什麼事？」

「我們得停下來。」

「這麼快？」他眨了眨眼，想潤濕因為迎風騎行而變得乾澀的眼睛。「加瑞爾，下令休息。我們換班。」過去兩天他們都派兩人先行留意陷阱，而他們每個小時都要換班一次。

加瑞爾手指放在嘴前，尖聲吹哨，命令先鋒回來本隊。

「不，」芙蘿拉騎到他旁邊，壓低聲音說。「我們得停下來過夜。目前為止沒有馬在黑暗中絆倒已經是奇蹟，弟兄們都累壞了。」

「黑暗？現在天色還很亮。」

加瑞爾跟隊員說了幾句話，然後朝他們騎過來。「你正該死的處於火藥狀態。」他說。「而且持續太久了，根本無法分辨晝夜。」

「你在說什麼？」坦尼爾揉了揉眼睛，第一次感覺到肩膀的緊繃和腿部的痠痛。或許天真的黑了。「太陽肯定才剛下山。」

「已經快午夜了。」芙蘿拉輕聲道。

她眼中的擔憂讓坦尼爾感到憤怒。她為什麼會在乎？他想對她發火，讓隊伍繼續前進，但他一眼就看出來所有人都滿臉疲憊。「我們在這裡紮營。」他說。「諾琳、芙雷莉，第一班衛哨。我守第二班。芙蘿拉和道爾，你們第三班。我們天一亮就出發。」他下馬，讓馬擋在他和芙蘿拉中間，很高興聽到她離開的馬蹄聲。他只指派火藥法師站哨，這是他父親在小型任務中的做法。儘管火藥法師都是軍官，但他們不像一般士兵那麼需要睡眠。

坦尼爾花了二十分鐘把他的馬梳理乾淨。他在離部隊稍遠的位置紮營，用乾樹枝生了一小堆火，利用火藥點燃。他將手伸向火堆，試圖緩解痠痛，後悔連續三天緊握韁繩。

壓力依然擠壓胸口，彷彿某種野獸正試圖掙脫。他本身的疲憊感只是內心的一道陰影，他懷疑在救回卡波前，自己根本無法入睡。

「諾琳和道爾已巡邏完畢。」加瑞爾無聲無息地從森林的黑影中出現，在坦尼爾身旁坐下。「道上沒有敵軍埋伏。可以生火，沒有危險。」他斜睨了一眼坦尼爾伸手烤火的火堆，語氣帶著一絲嘲諷。

坦尼爾的喉嚨突然變得乾澀。見鬼了，湯瑪士會怎麼說？坦尼爾應該要指揮部隊的，他應該要安排斥候檢查衛哨，再告訴弟兄是否可以生火。「謝謝。」他聲音嘶啞。

「不必客氣。」加瑞爾調整了一下坐姿，懶洋洋地斜倚在樹幹上，從背心口袋掏出一瓶酒。

「來點？」

「不用。」

加瑞爾喝了一口。「你今天吃過東西嗎？」

「當然。」坦尼爾其實根本想不起來自己有沒有吃。過去十幾個小時感覺像是遙遠的記憶，或依稀記得的夢境。

加瑞爾拿出一個紙包丟到坦尼爾大腿上，看起來是行軍口糧。

「我不餓。」坦尼爾說著，想要還回口糧。

「快吃，你這個固執的混蛋。看在亞頓的份上，你以為你是誰？你父親？」

坦尼爾忍住回嘴的衝動，拆開紙包，裡面是牛肉乾和小麵包。他吃到一半發現，這位高大的守山人司令提到湯瑪士就是故意要刺激他。坦尼爾哼了一聲，想要假裝自己沒有被牽著鼻子走。

「你不瞭解我父親。」

加瑞爾當場嗆到，側身大咳特咳。「喔，該死！法特拉斯塔蘭姆酒嗆到鼻子裡了。」

「這什麼反應？」坦尼爾質問。他隱約記得有人提過加瑞爾曾和湯瑪士一起服役。這話好像是幾個月前聽到的，感覺卻彷彿是好幾年前的事了。

「我是說我不小心被蘭姆酒嗆到。」

「不，我是說，當我說你不瞭解我父親的時候。」

「沒事，沒什麼，改天再說。」

加瑞爾不再說話了。坦尼爾繼續咀嚼口糧，面無表情地吞嚥，硬麵包一點味道都沒有。吃東西的時候一直被人盯著感覺很不自在，特別是看你的男人壯得像熊一樣的時候。「你要吃嗎？」坦尼爾問。

「幾小時前吃過了。」加瑞爾說著，又喝了一口酒，目光轉向火堆。

坦尼爾吃完口糧，翻找水壺。加瑞爾再度遞來酒壺，坦尼爾接過。蘭姆酒令他喉嚨灼燒，留下一股淡淡的甜味。「你那道疤怎麼來的？」

加瑞爾挑了一下眉，低頭看著自己露在外面的手腕。一道粉紅色的線條從粗壯前臂一路延伸到手背上。他拉下衣袖遮住疤痕。「你對你爸太苛刻了。」他說。

「什麼？」

「他是個固執的老混蛋，但他很努力當個好父親。」

「那真的和你無關。」坦尼爾覺得自己臉頰漲紅。

加瑞爾笑著舉起雙手求和。「抱歉、抱歉，只是想到就說了。」

他們又一聲不吭地坐了幾分鐘，坦尼爾慢慢冷靜下來。肚子飽滿的舒適感讓他眼皮沉重，他希望自己真的能好好休息一下。

「你在他的部隊裡？」坦尼爾問。「在凱斯的時候？受困敵後？」

「對。」加瑞爾說。

「情況很糟嗎？」

加瑞爾沉默了好一會兒。坦尼爾看著他的側臉，這才發現加瑞爾起碼比幾個月前在南矛山時輕了兩石左右。他右臉頰上有道新傷痕，從癒合的方式來看應該是被魔法治療過，而兩眼都有瘀青初好的跡象。

「很糟。」加瑞爾終於回應。「得殺馬來吃，被凱斯胸甲騎兵追殺，從弟兄手中收集火藥和食物，謹慎考量後重新分配。我槍斃了一個偷走兩週口糧的士兵。」

聽起來像是坦尼爾從父親那聽說過的葛拉戰爭的故事，不過那是二十年前發生在半個世界之外的事，而這是才剛發生在九國中心的事。「湯瑪士讓你指揮？」

加瑞爾聳了聳他寬闊的肩膀。「當然，他得靠我這種人。守山人堡壘裡有各式各樣最低賤的人，罪犯、欠債的人、小偷和笨蛋——該死，你肯定清楚，那絕非艾卓最頂尖的部隊，差得遠了。如果我能管好那些傢伙，我就能一邊管好湯瑪士的步兵，一邊應付斥候和騎兵。」

「但你從不吹噓那些事。」坦尼爾哼了一聲。

「吹噓是要以拳頭為後盾。」加瑞爾舉起火腿大的拳頭。「我能讓成果自己說話，看吧。」他衣袖垂落，再度露出那道長疤。加瑞爾打量疤痕片刻，然後說。「這是凱斯人幹的，他們身穿艾卓藍制服，而我又離主部隊太遠。他們抓到我，毒打我，把我帶去阿維玄。到了那裡，他們才真正開始折磨我。」

他撩起上衣，露出肚子上幾條疤痕。「問不出想要的情報就扭斷我的手腕，骨頭直接插出皮膚。老天，自從小時候被馬車輾過腳後，我就沒叫得那麼慘了。」

「阿維玄？」坦尼爾問。他在前往和談途中與湯瑪士的保鏢歐蘭相處過一段時間，歐蘭跟他說了些第七旅和第九旅在穿過凱斯和戴利芙途中發生的慘劇。「這是剛剛發生的事？」

「戴利芙榮寵法師治療師技術十分高明。我要求他們留下疤痕，讓我有更多故事可講。」他頓了一下。「我聽說包的事了。如果能夠及時送到戴利芙治療師手裡，他就可能完全康復。」

在他的腳幾乎被燒斷的情況下應該不太可能。而且能及時送達的機率也不高。坦尼爾覺得有點哽咽。「你不怪湯瑪士嗎？」

「怪他什麼？」加瑞爾打了個大嗝，然後又喝了一口酒。

「害你被凱斯軍俘擄，害你被刑求。」

「讓我把話說清楚一點。」加瑞爾臉色一沉。「我被凱斯俘擄，完全是我自己的錯。而且我被俘後，湯瑪士立刻趕來救我了。為了救回我，他讓部隊涉險，還和從前被他傷害過的老情人談條件。哎呀，我也傷害過幾個情人，讓我告訴你，與她們和好比移山更難，特別是對湯瑪士那麼高傲的人來說。」

坦尼爾沒想到他會反應這麼大。他張口欲言，但被加瑞爾打斷。

「我這輩子怪過湯瑪士很多事。有些他罪有應得，但是最嚴重的那些——好吧，我得說他是無辜的。再說，被凱斯俘擄讓我有機會做一件我以為永遠辦不到的事。」

「什麼事？」

「朝殺死我妹的人臉上吐口水。」

樹枝斷折聲讓坦尼爾轉頭看向黑暗中的身影。他瞇起雙眼，發現火藥狀態開始消退。片刻過後，芙蘿拉走到火光下。

「加瑞爾，我可以和他談談嗎？」她低聲問。

加瑞爾長嘆一聲，站起身。「剛好我要去尿尿。」他喃喃說道，大步走向黑暗中。

芙蘿拉沒有坐到加瑞爾的位置，而是隔著火堆坐在坦尼爾對面。坦尼爾凝視著火焰，卻能感覺到她的視線彷彿第六感般刺入心頭，那種感覺令他回想起薄床單和光線昏暗的臥房，而他發現自己的臉頰開始發熱。

他撿起一根樹枝，戳了戳火堆。「妳想做什麼？」

「聊聊。」她輕聲回應。

「好吧，」他嘟噥道。「聊吧。」

「我……」

「妳為什麼要來？」坦尼爾突然打斷她，想要出發去追卡波的衝動終於找到宣洩的出口，他的聲音比預期中更大，其他火堆旁的人都抬起頭來往這邊看。「為什麼，」他壓低音量問。「妳堅持不肯放過我？」

「不肯放過你？」芙蘿拉驚訝道。「我是來幫你的。」

「為什麼？湯瑪士派妳來的嗎？不，我想不是。他會想要妳去準備應付凱斯的下一場戰役。妳和我是他最強的狙擊手，他不會在如此關鍵的時刻派妳離開。」

「我主動要求來的。」

坦尼爾湊向前，直到高溫撲面。「為什麼？」她眼中有淚光嗎？無所謂，他要答案。突然之間，他小世界裡其他的一切彷彿都變得無關緊要。「我們從小就是朋友，我們是戀人。妳挖出我的心，丟到地上。」他激動地比畫著。「在上面撒鹽，然後拿去火上烤！」他隱約聽見樹林裡傳來笑聲，但他不理會。「妳為什麼還要來嘲笑我？」

芙蘿拉的表情彷彿融化後又重新塑形，哀傷逐漸消失，取而代之的是鋼鐵般的堅定。她咬緊牙關，臉頰緊繃。他覺得自己像個老水手突然察覺風暴來襲般感應到她體內的鬥志。

「你以為我喜歡被孤零零地丟下兩年？被你抓到的那天晚上以前，我除了你從來沒有其他情人。包親過我一次，但當時我們都還小，而我沒讓事情進一步發展。」

「他什麼？」坦尼爾覺得自己像在騎一匹馬蹄鐵脫落的馬。

她蓋過他的音量。「我沒有其他情人，但我聽到很多謠言。雙槍坦尼爾，法特拉斯塔獨立戰爭的英雄，到處屠殺凱斯榮寵法師，上了幾百個女人，不分晝夜都有野人女法師在服侍。」

「我從來沒不忠過。」

「我聽到的不是這樣。」

「說謊！我看到妳躺在別的男人懷裡，親眼看到了！」

「我很抱歉！」

坦尼爾怒氣沖沖地撲向前，幾乎越過火堆，然後突然停下。「抱歉？」

芙蘿拉鼻翼微微顫動。「這是我第三次想跟你說這件事了，一切都是可怕的錯誤。你去法特拉斯塔，我帶那個傢伙上床，錯上加錯，一次又一次的錯誤。」

坦尼爾慢慢走回他的鋪蓋。他內心有一部分想衝到她面前，把她擁入懷中安慰，但他知道那樣會讓情況更……複雜。他們結束了，這點無法改變。他還有卡波。如果她還活著。

她認定我在說謊。這個想法如晴天霹靂般打在他身上。她以為卡波和我在一起兩年了。「芙蘿拉，」他說，這個名字在他唇間顯得很陌生，因為他拒絕提起這個名字好幾個月了。「我和卡波，我們是最近才……」他越說越小聲。「我得救她回來。」

「我們會救她回來。」芙蘿拉說。

這是她道歉的方式嗎？某種自我犧牲？「為什麼？」他必須知道。

「因為她還愛你，你這笨蛋。」加瑞爾的聲音從坦尼爾左側的黑暗中冒出來。坦尼爾立刻起身拔劍，發誓要把那個壯漢砍成兩半。

芙蘿拉動作更快。她跳進黑暗中把加瑞爾拖回火光下，像小孩般丟在地上，雖然他比她壯兩倍。她氣得咬牙切齒。

加瑞爾在地上扭動，他們過了一會兒才發現他在笑，笑得連眼淚都流出來了。芙蘿拉一腳踢中加瑞爾肋骨，他哀號了一聲，接著又繼續大笑。「到底有什麼好笑的，你這個胖混蛋？」她抓起他頭髮，令他跪在地上，然後他的笑聲戛然而止，眼中浮現危險的目光。

「芙蘿拉……」坦尼爾上前，隨時準備跳到兩人中間。

「你喜歡亂管別人的閒事，是不是？」芙蘿拉在加瑞爾耳邊說。「好吧，這個閒事如何——坦尼爾，這個毛屁股是你舅舅，他在南矛山沒告訴你，是因為守山人酒鬼的形象令他羞於啟齒，而他現在不告訴你是因為……好吧，我也不知道。」她朝加瑞爾背部狠狠踢了一腳，怒氣沖沖地步入黑暗中。

加瑞爾停在火堆前，輕巧地翻身而起。他擦掉眼角的笑淚，目送芙蘿拉離開，然後轉向坦尼爾。面對坦尼爾的目光，他露出蠢笑，遞出酒壺。「喝點？」

「我天殺的舅舅？」坦尼爾問。

加瑞爾深深鞠躬。「潘斯布魯的賈可拉，在此為你服務，外甥。」

27

阿達瑪想起上次造訪天際王宮的經歷，不禁打了個冷顫。那是在六個多月前的深夜，戰地元帥湯瑪士召見他，讓他調查艾卓皇家法師團成員死前的遺言。當時王宮花園一片漆黑，沒有任何守衛，讓他心生不安，即便現在回憶起來，仍能感受到那股陰影般的壓力。

不過他也承認，今天早晨的不安源自於不同的原因。克雷蒙提是已故維塔斯的老闆，會雇用那種怪物的人肯定也是怪物。阿達瑪渾身上下每個細胞都在尖叫著要他轉身逃跑，回家鎖上門，再也不要在這座城市接任何工作——不要去管理卡、湯瑪士、克雷蒙提，還有所有和這場死亡之舞有關的任何人。

然而，他已經向理卡許下承諾，於是他整了整外套，拍了拍帽沿。

大部分的花園經過一整個無人照料的夏天都雜草叢生，數十名身穿布魯丹尼亞—葛拉貿易公司制服的哨兵在園裡站哨。阿達瑪的馬車沿著前門車道行駛，經過高大的銀板大門，繞過轉角，來到僕役出入口。

阿達瑪跳下馬車時，三名警察和警察局長也從他們的馬車出來。局長朝阿達瑪點帽致意後，大步走向看似平凡的雙扇門，敲了兩下門。

門打開一條縫。雙方低聲交談了幾句，隨後局長帶領手下進入門內，阿達瑪也跟了過去。

阿達瑪轉頭對剛從馬車下來的索史密斯說：「跟緊。我一點也不信任克雷蒙提。」接著他快步跟上局長問道。「克雷蒙提怎麼會在這裡？」

「他要競選第一行政官。」修伊局長面無表情地回應。修伊，一個目光銳利、聲音輕柔的女人，淡棕色鬈髮塞在帽子下，身穿寬鬆的連身裙，看起來既實用又優雅。她在鐵國王死前不久上任警察局長，根據傳聞，她也是最早得知政變的人之一。聽說鐵國王之子慘遭處刑時，她說了一句很有名的話：也該是時候了。

「我是說這裡，在王宮裡。」

「他向市政府租下這個地方。」修伊說。「用來安置部隊和榮寵法師。」

「我們就這麼租給他？」

「據我所知，是總管大臣同意的。」修伊說。「總比閒置好。克雷蒙提支付一大筆錢租用王宮和用地，而我們城市需要這筆錢。」

「我很驚訝湯瑪士沒放火燒了這地方。」阿達瑪說。

「我不驚訝。這裡是歷史遺跡，已有超過四百年的歷史，很多牆壁和天花板本身都是藝術品。我想湯瑪士知道不能為了洩憤就摧毀那一切。」

阿達瑪承認局長說得有道理。他發現就連路過的大廚房牆上都有鮮艷壁畫。

「不過，」修伊補充道。「湯瑪士將大部分的藝術品和家具搬到了國家美術館。我聽說有些被賣了還債，剩下的就公開展示。我覺得這種做法值得讚賞。」

「但摧毀掉與貴族有關的東西還是更安全。」

「對，看來湯瑪士不只是個務實的人。誰想得到？」

他們離開廚房，走僕役樓梯前往主樓層。阿達瑪聽說王宮後的走道本身就是座大迷宮，而這是他首度置身其中。克雷蒙提的僕役領著他們繞過無數個轉角，數量多到阿達瑪認為缺乏他這種天賦的人很可能會迷路。他常常停下來催促索史密斯跟上，以免拳擊手因沿路的藝術品分神。

他們經過許多房間，每間似乎都比前一間更大，金飾和壁畫也更加華麗。有些房間有一整面牆的大理石壁爐，有些房間拉起窗簾，整間黑漆漆的，僅存的家具也都蓋上白布防灰塵。

這時，僕役突然讓道，指著一扇門。

修伊和她的手下走進門。阿達瑪沒急著進去，心中揣測克雷蒙提要他們使用僕役走道和入口，而非回音陣陣的大廳和華麗高大的正門，是否有特殊意圖。或許是想讓他們明白，自己在他眼裡毫無地位可言？

阿達瑪瞥了索史密斯一眼以安撫自己，然後跟了進去。

「歡迎、歡迎！」克雷蒙提的聲音在圓形天花板間迴盪。這個房間約有一千兩百平方呎，不同於剛路過的其他房間，這裡全以銀色裝飾。牆上有金屬色的油漆和華麗的銀板飾邊，就連兩座壁爐也與牆壁一致，採用深淺灰色相間的大理石所製。天花板上的壁畫描述某個遠古英雄和雙面神靈交易的故事。

是布魯德。克雷蒙提會挑選這間由布魯丹尼亞的雙面守護神看顧的房間，倒也貼切。

克雷蒙提身穿絲綢睡衣，外搭一件精緻長袍，雖然早上九點多了，他還是慵懶地斜倚在翼背椅上，一旁的窗戶能俯瞰花園。他一手拿著杯子，另一手拿報紙，在他們接近時起身，再次熱情地歡迎他們。

「局長，很抱歉我還沒換衣服。昨晚熬夜為下午城市花園協會會議準備競選講稿。」

修伊伸出手。「感謝你這麼快就接見我們。」

「一點也不麻煩。喔，阿達瑪調查員。早安，先生。」

「早安。」阿達瑪語氣生硬，覺得有滴汗沿著後頸流下。

「你美麗的妻子和孩子還好嗎？」

阿達瑪勉強擠出笑容。這次會面實在是個糟糕的決定。

「我不知道你認識調查員。」修伊說。「也不知道你見過他家人！」

「我們抵達當天，調查員有來迎接。」克雷蒙提說，嘴角揚起寬大的笑容。「而我聽說過他妻子的名聲。」

在其他人眼中，克雷蒙提的笑容或許看來優雅，但在阿達瑪眼裡，那笑容充滿嘲弄的意味。

克雷蒙提向阿達瑪伸出手。

「我不握手，請見諒。」阿達瑪說。

「當然。」他的語氣慵懶至極。「修伊——我可以叫妳修伊嗎？修伊，我猜妳是為了昨天理卡·譚伯勒的意外事件而來。」

「沒錯。」警察局長說。

「我向妳保證，事情和我無關。」克雷蒙提回到窗邊的椅子前，優雅地坐了回去，長袍飄逸。「我可以請各位用早餐嗎？蛋？咖啡？小麵包？」

「不用了，謝謝。」修伊說。「希望你理解我們必須查看你的紀錄？這個案件關注度很高，而你又是譚伯勒先生在第一行政官選舉的競爭對手。你有資源，也有動機。」

「我明白。歡迎你的手下查閱我的所有紀錄，並訪談我的員工。當然，只要不影響我的選情就好了。」

「我們會盡可能低調進行。」

「非常感謝。」

阿達瑪再度掃視房間，想找出剛剛漏掉的細節，也努力控制住自己的情緒。好的調查員絕不會被情緒左右。

除了克雷蒙提坐的椅子，房內還有三張椅子，但他沒有請客人坐下。陽光透窗而來，在地面和內牆灑落長長的陰影，讓他難以直視克雷蒙提。這是精心挑選的位置，還是巧合？

這個畫面令他不安，但他說不清原因。

阿達瑪認定這是刻意安排的，克雷蒙提這樣的人不會隨意行事，連穿著睡衣也意圖傳達某種訊息。想表現出漫不經心？還是不屑一顧？

「克雷蒙提閣下，」阿達瑪說，打斷克雷蒙提正在說的話。「你可以給我們任何你不想殺理卡的理由嗎？」

克雷蒙提似乎吃了一驚。「當然，有好幾個原因。首先，攻擊譚伯勒先生但又沒殺死他，只會增加民眾對他的同情。」

「也會讓你的對手弱點曝光。」

「或許吧，但他深受愛戴，他的第二行政官會出面代替他參選，而我一點也不想和雙槍坦尼爾那樣的戰爭英雄競爭，尤其在他殺了一個神之類的謠言滿天飛的情況下更加不想。崇拜他的人數和他父親差不多。」

*問題在於他會站出來嗎？*阿達瑪暗忖。但他覺得最好不要提出來，以免給克雷蒙提提供新想法。「所以你認為理卡活著，你的勝算比較大？」

「沒錯。他要活著，而且四肢健全。」克雷蒙提惋惜地搖了搖頭。「不管誰該為那場悲劇負責，肯定會有民眾怪在我頭上。我希望整件事情沒發生過。我現在的選情不錯，民眾觀感度佳，支持者越來越多，我還剛得到很棒的背書。選舉還有一個多月，爆炸案這種會影響群眾觀感的事件只會對我不利。」

「我可以請問誰會幫你背書嗎？」

「你會和群眾一樣在幾週後得知此事。他是我的王牌，如果你不介意我這麼說。我不想太早走漏風聲。」

「我懂了。很抱歉打斷你們談話，局長。」說完，阿達瑪陷入沉默。

修伊審視了阿達瑪片刻，然後繼續對克雷蒙提進行一系列例行性提問。阿達瑪很高興聽到她審問他的語氣比曼豪奇失勢前更嚴厲。他聽還在警隊裡的朋友說，現在查案比以前容易多了，因為他們不必再對貴族卑躬屈膝。

阿達瑪聽了幾分鐘後，悄悄走出房間，來到天際王宮北翼的大走廊。他要整理思緒，房裡的某些東西讓他不安，那種感覺在他意識邊緣遊走，若即若離，偏偏又觸摸不著。

他沿著走廊走，聽著手杖敲地聲，以及索史密斯跟在身後的沉重腳步聲。除了這些聲音，走廊上一片死寂。這很奇怪，因為克雷蒙提有五千兵馬駐紮在此，他本以為會更熱鬧一些。

一陣細微聲響吸引他的注意。他轉過頭，循聲走過三間空會客室，來到第四間，發現那些細微的摩擦聲是五十支筆齊刷刷的書寫聲。一間會客室被改成抄寫室，數十人坐在房內的書桌前專心工作，一名監工在走道上來回巡視，不時彎腰對書記說話。

阿達瑪繼續探索王宮北翼。他又找到兩間擠滿克雷蒙提手下的會客室，還有一間配備了印刷機。印刷室靜悄悄的，但最近肯定使用過，房間四周鋪滿了棉花墊以降低噪音，圓頂天花板下還掛著數千份正在晾乾的報紙。

自己印報紙，還從理卡的競爭者手中買下報社。非常聰明。

「看來克雷蒙提很有信心啊。」阿達瑪評論，聲音在走廊上迴盪。

「是呀。」索史密斯咕噥道。「太有信心了。」

「我不喜歡這樣。你有聽說過這個背書的傳聞嗎？」

索史密斯搖頭。「人們議論紛紛，有人喜歡他，有人討厭他。選情並不明朗。」

好吧，聽起來沒什麼幫助。阿達瑪用手指敲了敲杖頭。「你覺得克雷蒙提本人有什麼奇怪的地方嗎？」

索史密斯聳了聳肩。「看起來很和善。」他壓得指節喀喀作響，臉色陰沉。

維塔斯殺了索史密斯的姪子，而索史密斯不打算放下那件事。阿達瑪突然發現帶高大拳擊手來並不是個好主意。

當然，如果他拿克雷蒙提的腦袋去撞牆，肯定能讓很多人日子好過很多。

「就是有件事……」阿達瑪在他們回到銀房間時越說越小聲。克雷蒙提的僕役一臉懷疑地看著他和索史密斯，但是沒問他們上哪兒去了。

「啊，你們回來了。」修伊說。「我們正要離開，調查員。」她不耐煩地舉起帽子，示意他們朝門口走去。

「請見諒，局長，」克雷蒙提說。「但我可以和阿達瑪私下談談嗎？」

修伊點點頭，走了出去。阿達瑪覺得自己心跳加速。單獨談？和克雷蒙提？那他可能會抵抗不了用手杖打爛他腦袋的誘惑。

他讓索史密斯先離開。不久後，房間裡就只剩下他和克雷蒙提。

「調查員，」克雷蒙提說。「我希望你能將過去我們之間的不愉快留在過去就好。」

阿達瑪咬牙切齒。你的手下綁架了我妻子和孩子！以令人髮指的方式折磨他們，還害死了我兒子！我要殺了你。「如您所言。」他說，想起從前和貴族進行尷尬談話時會用的措辭。

「不要在我身上浪費時間，調查員。我沒有暗殺譚伯勒先生，也不知道是誰幹的。我願意幫忙調查，但我想你大概不會接受。」

「那就拭目以待吧。」阿達瑪冷冷地回應，模仿克雷蒙提那種屈尊俯就的態度。「感謝你的建議。」

克雷蒙提迅速起身，幾個跨步來到阿達瑪面前。陽光正好照在他身後，將他籠罩在一圈光暈中，逼得阿達瑪不得不移開視線。「如果我要譚伯勒先生死，阿達瑪，」克雷蒙提輕聲說道。「他早就死了。」

「也可能是你的手下搞砸了。」

克雷蒙提哼了一聲。「沒錯。你真是個疑神疑鬼的傢伙，調查員。小心別讓這疑心把自己送進墳墓了。」克雷蒙提轉過身去，背對阿達瑪。阿達瑪很想給他一杖。只要打得夠準，他的手杖就能讓對方癱瘓。阿達瑪很肯定自己能在其他人趕回房前掐死他。

他嘗試反唇相譏，卻發現自己竟無言以對。最後，他無奈地轉身退出房間，與修伊、索史密斯和其他警察一同走向僕役樓梯。

「他想怎樣？」修伊問。

「沒什麼重要的。」阿達瑪喃喃說道。

他們被人領著穿過走廊迷宮和僕役門回到王宮側門。阿達瑪先上了馬車，接著上車的索史密斯讓車廂劇烈晃動。阿達瑪用手杖敲了敲車頂，但馬車沒有移動。

修伊來到車窗邊，出言提醒：「調查員，你最好離克雷蒙提遠一點。」最好。但我不會。「沒有不敬的意思，但我有工作要做，局長。」

「我也沒有不敬的意思。離他遠一點，克雷蒙提不是我們要找的人。」

「妳怎麼知道？」

修伊掀起帽子，探頭到馬車裡。她看了索史密斯一眼，然後指示阿達瑪下車。兩人走了十幾步。「跟我來的警察裡有個技能師。」她壓低音量。「我們沒有聲張，因為即使你開啟第三眼也很難在艾爾斯裡看見他。」

「他有什麼技能？」阿達瑪問。

「你發誓不洩露出去？」

阿達瑪點頭。

「他能聽出謊言，他知道一個人是在說真話還是謊話。他是我們的祕密武器之一，如果洩露出去，大業主肯定會派人殺他。」

阿達瑪吹了聲口哨。「他確實有理由這麼做。」

他聽說過這種技能師，世界上最有價值的技能師之一，十分罕見。阿達瑪很想問問對方為什麼要幫艾鐸佩斯特警方辦事，如果他幫某國國王擔任真相師的話，他就可以過著——好吧，和國王一樣的生活。但這個問題得等會再說。

「你是說克雷蒙提沒說謊？」

「幾乎每一句都是實話。在我們可以取得所有員工配合的這方面有些含糊其辭，但那並不意外，像他那種人肯定有祕密，但他沒有下令暗殺理卡。」

阿達瑪向局長道別，回到馬車上，嘆了口氣。

「有什麼重要的事嗎？」索史密斯問。

「不是克雷蒙提幹的。」

「嗯。」

「我也是這麼想。如果不是克雷蒙提，我甚至不知道要從哪裡開始查起。」馬車很快開始行駛，阿達瑪慢慢在腦中列出理卡的敵人清單。「我們得去見理卡。我得查出克雷蒙提獲勝的機會是不是和他想的一樣高，或許我們會有……」阿達瑪越說越小聲，腦中浮現一個念頭。

「怎麼了？」

「我們也得去圖書館，得等到明天了，但……見鬼！」

索史密斯揚起一邊眉毛看他。「什麼事？」

「我終於想明白為什麼那個房間讓我覺得古怪了。克雷蒙提剛剛坐在窗邊，晨光是從他身後灑落的。」

「然後呢？」

「他沒有影子。」

28

「戰地元帥湯瑪士！」

聲音沿著隊伍傳來。湯瑪士聽到熟悉的聲音，肩膀微微繃緊。馬蹄聲逐漸接近，還因為騎得太靠近部隊，時不時出現步兵的咒罵聲。一旁的歐蘭已經調轉馬頭，不是在看騎馬來的人是誰，而是在看晚上要教訓哪些士兵。

此刻他們絕不能容忍任何不敬軍官的行為，即便是對艾卓敵軍的軍官也一樣。

「午安，畢昂。」湯瑪士在對方和他並肩騎行時說。

「戰地元帥。」畢昂說。凱斯王座第三順位繼承人看起來氣色不錯。拜戴利芙的榮寵法師所賜，他的傷口癒合得很好，經過數週的休養和享受蘇蘭款待後，臉頰也豐潤了許多。「我必須和你談談。」

「看來你已經在談了。」湯瑪士說。儘管蘇蘭的治療師已盡力醫治，他側腹的傷口依舊癢得厲害，也還是能感覺到那股劇痛，只是不知道這是真實痛感，還是受老朋友背叛而產生的痛楚。

年近三十的畢昂相貌依然稚氣，皇家法師團利用魔法讓王室成員外表年輕，不過，在克雷希米爾手指之役留下的淺淡疤痕讓他看起來較為嚴肅。他脫下帽子，擦拭額頭。「可以的話，我想私下談。」

湯瑪士和歐蘭交換眼神。保鏢微微一笑。

「行軍時很難私下談，王子殿下。」湯瑪士說。

「事態嚴重。」畢昂堅持道。「我……」他停了停，瞥向附近行軍中的步兵，隨後壓低聲音說。「我聽說你遣走了我父親的信差，甚至沒聽他們說話！」

「看來有人口風不緊啊，歐蘭。」

「我會處理，長官。」歐蘭正色說道。

畢昂神色一僵。「我沒安插間諜，但我有耳朵！你的手下大聲交談，我用聽的就知道營地裡的情況。」

「你不認同嗎？我發現讓手下閒聊，比凱斯那種用恐懼讓人強制閉嘴的方法好多了。有助於提振士氣。」

「你在迴避我的問題。」

「你說那些信差？那確實是真的。我和他們無話可說，也不想聽他們說話。你清楚你父親幹了什麼。」

「但真的是他幹的嗎？」畢昂問。「你確定嗎？」

「我有三十七具身穿凱斯擲彈兵制服的屍體。他們身上有凱斯火槍、刺刀、劍和火藥，錢袋裡還有凱斯硬幣，連靴子都是凱斯南部出產的。我想這是非常明確的證據。」

「我同意，但是……」

「但是什麼？」湯瑪士感到怒火再次燃起。他敬重畢昂，甚至喜歡他，在他對凱斯王族所能抱有的少許好感內。畢昂是戰技高超的胸甲騎兵，心思十分敏銳。讓湯瑪士沒想到的是，他竟然會如此天真。

畢昂在湯瑪士接著說話前開口：「但是我不認為我父親會這麼做。他們為什麼要往西跑，不往南？如果是我父親的部隊，攻擊後肯定會直奔凱斯戰線。」

「往西走是因為他們要避開營地後方，繞過部隊會比殺出一條血路來得輕鬆，也更迅速。而你不認為他會這麼做？你父親，那個為了讓戴利芙向艾卓宣戰而下令摧毀阿維玄的傢伙？你自己也說了，你父親很可能因為你的行動失敗處決你，而不是歡迎你這個歷劫歸來的兒子。」湯瑪士搖頭。「解釋給我聽聽，最好說得簡單點，我恐怕沒你那麼聰明。」

畢昂瞪著湯瑪士，讓湯瑪士隱隱看出伊派爾家聲名遠播的壞脾氣。畢昂會不會動手攻擊自己？歐蘭會不會在他動手時擊斃他？湯瑪士有些想知道結果，但現在顯然不是時候。「這裡不是凱斯。」湯瑪士輕聲道。「你自己決定要跟我走，而不是跟著戴利芙軍走的。部隊會尊重你，但你的忠誠在這裡沒有多大意義，伊派爾之子。」

「即便是我父親，也不會違背白旗和談。」畢昂沉默片刻後說，語氣中帶著一絲懷疑，似乎希望說服自己這話的真實性。

「我認為他會。我知道他已經這麼做了。我不介意你去檢查那些擲彈兵的屍體，他們都在隊伍最後的馬車上。我打算把他們扔到你父親腳邊，然後把他本人丟進地牢裡。你們必須支付全國的克倫納才能贖回他。」

畢昂抬頭挺胸，手指緊握不在腰間的騎兵軍刀。「你太過分了。」

「長官。」歐蘭低聲道。湯瑪士偏開目光，看向保鏢。歐蘭一隻手拿著香菸，透過指尖冷冷看著湯瑪士。

湯瑪士冷靜下來。「或許你說得沒錯。」他對畢昂說。

「那就接見他的信差！」畢昂說。「你可以避免更多殺戮。」

「不、不，我不是說你父親的事，我是說我太過分了，我願意道歉。你父親在白旗和談時攻擊我軍，大概是因為他不知道戴利芙軍即將趕到。他會付出代價的，雖然我懷疑會是他的手下付出代價，而不是他本人。更多殺戮是無可避免的。」

湯瑪士心中隱隱感到不安。伊派爾應該知道戴利芙軍快要趕到，也應該知道戴利芙軍已經從西北方入侵凱斯，那他為什麼要大膽進攻艾卓營地？

每次思索，他都得到相同的結論：伊派爾大概已經發現了卡波對克雷希米爾的掌控力，想把一切賭在擄獲她上。或許他現在正在研究如何喚醒克雷希米爾，讓神摧毀所有阻擋他的一切。伊派爾真的絕望到這種地步了嗎？坦尼爾趁夜偷走克雷希米爾血床單的故事令他毛骨悚然，伊派爾怎麼可能會想和這種瘋神扯上關係？

湯瑪士不知道戴利芙皇家法師團有沒有能力和這種力量抗衡，但他不打算和畢昂分享這個情報，最後他說：「你父親的信差是拖延戰術，他會盡可能拖住我，好趁機從凱斯調動新兵。我不允許那種情況發生。」

畢昂終於妥協，低頭凝視著鞍角，若有所思。湯瑪士樂見那份寧靜，希望畢昂能一直保持下去，心裡一邊想著，坦尼爾對於他派芙蘿拉和加瑞爾去幫忙會有什麼反應。他掙扎了許久，擔心這個決定會令坦尼爾焦頭爛額，但湯瑪士希望坦尼爾想拯救野蠻情人的決心能迫使他和芙蘿拉合作。除了湯瑪士自己和坦尼爾，這兩人是火藥師團中最致命的組合了。

或許加瑞爾能讓他們保持冷靜。

歐蘭把湯瑪士的注意力轉移到一名快馬加鞭的信差身上。她身穿艾卓重裝騎兵的藍銀制服，滿身大汗、風塵僕僕。湯瑪士注意到她的銀衣領上有血跡。女人在他面前停馬敬禮。

「長官，莎莉下士回報，來自第七十九重裝騎兵旅。長官，請容我喘氣片刻，長官！」

「准。」湯瑪士應允，和歐蘭交換眼神。第七十九旅應該在查探西方平原，難道那天晚上凱斯榮寵法師企圖穿過平原，結果遇上他的重裝騎兵？「畢昂將軍，請見諒。」湯瑪士等到凱斯王子退到聽不見的距離外之後才問。「妳受傷了嗎，士兵？」

她面露疑惑，然後摸摸衣領。「喔，這個？不是我的血，長官，是凱斯胸甲騎兵的。」

歐蘭騎到她身邊，遞出他的水壺，她感激地接下，一口氣灌了半壺，還濺了些水在臉和脖子上。她交還水壺並道謝：「謝謝你，長官。」

「你的報告？」歐蘭問。

「我們在吉斯費羅以北遭受凱斯胸甲騎兵攻擊。我們人數是敵方的兩倍，但他們搞突襲，在我們回過神來打贏戰役前造成不少損傷。」

「你們損失多少人？」湯瑪士問。

「一百二十七人死亡，三百一十二人受傷。我們殺了一百七十一名敵軍，擄獲兩倍人員，大部分都受傷了。」

「我想，本來可能更糟。」

「確實更糟，長官。戴維斯上校死了。」

湯瑪士咒罵一聲。戴維斯上校是能力不錯的騎兵指揮官，雖然有時候比較短視。「吉斯費羅在北邊。可惡，他們怎麼跑到我們後面去的？他們在北方那麼遠的地方做什麼？」

莎莉下士搖頭。「不清楚，長官。我回來的途中經過兩個重裝騎兵連，三十六旅受創慘重，他們少校所有信差都死了。他們要我帶來一份報告。」她把報告交給歐蘭。「我還遠遠看見更多凱斯軍，大約位於西北方八哩外，看起來是重裝騎兵，至少有一個團的人。」

湯瑪士收下報告，迅速閱讀，然後交給歐蘭。「去休息吧，下士。我十五分鐘內會想好給七十九旅的命令。」

信差敬了個禮，順著部隊騎走。湯瑪士再度低聲咒罵：「我不能繼續折損資深軍官了。去查查七十九旅有沒有人有資格晉升。如果沒有，就從我之前給你的名單裡找人。」

「是，長官。」歐蘭說。

「還有，傳令給重裝騎兵團，讓他們知道伊派爾企圖奪取平原的優勢。他肯定是在和談當天就已經派遣所有騎兵北上。我軍得小心陷阱。他想擾亂我們，我可不會放任此事不管。派信差去找蘇蘭，看他能不能派遣兩千重裝騎兵支援我們。」湯瑪士努力在腦中理出頭緒。下士所說的衝突地點應該是坦尼爾追擊那些凱斯榮寵法師的方向。或許凱斯騎兵在掩護擲彈兵撤退。

「長官，我們的胸甲騎兵呢？」

「他們在開闊地形上移動太慢，我要讓他們等到攻擊凱斯陣線時再出陣。如果伊派爾把所有騎兵浪費在平原上，在真正開戰時就沒有兵力可以反制我們。」

「但他們會在我軍後方，長官。」

「而且和主軍斷了聯繫。我們可以利用這點。問問蘇蘭有沒有會騎馬的榮寵法師。」

「喔，有的話伊派爾的騎兵就慘了。好主意，長官。」

「看來又有信差來了，長官。」歐蘭朝隊伍點點頭，只見一名騎兵越過山丘朝他們奔來。

「見鬼了，這回又怎麼了？」

來人是湯瑪士本部的信差，擔任前鋒的巡邏隊。「長官。」他還未停下馬就開始匯報。

「告訴我，我們已經逼近敵軍陣地。」

信差皺眉。「沒錯，長官，不到四哩。」

「然後呢？」

「他們不見了，長官。他們逃了。今天早上離開的，還加速行軍。」

湯瑪士感覺有隻冰冷的手抓住他的內臟。他遣走信差，坐在馬鞍上沉思。

「長官？那不是好事嗎？」歐蘭問。

「不是。」湯瑪士說。「和我猜的一樣——伊派爾開始撤退，採用拖延戰術。他只要拖到喚醒克雷希米爾，就會殺光我們。」

「長官，該怎麼辦？」

「我們追，然後希望坦尼爾及時追上他的骨眼野人。」

「如果他沒趕上呢？」

「那我們就死定了，而我打算在死前拖伊派爾陪葬。」

29

「你為什麼不告訴我？」坦尼爾問。

他與加瑞爾並肩沿著往西的道路騎行，竭力不去想芙蘿拉。加瑞爾說她依然愛他，而她也沒有否認。這個發展令他震驚，他從來沒想過會有這種事，她不是已經和別的男人睡過了嗎？這不是意味著她不再要他了嗎？過去六個月拚命深埋的情感如今突然湧現。在昨天晚上之前，他們完全斷絕往來，他已經整理好自己，繼續前行，卻發現之前得知的事實不夠全面。

這讓他感到困惑，甚至有種想開槍的衝動。

身旁的壯漢坐姿歪斜，看似半夢半醒，隨時可能從馬鞍上摔下來，但這只是表象，他正密切地注意著道路，像學者研讀一門早已失傳的語言般閱讀泥土上馬蹄的痕跡。

「嗯？」他低聲咕噥道。「喔，你是說南矛山的時候？」

「對。」

「我醉了。」

「可你很快就清醒了。」

「好吧，那很奇怪。我其實以為你知道。」

坦尼爾更加仔細地注視著這位大個子守山人司令。「什麼？」

「我沒料到湯瑪士沒跟你提過我，等我反應過來時，我們正處於激烈的圍城戰中，根本沒機會說。而且我想他可能有不告訴你的理由，畢竟南矛山的守山人是個酒鬼。」

坦尼爾不禁感到一陣憤慨。「所以你沒打算告訴我？我以為……這些年來，我一直以為湯瑪士就是我唯一的親人。」

「真的？」加瑞爾在馬鞍上挺直。「你知道，每當我以為我可以忍受你爸幹那些狗屎事時，我就會發現這類事情。他連提都沒提過我？」

「我隱約記得有人提過我舅舅。」坦尼爾說。「但沒有細節，沒有名字。」

加瑞爾輕輕拉了拉韁繩，咕噥道：「自從你母親過世後，我就成了無可救藥的酒鬼。或許湯瑪士不想讓你和我接觸，他覺得提起其他家人會讓他無法承受。」他哼了一聲，表達他對這種做法的態度。

「無法承受？我以為那傢伙沒有感情。」

「你會很意外的。你還有個舅舅叫坎門奈，是我弟弟。我們去暗殺伊派爾時，他還只是個小男孩，年紀不比你現在大。他葬在凱斯。」加瑞爾舉手示意停下，指著地面。「騎兵。大約六十個，昨天經過這裡，曾在此休息過。如果我沒記錯，前方就是那條南北向的康德大道了。我們最好放慢速度，準備迎敵。如果還有埋伏，應該就在這附近了。」

坦尼爾把想問加瑞爾的問題暫時壓下，強迫自己無視見到芙蘿拉朝他們過來時的情緒波動。她和一名來福槍戰隊士兵在執行偵查任務。他可以從她前傾的緊張姿態中看出，她有所發現。

「我們再過一哩半會到岔路。」她來到他們面前報告。「擲彈兵設下了陷阱。」

「妳怎麼知道？」加瑞爾搶先坦尼爾問。

「他們在南方兩哩外，埋伏於道路兩側。我靠得很近，能感應到他們的火藥。判斷完他們的位置後我就回來了。」

坦尼爾問。「有榮寵法師嗎？」

「我的第三眼沒看見。」

「太好了，他們的榮寵法師可能先離開，把這些人留下來對付我們。我們有地理優勢，可以反將他們一軍。」

「不止如此，」芙蘿拉說。「我可以直接引爆他們的火藥，一次性把他們全炸掉。沒幾個火藥法師能從這麼遠的距離引爆火藥。」

「沒幾個？只有妳而已。」

芙蘿拉對他露出笑容。「所以他們不會料到。」

「卡波或許在他們手裡。」

「榮寵法師不在的話，她就不會在那裡。」加瑞爾說。「如果他們知道她手裡有什麼，就會帶她先走。」

沒錯，他們會帶著她一同撤退。但……萬一沒帶呢？芙蘿拉會引爆他們所有火藥，把她和其他擲彈兵一起炸死。「不能冒險。」

「在艾爾斯裡看得見她嗎？」芙蘿拉問。

「她有魔光，大部分人看不見。」

「你看得見？」

「可以。」

「那就跟我去。我們兩個可以靠近些，確認她在不在。如果有榮寵法師就交給你處理，我負責引爆火藥。來福槍戰隊留在半哩外待命，隨後清掃殘局。」

坦尼爾檢查手槍，確定上了膛。「這計畫可行。」

他們繼續前進，直到抵達與康德大道相交的T字路口。芙蘿拉與斥候領在前方，坦尼爾和加瑞爾殿後。他想向壯漢詢問關於母親的事，但話一直在喉嚨裡打轉。芙蘿拉還愛著他，而他的戀人被凱斯俘擄，此外，他們還準備直面半個連的擲彈兵。

「坦尼爾，」加瑞爾的聲音將他拉回現實。「有個壞消息。」

「什麼事？」

「有人往北騎，從交叉口。」

「什麼意思？」

加瑞爾下馬，花了點時間檢查交叉口的地面，喃喃自語：「八個，或許十個人，和部隊分開了。他們往北走，其他人往南。」

「你確定嗎？」坦尼爾突然感到一陣恐懼。萬一凱斯設下了第二道埋伏怎麼辦？坦尼爾的部隊會沿路向南行進，試著觸發第一道陷阱，此時第二組人有可能從後方進攻。他釋放感知，將其推到極限，感應其他東西——卡波、榮寵法師、火藥。什麼都沒有。

「不，不完全確定。」加瑞爾說。「可能是旅人，也可能是艾卓巡邏隊，他們還不知道凱斯人已經進入這一帶。該死，搞不好是守山人，下山來砍柴或補給。」

敵軍當然不可能往北走，那太荒謬了，向北數百哩內都是艾卓領地。還是他們選擇走山路前往戴利芙？但戴利芙人在阿維玄事件後已經向他們開戰，凱斯人不可能活著穿過對方的領土。

「諾琳。」坦尼爾說。

火藥法師騎到坦尼爾面前敬禮。「長官。」

「這裡妳的騎術最好，眼力也好，妳和加瑞爾去，你們兩個往北走，看看有沒有凱斯陷阱。芙蘿拉和我往南走，解決那些擲彈兵。如果有凱斯軍從後方突襲，你們兩個就要通知我們。芙雷莉、道爾和來福槍戰隊防禦道路，守護後方。」

「是，長官。」

加瑞爾緩緩點頭。「分頭行事風險很高，但能有效防止他們突襲。」

「開始行動。」坦尼爾看著周遭的士兵和法師。「我們要去宰殺凱斯人了。」

坦尼爾下馬，把韁繩交給一名來福槍戰隊士兵，然後拿起手槍、來福槍和劍。芙蘿拉跟著他，兩人一同穿過森林，沿著道路東側幾百碼的距離前進。這樣可以避開凱斯人的詭計，從側面悄悄接近那些擲彈兵。他們肯定沒料到正在匆忙追趕的火藥法師竟會放慢速度來暗算他們。

這樣做並沒有拖慢他們太多時間。他和芙蘿拉能悄然穿過樹林，且都處於火藥狀態，使他們的速度和思維有了大幅度的提升。坦尼爾能聽見周圍兩百步內所有樹枝折斷和樹木晃動的聲響，大量接收透露情報的環境音，而火藥法師的訓練能讓他過濾情報，分辨動物和人類的差別。

坦尼爾發現，這次任務需要安靜行動和清晰的專注，這讓他鬆了一口氣。這種時候他不能被芙蘿拉分散注意力。他把那些想法推到內心深處，任由它們像朦朧的黑影般纏繞著自己。

他知道這些想法遲早會回來。

他讓芙蘿拉在前領路。半個小時後，她舉起拳頭示意他停步，然後彎身閃入一座矮樹叢中。坦尼爾爬到她身旁。

「距離敵軍大約半哩。」她說。

「很近。」

「這是我敢嘗試引爆的最遠距離，而我能清楚感應到他們。他們躲在道路兩旁的制高點。」

她按了按太陽穴，默不作聲，眼神有些渙散。「我猜最多有六十人。」

「聽起來沒錯。」坦尼爾說。「有榮寵法師嗎？」

「沒有。我也沒感應到你的女野人。你最好確認一下。」

坦尼爾吸了一口火藥，試著無視芙蘿拉提到「你的女野人」時語氣中的譴責意味。他開啟第三眼，伸手撐住粗糙樹幹穩住身體，仔細觀察凱斯人的陷阱。

他將專注力集中在有感應到黑火藥的區域，在艾爾斯中尋找代表卡波的黯淡魔光。她的魔光強度介於技能師和榮寵法師之間，色彩稍深一點，比較難發現。

幾分鐘過後，他關閉第三眼，手背抵著額頭壓抑噁心感。恢復正常後，他說：「沒看到她。妳不覺得他們連一個技能師都沒有很奇怪嗎？」

「既然你提起了……」芙蘿拉的目光集中在凱斯人的方位。「或許本來有一、兩個，但死在突襲營地戰裡了。」

坦尼爾拋開腦中揮之不去的疑慮。「或許沒錯。妳準備好了嗎？」

「好了。」芙蘿拉向前移動幾步，蹲伏在一棵斷樹後。她背靠空心樹幹，將來福槍架在膝蓋上，閉上雙眼。坦尼爾看見她嘴角揚起一抹微笑，然後感覺到她釋放感知。

他透過魔法感知感應到一連串爆炸，片刻過後，他聽見宛如戰場上火砲齊射般的爆炸聲。

「上。」芙蘿拉說。

坦尼爾跳過斷樹，衝過森林，舉起來福槍，目光銳利地搜尋穿綠褐色制服的凱斯擲彈兵。他聽見芙蘿拉緊跟在右後方。乾燥的樹葉在他腳下發出沙沙聲，樹枝甩過他的手臂和臉頰。現在不是隱匿行蹤的時候，重點是在倖存者反應過來前活捉他們。

他們會因為爆炸而感到困惑和迷失方向，可能還會受傷，並誤以為一整旅的艾卓士兵即將來襲。坦尼爾得盡快趕到他們的位置，在對方發現敵人只有兩名火藥法師前俘擄或殺死他們。

他來到一座山丘上，判斷方向。「在哪裡？」他喘著氣說。

「下一座山丘！」芙蘿拉沒有停步，衝過他身邊，在前方開路，手上的槍已經上好刺刀。坦尼爾咒罵一聲，一邊追她一邊上刺刀。

他在下一座山丘上停步，躲在一棵樹後。芙蘿拉在前面，她將來福槍揹在肩上，抽出手槍，慢慢站起來。

坦尼爾屏息等待她的信號，豎耳傾聽傷兵和垂死之人的叫聲，但什麼都沒有。即使透過火藥強化聽覺，森林依然靜悄悄的，沒有鳥，也沒有其他動物。難道芙蘿拉引爆的火藥殺光了所有擲彈兵？似乎不太可能。

時間一分一秒過去，芙蘿拉就這麼靜靜地站著，直到坦尼爾終於失去耐性。他跑到她身旁，舉起來福槍。

山丘下的畫面令他愣在當場。他可以從這裡俯視大路，以及這一側山坡和道路對面山坡的火藥爆炸痕跡。樹上都是焦痕，樹葉悶燒，斷枝燃燒，硝煙宛如霧氣般飄在空中。地上到處都是小坑洞。

但唯一的受害者只有樹木和幾隻不幸的松鼠。

坦尼爾把步槍舉高，環顧四周的森林，搜尋陷阱中的陷阱。完全沒有動靜。

「我不懂。」芙蘿拉說。「這是分散注意的把戲嗎？拖延我們的手段？」

坦尼爾的目光被一旁的東西吸引了注意。仔細一瞧，原來是火藥筒的皮帶，末端已燒焦，皮帶本身卻依然完好，掛在樹枝上輕晃，彷彿在嘲弄他們。坦尼爾感到心跳加速，試著弄清楚對方耍弄他們的方式，以及這麼做的原因。

「你有聽見聲音嗎？」芙蘿拉問。

坦尼爾側頭傾聽，不一會兒便捕捉到她說的聲音。

「慘叫聲。」說完，他便朝道路奔去。

慘叫聲從北邊傳來，那正是他們留下來福槍戰隊的地方。

看來這只是整個陷阱的開端。

坦尼爾在西大道的堅硬泥地上狂奔。

他聽見身後傳來芙蘿拉的腳步聲，迅速從腰袋裡抽出一條火藥條塞到嘴裡，感覺到牙齦間砂礫般的黑火藥。匆忙中，他掉了好幾條火藥條，但沒時間停下來撿。

這個陷阱如此簡單，如此明顯。他們料到湯瑪士會派火藥法師來追擊，推測火藥法師會察覺到陷阱，小心翼翼地接近，然後遭人從後方突襲；或者像這次一樣，與部隊完全分開。而他竟然毫不遲疑就墜入陷阱！

他和芙蘿拉用了不到兩分鐘就穿過了假陷阱與部隊等候位置之間的距離，但還是太遲了。

他一轉過彎，便看清了屠殺慘狀：六十多名凱斯擲彈兵攜帶長矛和重軍刀突襲了來福槍戰隊，身上沒有半點黑火藥。士兵和馬匹的屍體四散在路上及附近的樹林中。雖然站著的凱斯兵不到十五人，但整隊來福槍戰隊以及道爾和芙雷莉看來都死了。

坦尼爾全速衝刺，準備和活下來的凱斯軍近身肉搏，但一雙手將他從大路上扯進一條乾涸的溪床。

他落地時低呼一聲，芙蘿拉重重壓在他身上。

「幹什麼……」他開口。

「噓。」

他安靜下來，等她探頭觀察。「妳幹什麼？」他嘶聲問。

「我們的人都死了。」她說。「沒道理像傻瓜一樣衝出去。」

坦尼爾撿起掉落的帽子。「不出幾分鐘，他們就會發現隊伍裡不止兩名火藥法師，並開始找我們。」

「給我點時間，我在想辦法。」

坦尼爾抓起來福槍。「沒時間了。還有加瑞爾和諾琳，他們肯定和我們一樣聽見叫聲了。」

「該死。」

坦尼爾拍她肩膀。「來吧。越過馬路，到那邊的山丘上，等我信號。」

「好。」芙蘿沿著溪床退回彎道，然後迅速越過道路。坦尼爾給她三十秒時間，然後便以蹲伏姿勢跑了出去。

他繞到離道路四十步外的小丘後，雙眼因曾在法塔拉斯塔森林受過追蹤訓練而立即察覺擲彈兵留下的足跡。他們就埋伏在這座小丘後，等待來福槍戰隊經過，再從後方發動攻擊。考慮到他們沒攜帶火槍，攻擊極有可能是從兩側夾擊，毋須擔心交火。

到達小丘頂端後，他找了一棵視野良好的樹矮身藏好。擲彈兵正在盤問三名受傷流血的來福槍隊成員，周圍其他人則在照料他們自己的傷兵。

坦尼爾在來福槍裡塞入兩顆子彈，憑藉階級章找出擲彈兵指揮官——是一名上尉。他正在審問戰俘，坦尼爾眼睜睜看著他彎下腰，隨手劃開一名來福槍戰隊隊員的喉嚨。

坦尼爾一發子彈打穿上尉的右邊太陽穴，另一發打中一名中士的肚子，八成是上尉的副手。不等坦尼爾裝填子彈，擲彈兵已經迅速反應過來。他們舉起長矛，踢開身邊的來福槍和火藥筒。這些人顯然受過對付火藥法師的訓練。

一個擲彈兵動作太慢，被火藥炸爛了腳。坦尼爾微笑，在凱斯兵匆忙奔向掩體時裝填好來福槍。他接下來兩顆子彈只擊中一個目標，射中一名女子的腹部。他聽見一名擲彈兵用肯定不是凱斯語的語言大喊大叫。

那是布魯丹尼亞語？凱斯士兵為什麼要用布魯丹尼亞語叫喊？

坦尼爾沒空多想。十名凱斯彪形大漢躍出掩體朝小山丘衝來，沒人注意到他們的夥伴被人從後方擊倒。

他來不及裝好子彈，跳起身來，往嘴裡塞了一條火藥條，然後用來福槍管擋下一記刺擊。他被逼著後退，卻因為離樹木太近而無法反擊，束手無策地看著擲彈兵從兩側夾攻。

他放開來福槍，側身閃過其中一名士兵的攻擊，拔出腰間匕首插入敵人的肋骨，順勢奪過長矛，轉身擋住另一把軍刀的刺擊。

他又解決兩個敵人，額上中了一刀，鮮血滲入眼中，終於等到芙蘿拉加入戰局。她手持短劍衝入剩下的擲彈兵之間，藉由火藥狀態加持速度，轉眼間砍倒了所有擲彈兵。坦尼爾擦掉臉上的血時，戰鬥已經結束了。

他氣喘吁吁，眼前一片模糊，聽見馬蹄聲從道路上傳來，立刻拿起來福槍填裝子彈，轉身準備迎戰。

加瑞爾和諾琳的馬停在屠殺現場外拒絕繼續前進。坦尼爾聽見樹林裡傳來加瑞爾的咒罵聲。

「坦尼爾！」加瑞爾高喊。

「在這裡。」一邊應聲，一邊跑向道路。

「這完全是個該死的圈套。」坦尼爾說。「火藥裝設在一哩外，偽裝成在埋伏的士兵，擲彈兵則都躲在樹林裡。」

加瑞爾翻身下馬，芙蘿拉跑去釋放兩名倖存的來福槍戰隊隊員。

「抱歉，長官。」一名來福槍戰隊隊員向坦尼爾道歉，皺著眉讓芙蘿拉扶他起身。「他們像鬼魅一樣衝出樹林，芙雷莉和道爾拚命作戰，但我們第一輪子彈射擊完後就被敵軍壓制了。他們用長矛輕易解決掉我們的馬。」

加瑞爾開槍替一匹受驚掙扎的馬解脫，諾琳則幫坦尼爾縫合額頭上的傷口。「把他們的活口集中起來。」坦尼爾下令。「我要知道他們到底有什麼計畫。」他頭昏眼花，還在努力弄清楚狀況。對方的陷阱很完美，而他直接踏入陷阱中。看到他的艾卓士兵倒在路邊就讓他怒不可抑，但他唯一能怪的人就是他自己。

共有二十三名擲彈兵活口，坦尼爾一眼就看出大部分都會在天亮前死亡。僅存的兩名來福槍戰隊隊員有可能存活，只要兩人身上那十幾道傷口沒有發炎感染。來福槍戰隊的馬以及坦尼爾和芙蘿拉的馬，不是死了，就是拋下主人跑了。

諾琳縫合完傷口後，坦尼爾起身，趁機調整呼吸，讓痛苦和憤怒慢慢平息。他得重新擬定計畫。他們損失了寶貴的時間，還損失了五名火藥法師聯手出擊的優勢。

諾琳跪在一名凱斯擲彈兵身邊，拿出她的針線。

「不，別管他們。」坦尼爾說。「他們全盤吐實前不會獲得任何治療。」他在擲彈兵隊伍前來回踱步。這些人已經被扒下外套，雙手用自己的腰帶綁在身後。加瑞爾抱臂站在他們面前，嘴唇緊抿，任誰看了都不會想去招惹他。

「怎麼樣？」坦尼爾問。「誰第一個告訴我你們的榮寵法師主子還剩多少人，就可以優先獲得治療。」

有些士兵低頭盯著腳尖，另一些則呆滯地看著他。幾個人痛得呻吟，其中一人摀著流血的側腹啜泣。

坦尼爾用凱斯語重新說一遍。士兵彼此對看，卻沒人回應。

「有人會說布魯丹尼亞語嗎？我只會說幾個字。」

「我會。」加瑞爾說，然後講了幾句布魯丹尼亞話。這些擲彈兵豎起耳朵，其中一人開口回答。加瑞爾換回艾卓語。「他說只有三名榮寵法師，六名擲彈兵，還有女野人。」

「他們為什麼會說布魯丹尼亞語？」坦尼爾問，雖然他已經知道答案。

「因為他們是布魯丹尼亞人。」芙蘿拉說。「就和占領艾鐸佩斯特的部隊一樣。」

加瑞爾說：「諾琳和我追蹤新鮮的足跡，有九組，往北行。我們聽見打鬥聲才回來的。他們要帶你的女孩去艾鐸佩斯特。」

「那群混蛋騙了我們全軍的人。」坦尼爾說。「湯瑪士打錯人了。」

《火藥法師3 秋之共和》上・完

The Powder Mage Trilogy

火藥法師

中英文名詞對照表

A

Abrax 阿布拉克斯

Ad River 艾德河

Adamat 阿達瑪

Adom 亞頓

Adopest 艾鐸佩斯特

Adro 艾卓

Adsea 艾德海

Aether 以太

Allier 奧利爾

Alvation 阿維玄

Amber Expanse 琥珀平原

Andriya 安卓亞

Arbor 亞伯

Arch-diocel Charlemund
查爾曼大主教

B

Beon je Ipille 畢昂・傑・伊派爾

Billishire 比利夏爾

black powder 黑火藥

Black Tar Forest 黑焦油森林

Bone-Eye 骨眼法師

Borbador 包貝德

Brigadier 旅長

Brudania 布魯丹尼亞

Brudania-Gurla Trading Company
布魯丹尼亞—葛拉貿易公司

Brude 布魯德

Budwiel 巴德威爾

C

Camenir 坎門奈

carbine 卡賓槍

cave lion 洞穴獅

Charwood Pile 查勿派爾

Cheris 雀莉絲

Claremonte 克雷蒙提

Colonel Etan 伊坦上校

Corporal Salli 莎莉下士

Counter's Road 康德大道

Cronier 克朗尼爾

cuirassier 胸甲騎兵

D

Darilo 達理羅

Davis 戴維斯

Deliv 戴利芙

Doll 道爾

Doravir 朵拉維

dragoon 重裝騎兵

E

Earth Privileged 土系榮寵法師

Eldaminse 艾達明斯

Else 艾爾斯

Erika 艾莉卡

eunuch 閹人

F

Fatrasta 法特拉斯塔

Faye 菲

Fell Baker 飛兒・貝克

Fendale 芬戴爾

Field Marshal 戰地元帥

First Minister 第一行政官

Flerrier 芙雷莉

Florone 弗羅倫

Folkrot 弗克拉

Forswitch 佛史威卻

Fylo 法羅

G

gaes 制約

Gavril 加瑞爾

General Staff 參謀總部

Gillsfellow 吉斯費羅

Glouster 葛勞斯特

Goutlit 高利特

Gurla 葛拉

H

Havin 哈文

Hewi 修伊

Hilanska 西蘭斯卡

Hrusch 赫魯斯奇

I

Ipille 伊派爾

Iron King 鐵國王

J

Jakob Eldaminse 雅各・艾達明斯

Jakola 賈可拉

Josep 喬瑟

Julene 祖蘭

K

Ka-poel 卡波

Ket 凱特

Kez 凱斯

King Sulem 蘇蘭王

Knacked 技能師

Krana 克倫納（錢幣）

Kresim Cathedral 克雷辛大教堂

Kresimir 克雷希米爾

L

Lord Vetas 維塔斯閣下

M

Magus Janna 首席法師珍娜

mala 瑪拉

Manhouch 曼豪奇

Margy 瑪吉

Marshal's Own Riflejack Brigade 元帥直屬來福槍戰隊旅

Mattias 瑪提亞斯

Midway Keep 中途堡

Mihali 米哈理

Mountainwatch 守山人

N

Ned's Creek 奈德溪

Nikslaus 尼克史勞斯

Nila 妮拉

Noble Warriors of Labor 高貴勞工戰士工會

Norrine 諾琳

Novi 諾維

O

Oldrich 歐里奇

Olem 歐蘭

Ondraus 昂卓斯

P

Pensbrook 潘斯布魯

Picadal 皮卡戴

Powder blind 火藥癮

powder charges 火藥條

Powder horns 牛角火藥筒／火藥筒

powder keg 火藥桶

powder mage 火藥法師

powder trance 火藥狀態

Predeii 普戴伊人

Privileged 榮寵法師

Proprietor 大業主

R

redstripe 紅紋彈

Reeve 總管大臣

Regalish 瑞佳里敘

Ricard Tumblar 理卡・譚伯勒

Risara 瑞莎拉

royal cabal 皇家法師團

Rozalia 羅莎莉雅

S

Sabastenien 薩巴斯坦尼安

Sabon 薩邦

Shouldercrown 肩冠堡壘

Skyline Palace 天際王宮

Slarren 史拉倫

Society for City Gardens 城市花園協會

SouSmith 索史密斯

South Pike Mountain 南矛山

storm drains 洩洪水道

Surkov's Alley 瑟可夫谷

T

Tamas 湯瑪士

Taniel Two-shot 雙槍坦尼爾

Telavere 泰拉薇兒

the Riflejacks 來福槍戰隊

third eye 第三眼

treasurer 財政官

truthsayer 真相師

V

Veridi Valley 維瑞帝谷

Vlora 芙蘿拉

W

Warden 勇衛法師

WatchMaster 守山人司令

Willow Inn 柳樹旅店

Winceslav 溫史雷夫女士

Wings of Adom 亞頓之翼

國家圖書館出版品預行編目資料

火藥法師. 3, 秋色共和/布萊恩.麥克蘭(Brian McClellan)著 ;
戚建邦譯. -- 初版. -- 臺北市 : 蓋亞文化有限公司, 2025.01
冊 ; 公分. -- (Fever ; FR093)
譯自 : Powder mage. book III, The Autumn Republic
ISBN 978-626-384-148-2 (上冊 : 平裝)

874.57 113018354

Fever 093

火藥法師〔3〕秋色共和 The Autumn Republic 上

作　　者　布萊恩・麥克蘭（Brian McClellan）
譯　　者　戚建邦
封面裝幀　莊謹銘
總 編 輯　沈育如
發 行 人　陳常智
出 版 社　蓋亞文化有限公司
地址：台北市 103 承德路二段 75 巷 35 號 1 樓
電話：02-2558-5438　傳真：02-2558-5439
電子信箱：gaea@gaeabooks.com.tw
投稿信箱：editor@gaeabooks.com.tw
郵撥帳號 19769541　戶名：蓋亞文化有限公司
法律顧問　宇達經貿法律事務所
總 經 銷　聯合發行股份有限公司
地址：新北市新店區寶橋路二三五巷六弄六號二樓
電話：02-2917-8022　傳真：02-2915-6275
港澳地區　一代匯集
地址：九龍旺角塘尾道 64 號龍駒企業大廈 10 樓 B&D 室
電話：+852-2783-8102　傳真：+852-2396-0050
初版一刷　2025年01月
定　　價　新台幣 430 元
Published and printed in Taiwan

GAEA
ISBN 978-626-384-148-2